シュルレアリスムへの旅

シュルレアリスムへの旅

野村喜和夫

水声社

目次

第一部　中心への旅

第二部　周縁への旅

第一部

中心への旅

旅の準備

二〇二一年、つまり昨年の夏、東京・渋谷のBunkamuraザ・ミュージアムというところで、「マン・レイと女性たち」という回顧展が行われた。私もいそいそと出かけたが、コロナ・パンデミックによる緊急事態宣言下にもかかわらず、予想以上に多くの人が訪れていた。写真を中心に視覚芸術の諸分野で幅広く活躍したシュルレアリスム系のマン・レイは、今でも人気が高いのだろう。悦ばしいことではあるが、同時に、訪れたほとんどの人がシュルレアリスムの詩は読んだことがないだろうなと考えると、少し暗澹たる思いにも駆られた。

言わずもがなのことながら、詩を読む効用というのもあるのだ。視覚芸術の場合は一気にイメージが与えられて、受け取る側に想像力の広がる余地はないが、詩の場合は、ありがたいことに、言語以外の情報がないので、かえって受け取る側の想像力、イメージ創出力が広がるのである。貧しさゆえの特権というべきか。

「マン・レイと女性たち」の話題から、詩の存在理由へ。実は私の書斎に、マン・レイの有名な写真作品『祈り』の複製パネルが置かれている（**図1**）。作品それ自体が気に入って、ということもあるが、それ以上に、

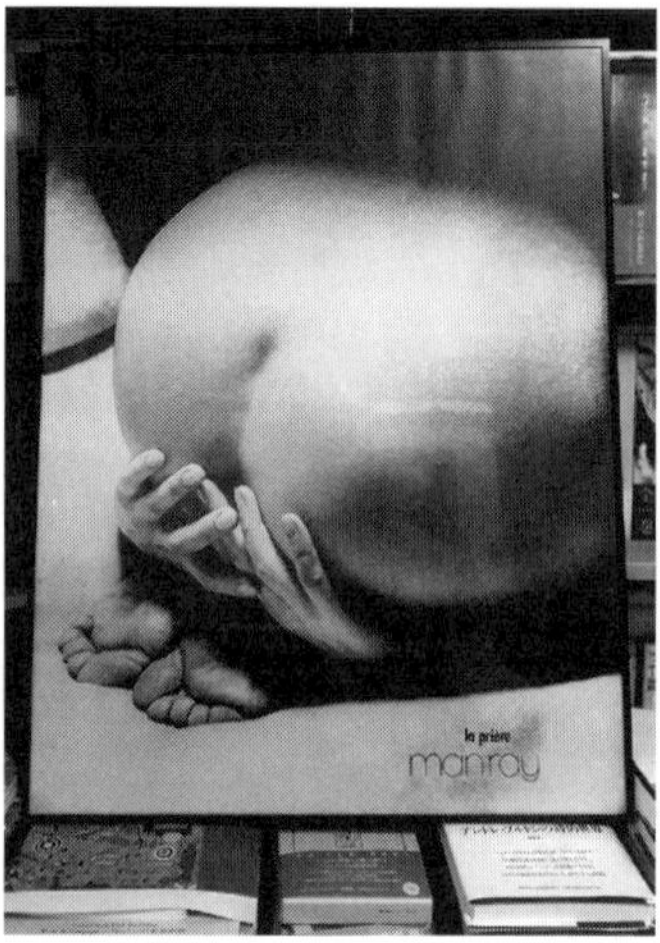

図1　私の書斎にあるマン・レイ『祈り』の複製パネル

この写真が何かしら詩作の原理を視覚化してくれているような感じがしたからだった。つまりいってみれば、わが詩作の御本尊のように飾ってあるのだ。どういうことか。すでに別の場所に書いたことだが、ここでもかいつまんで繰り返そう。

『祈り』は一種のヌード写真である。ひざまずいてうずくまった姿勢の女性の尻が、背後から大写しで浮かび上がっている。尻の下からは、肛門を隠すように手が出ていて、手の下は足裏だ。ふつうの姿勢では連続しないその三つの部位が、折り重なるように位置しているのだ。尻と手と足裏がそれぞれ詩にとっての言葉に当たるとすると、尻と手と足裏が身体の一部であるように、言葉も日本語なら日本語というシステムに属していて、それ自体をどうこうすることはできない。とすれば、組合せである。ふつうなら尻は背中の下に位置していて、手は腕から伸び、足裏は隠されている。それをなんとか工夫して、尻と手と足裏をミルフィーユのように連続させ、しかもそれに祈りという概念を負わせる。祈りはおおむね顔の前に手を合わせて行われるものであるから、そこに強烈な異化というか、アイロニーが、いやユーモアが生じることになる。顔のかわりに尻で、しかも足裏をみせて祈るのだ。祈りの脱構築といってもよいが、それだけではない。写真には同時にきわめて真摯な身体性、肉感性も感じられる。つまり心だけではなく、尻や足裏まで動員して、全身全霊で祈るのだ、というような。祈りのパロディでありながら、そのパロディをも超えている。かく詩もありたいものだと、このボリュームある無名の尻をみるたびに私は思うのである。

これが、マン・レイの写真作品『祈り』がわが詩作の御本尊でもあるという意味である。いつその複製パネルを購入したかは忘れてしまった。たしか一九八〇年代中葉ではなかったろうか。遅まきながら処女詩集を出して、ようやく詩人の仲間入りをすることができた頃だ。

さらに遡って、そもそも、いつ私はシュルレアリスムに出会ったのだろうか。当時日記をつける習慣がなかったので確かめようもないが、私の現存する最初期の詩群（二十歳のときに生家が火事に遭い、それまでの原稿の一切を焼失してしまったので、二十歳から二十二歳ぐらいまでの詩群）を読み返しても、そこにシュルレアリスム的なものの影響はあきらかであるから、おそらく意識的に詩作に手を染めるようになってすぐにシュルレアリスム的なものの洗礼は受けていたのだろう。西暦でいうと一九七〇年、大学に入学してすぐ、吉増剛造の『黄金詩篇』を読んでたちまち引き込まれ、気がつくと自分でも現代詩のようなものを書くようになっていたが、より広くその方面の世界を知ろうと、吉増剛造から芋づる式に、天沢退二郎へ、入沢康夫へ、大岡信へ、飯島耕一へ、吉岡実へと、つまりそれ自体シュルレアリスム系といえる現代詩人たちの作品を読み漁っていったのだった。おそらく、その道筋のどこかで、『瀧口修造の詩的実験 1927～1937』に遭遇した。それをもって私のシュルレアリスムとの出会いの日としたい。本場フランスのシュルレアリスムに接するのはもっと後になってからだったと思うが、いうまでもなく瀧口修造は、日本で最初の、そして真のシュルレアリストとされる詩人である。それにしても、刊行されて間もなかったその縮刷版を私は繙いて、こんなにまぶしい言語空間が、しかも四十年以上もまえに現存したのかと、まさに晴天の霹靂のような衝撃に打たれた。いまあげた日本現代詩のシュルレアリスム系も、もとはといえばこの『瀧口修造の詩的実験』から流れ出てきたのも同然であることを、そのとき初めて知ったのである。

前後して、粟津則雄訳『ランボー全作品集』を介して、ランボーにのめり込むようになった。何なのだ、この「言葉の錬金術」の、まさに物質性を帯びたかのような輝きは。そうなると原文で読んでみたい。私は大学入学時の第二外国語に偶発的にドイツ語を選び、しかもその後日本文学科にすすんだので（卒論は幻想怪奇のあの泉鏡花だった）、フランス語は独習するほかなかったが、辞書を片手になんとかフランス語が読めるようになると、まず集中して読んだのがランボーの『イリュミナシオン』であり、ついで、私には詩人中の詩人と思われたシュルレアリスム系のエリュアールである。所蔵する安東次男訳『エリュアール詩集』には、そのほとんど全てのページの余白に、手書きでびっしりと原詩が書き込まれている。アンドレ・ブルトンの『シュルレアリスム宣言』や『ナジャ』にも原文で挑戦したが、こちらは文章が難解で、読み通すのにひどく難儀した記憶がある。いや、読み通せなかったのだろう。ほかには、アントナン・アルトー、ミシェル・レリス、ジュリアン・グラック、アンリ・ミショー、あるいは先駆者としてのネルヴァルやロートレアモン。それらの詩人・作家たちの作品のうち、翻訳のあるものは片っ端から読んでいった。

ランボーへの傾倒もシュルレアリスムへの関心も、私にとっては同根だったのだろう。高校時代に全共闘の学生運動にかぶれて早々と競争社会から脱落し、大学入学後も、いや大学を卒業してからも、ますます自分が社会的不適応者であることを思い知らされた私は、表向きはともかく、内なる実存的要請としては、詩人になって社会への永続的な反抗のうちに生きつづけるほかないと考え、そういう自分の手本になるような国内外の詩人たちのアナーキーな記号実践を読み漁っていったのだった。

そのうえさらに、ランボーにのめり込むうちに、二十世紀のランボーと目される詩人がいることを知った。ルネ・シャールである。筋金入りの反抗児だったシャールは、その反抗の連帯を求めて、若い頃一時的にシュルレアリスムの運動に参加している。結局私はこの詩人にいちばん長く深くつきあうことになり、二〇一九年には、四十年越しの傾倒がついに実を結んで、『ルネ・シャール詩集　評伝を添えて』（河出書房新社）を上梓することができた。

しかしながら、一九八〇年代後半以降は、私自身の詩作や批評活動が忙しくなって、同時代のものを大量に読まなければならず、シュルレアリスムへの関心はやや脇に追いやられる格好になった。忘れてしまったわけではない。詩作にも折にふれ反映させている。ただ、シュルレアリスムからはもうずいぶんとその養分を吸収できたような気がして、これ以上熱くかかずらう必要はないかと思われた。加えて、私が傾倒したルネ・シャール自身、シュルレアリスム運動に直接関わったのはほんの二年か三年で、そうなると、なぜ彼はシュルレアリスムから離反するようになったのか、そのことばかり考えるようになった。言い換えるなら、シュルレアリスムの可能性よりはむしろその限界のほうが、差し迫って問われるべきことのように思われたのである。

時は流れた。流れすぎるほど流れた。二〇一九年、私はわがカフェ「エル・スール」で行っている私塾「野村喜和夫現代詩講座〜日本の詩を読む／世界の詩を読む」のその年のテーマを、「ダダ・シュルレアリスムの百年」とした。理由はきわめて簡単、というか安直で、二〇一九年は、自動記述による最初の作品とされるブルトン＋スーポーの『磁場』が書かれてちょうど百年目に当たるという、それだけのことだった。そうかもう百年も経ったのか。私自身のシュルレアリスムとの出会いから数えても、半世紀近くが経つ。そういう時間をあいだに置いて、あらためてシュルレアリスムを読み直してみるというのも、案外面白いかもしれない。もっとも、受講生はフランス語を解さない人が大半なので、テクストはもっぱら翻訳を使い、折にふれ日本の詩人たちの作品も差し挟んだ。コロナ禍のため、途中からオンラインになったのはいうまでもない。講座のシラバスは以下の通りであった。

《ダダ・シュルレアリスムの百年（Ⅰ）》

第1回（二〇一九年二月二十四日）……先駆者たち（ネルヴァル／ロートレアモン／ランボー／アポリネール／日本の詩人＝山村暮鳥、萩原朔太郎）

第2回（三月二十四日）……ダダの衝撃（トリスタン・ツァラ／日本の詩人＝ダダイスト新吉、ダダイスト中也）

第3回（四月二十八日）……自動記述とは？　夢の記述とは？（アンドレ・ブルトン／ロベール・デスノス／日本の詩人＝西脇順三郎）

第4回（五月二十六日）……イメージの詩学（ポール・エリュアール／ルイ・アラゴン／日本の詩人＝瀧口修造）

《ダダ・シュルレアリスムの百年（Ⅱ）》

第1回（二〇一九年十一月二十四日）……詩人と画家たち（ポール・エリュアール／ルネ・シャール／日本の詩人＝モダニズム詩人群像）

第2回（十二月二十二日）……愛と狂気――ブルトン『ナジャ』を読む（1）

第3回（二〇二〇年一月二十六日）……愛と狂気――ブルトン『ナジャ』を読む（2）

第4回（二月二十三日）……離脱者たち、反対者たち（ロベール・デスノス／アントナン・アルトー／ジョルジュ・バタイユ／日本の詩人＝左川ちか）

《ダダ・シュルレアリスムの百年（Ⅲ）》

第1回（二〇二〇年十二月二十七日）……離脱者たち、反対者たち・続（ジャック・プレヴェール／ルネ・シャール）

第2回（二〇二一年一月二十四日）……狂気から革命へ――一九三〇年代のシュルレアリスム（アンドレ・ブルトン／ルイ・アラゴン／日本の詩人＝吉岡実）

第3回（二月二十八日）……縁辺（フランシス・ポンジュ／アンリ・ミショー／ルネ・シャール）

第4回（三月二十八日）……国際化（エメ・セゼール／ゲラシム・ルカ／オクタビオ・パス／日本の詩人＝「シュルレアリスム研究会」）

みられる通り、ほぼシュルレアリスムの歴史に沿ったラインナップである。実はもう一つ、朝日カルチャーセンター横浜での「フランス詩を探す時間の旅」という講座も私は持っている。二〇一五年頃からマラルメを少しずつ読んでいたが、マラルメだけでは息が詰まるという受講生からの要望で、マラルメの回と交互に、二十世紀のシュルレアリスム系の詩人たちを読むというシリーズを入れることにした。私塾での「ダダ・シュルレアリスムの百年」より二、三年前のことである。こちらは原文を読み解くというスタイルで、副読本として、当時出たばかりの塚原史・後藤美和子編訳『ダダ・シュルレアリスム新訳詩集』（思潮社、二〇一六）を参照した。

数篇ずつでも読むことができた詩人の名は、ギヨーム・アポリネール、ピエール・ルヴェルディ、ジャン・コクトー、トリスタン・ツァラ、アンドレ・ブルトン、ルイ・アラゴン、フィリップ・スーポー、ポール・エリュアール、バンジャマン・ペレ、ロベール・デスノス、アントナン・アルトー、ジョルジュ・バタイユ、レーモン・クノー、フランシス・ポンジュ、アンリ・ミショー、ジャック・プレヴェール、エメ・セゼール、ジョイス・マンスール。

こうして、思わぬ機縁から、還暦を越え古希に近い年齢で、ふたたびシュルレアリスムと向き合うことになった。ふたつの講座での話を思い出しながら、いま私はさらに本格的に、さらに私自身の問題意識に引き寄せて、言うなればシュルレアリスムへの旅を始めようと思う。

それは多く再訪の旅である。もとより私は専門的な研究者ではないので、近年——といってもここ二十年くらいのスパン——のシュルレアリスム研究の動向などはほとんど知らない。たとえばその方面の第一人者鈴木雅雄は、ゲラシム・ルカについて論じながら、ある時期以降のシュルレアリスム研究の動向を、「抑圧されたエネルギーの（自然な状態への の）『解放』という観点から、心的エネルギーの操作による（不自然な形への）『変形』というそれへの移行として要約できる」としているが、ここでは相変わらず「解放」にこだわることになるかもしれない。文献資料もそろっていないし、対象は私が読みえた詩人たちにかぎられる。だが、時間や能力に恵まれて、たとえばシュルレアリスムとは何か、何であったかを歴史的もしくは包括的に考察できたからといって、それが詩人である私にとって何ほどのものであろうか。興奮のうちにシュルレアリスムに接したあの初発の記憶を蘇らせ、その今日的意味を問うことのほうが、はるかに切実なのだ。ここでモーリス・ブランショの言葉を引用したい誘惑を抑えがたい。かつて、アンドレ・ブルトンを追悼する文章のなかでブランショは述べたのである、「シュルレアリスムについて語ること、それは権威抜きで、むしろ小声で語ることなのだ」……

つまり旅のスタイルは、勝手気ままな一人旅ということになろう。ただ、時期によって濃淡はあるが、シュルレアリスムにずっと関心をもちつづけ、影響も受けてきた現代日本の一詩人として、あらためてその可能性と限界を探求してみたい。いや、順序が逆だ。限界を見定めつつ、なお可能性のありかを希望的に探り当ててみたいのである。そのうえで多少「小声」を拡張するなら、二十一世紀、ポストモダン以後を生きる詩の行為一般にとっても、この旅はそれなりに生産的な意味をもつことになるのではないだろうか。詩は今日、散文化や大衆化や平準化を通して、おのれの言語的権能を低く見積りすぎているような気がしてならない。もう一度、おのれを吊り上げるようにして、かつてシュルレアリスムが目指したような高所を思い出し、高所でこその興奮や眩暈にあらためて価値を見出してもよいのではないか。

そのためにも、編年体的あるいはテーマ的にシュルレアリスムの詩人たちの冒険を追っていきながら、それぞれのスタンスや特徴を再認識し、かつまた、その現在性を浮かび上がらせる。再訪の旅は再発見の旅でもありたいと思う。ついでながら、シュルレアリスムは、運動・理念・思想としての意義もさることながら、私個人の感想としては、運動に濃淡さまざまに関わった個々の詩人たちの作品が実に多様かつユニークで、きりもなく面白いのである。それに立ち会ったさまを文章化してみたい。

さらにいうなら、広くポエジーの復権のためにも。視聴覚文化主体の現代では、一般にシュルレアリスムというと、ダリの絵に象徴されるように、圧倒的に美術の世界のこととしてイメージされがちである。シュルレアリスムといえば、多くの人はまず、ダリのあのぐにゃりと溶けた時計の絵を思い浮かべるだろうし、まちがってもアンドレ・ブルトンの自動記述的な散文詩群『溶ける魚』を——同じ「溶ける」関連で——同時に思い起こすということにはならないだろう。冒頭でふれたマン・レイ展をはじめ、ダリとかマグリットとか、日本でも頻繁にシュルレアリスム系の画家たちの回顧展が行われているし、インターネット上には、それらの画像や関連情報が溢れている。詩はどうか。言語文化の後退とも相俟って、ほとんど読まれていないだろう。つい最近、詩も書く優秀な東大の大学院生と談笑していて、しかし彼がアンドレ・ブルトンの『ナジャ』を知らないことを知って愕然とした。そういう時代なのだ。

仮に詩の資料体にアクセスできたとしても、冒頭でも述べたが、視聴覚芸術の場合のように一気に感性的に享受できるということにはならない。読み解きにそれなりの知力と時間と忍耐とを必要とする。そうしてしかし、読み解きそれ自体をも超えた詩的快楽がもたらされるに至るのだが、そこまで行ける人は、今やきわめて少数にかぎられてしまったと言わなければならないだろう。ところが、歴史を振り返ると、シュルレアリスムとは本来、詩人たちの仕事、つまりポエジーの探究を中心に、美術・映画などを巻き込むというかたちのものだったのである。いまシュルレアリスムの詩を読むということには、このような反時代的にして文化批判的な意義もあるかと思う。もちろん、画家たちへの言及も、おりにふれ行われるであろうけれど。

シュルレアリスムが本来ポエジーの探究であったことは、一九二四年のブルトンの『シュルレアリスム宣言・溶ける魚』（巖谷國士訳、岩波文庫）を読めばよくわかる。まぎれもない詩論であり、その実践であり、絵画のことはほとんど語られていない。ブルトンによってシュルレアリスム絵画という「ジャンル」が意識されるようになるのは、ようやく一九二八年に『シュルレアリスムと絵画』が刊行されたあたりからではないか。シュルレアリスムの詩や詩論を読むということは、シュルレアリスムの原点に立ち帰るということでもあるのだ。

ここにシュルレアリスムへのアクセスのむずかしさがある。仮にシュルレアリスム＝溶ける時計という程度の理解の人に、シュルレアリスムについてもっとよく知りたいのですが、本としては何を読めばいいでしょうかと聞かれたら、通例にしたがって、いま引き合いに出した『シュルレアリスム宣言・溶ける魚』を挙げるほかないが、これがなかなかの難物なのである。まだしもトリスタン・ツァラの『ダダ宣言』の方が明快直截である。ブルトン自身、「くねくねと蛇行する、頭がへんになりそうな文章」と記しているほどで、とても入門書として推薦できるような代物ではなく、これから温故知新的に本格的な詩を書こうと思っている人でもないかぎり（じっさい、想像力と精神の自由が謳われ、幼年が憧憬され、狂気が擁護され、不可思議が見直され、夢の復権が唱えられ――という『宣言』の展開は、まさに詩の行為の原郷を辿る思いがしてスリリングなのだが）、高すぎるハードル、あるいは躓きの石になるのが落ちだろう。

しかし、幸か不幸か、水は低きに流れる。シュルレアリスムの大いなる皮肉というのは、この百年のあいだに進行した視聴覚文化優位が、ある意味シュルレアリスムの詩人たちによって仕掛けられたということではなかったか。彼らは韻律からイメージへと詩を革新したわけだが、つぎにはそのイメージが言語から溢れ出し、一人歩きして、絵画へ写真へ映画へと、つまり大衆文化へと浸透していったのである。ブルトンは戦後、シュルレアリスムが美術によって世界的に普及したのはうれしいが、自分の本はさっぱり売れないと嘆いていたと言う。しかし、ブルトンのあんな難しいフランス語を、一部の知識層以外の誰が読むだろうか。笑えない冗談ではある。

文化批判、そして詩人にとっての暗い話はこのくらいにして、なつかしい未知、という撞着語法が、ふと思い浮かぶ。私にとってシュルレアリスムがまさにそのなつかしい未知となるように、シュルレアリスムへの旅を始めよう。かつて、たとえば飯島耕一の本のタイトルは『シュルレアリスムの彼方へ』であった。一九六〇年代、シュルレアリスムはいまだ乗り越えるべきもの、あるいは批判的に継承すべきものだったのだろう。しかし二〇二〇年代に入った私の気分は少し違う。あくまでも、シュルレアリスムへの旅なのだ。むかし訪れたことがあるなつかしい国、しかし再訪を果たしてみると、いわば未知への痕跡のように、おや、この街にはこんな面白いところもあったのかと、再発見の喜びが用意されてもいるだろう国。そこへの旅を始めようというのである。

なお、旅の各所で私の自作詩が想起され引用されることになるだろう。それだけ私は、シュルレアリスム系の詩人たちの影響を受けつつ、あるいはむしろ彼らと間テクスト的に対話しつつ、詩作をつづけてきたということで、私という現代日本の一詩人を通してシュルレアリスムがどう受容され変容していったのかを示す意味でも、自作の引用をお許しいただければと思う。

さきほど、気ままな一人旅と書いたが、希望的観測として、もしかしたら時代の気分も旅の道連れになるかもしれない。私だけではなく現代に生きる私たち一般も、もうすこしシュルレアリスムの富を素直にみつめ直してもいいのではないか。この運動がたたかおうとした社会の近代的様相——順応主義、功利主義、画一主義等々——は、それから百年近くを経た今日、洋の東西を問わず、市場原理主義の支配やITテクノロジーの発達とともにますます徹底されてきたようにも思える。いまこそ、想像力の自由といくばくかの詩の狂気が必要なのかもしれないのだ。そう、実存のレベルでは、私たちは相変わらず「解放」を必要とする空気のなかにいる。あたかもその空気を震わせるかのように、いみじくもアンドレ・ブルトンは、その『シュルレアリスム宣言』のなかで言う、「いとしい想像力よ、私がおまえのなかで何よりも愛しているのは、お前が容赦しないということなのだ」(巖谷國士訳)。

ブルトン＋スーポー『磁場』再訪——自動記述をめぐって

自動記述による最初の作品『磁場』が一九一九年に発表されたという事実が、その百年目に私をシュルレアリスムへの旅に向かわせる直接のきっかけとなったので、まずは『磁場』への再訪から始めよう。

余談になるが、パリ五区、パンテオンの脇のオテル・デ・グランゾム（偉人ホテル）のファサードには、「ここで自動記述の最初の作品、アンドレ・ブルトン（一八九六〜一九六六）とフィリップ・スーポー（一八九七〜一九九〇）による『磁場』が書かれた」というプレートが掲げられている。パリに住んでいた頃これを発見して、驚き、かつ、羨ましく思った。ごく一部の知識層が知るにすぎないこんな実験的前衛的な文学の事蹟が街角に示されるというのは、およそ日本では考えられないことである。

さて、再訪というからには、前にも一度訪れたことがあるはずだが、その記憶はほとんどない。もしかしたら、読んでいなかったのかもしれない。シュルレアリスムの起点としてつねに言及されつづけてきた作品であるから、読んではいないのに、いつの間にか読んだつもりになっていたのかもしれない。あるいはむしろ、翻訳で冒頭の一節に目を通してみたが、鳴り物入りの作品のわりには、これがほんとうに自動記述なのだろうかと拍子抜けして、そのまま本を閉じてしまったのではないか。『磁場』のハイライトは「蝕」や「ヤドカリは語る」の章だと思うが、そこに至るまえに。誰でもそうかもしれないが、若い頃の私はとにかく性急で、刺激の少ない本、自分に影響を与えてくれそうにない本は、すぐに放擲してしまうのだった。

実はいつだったか、パリのポンピドゥー・センターでアンドレ・ブルトンの大々的な回顧展が行われたことがあって、たまたまパリ滞在中だった私はそれを見る機会を得たが、そのとき、『磁場』の自筆原稿を眼にしている（**図2**）。ノートをびっしりと埋め尽くした几帳面そうな書体の小さな文字。ところどころには修正の書き込みもみられて、このどこが自動記述なのかと訝ったほどだ。自動記述の清書原稿？　しかしそれは語義矛盾ではないだろうか。

逆にいうと、自動記述なるものについて、こちらで勝手にイメージを作り上げていたということはありうる。ちょうど、かねて噂に聞いていた謎の人物に会ってみたら、それほどでもなかったというような。もっと何か破天荒な、アナーキーな、それでいて詩的感興をもたらすような、そういうテクストを期待していたのである。じっさいはこんな感じだった――

水滴にとじこめられて、われわれは永久の動物にすぎない。われわれは音もない都会の中を走り、魔法めくポスターももはやわれわれの心を動かしはしない。あれらの脆い大感激や、あれらのひからびた歓びの発作が、なんになろう？　われわれの知っているものといってはもはや、死んだ天体だけだ。われわれは人々の顔をながめる。そして快感の溜息をもらす。われわれの口は人里離れた砂浜よりもなお乾いている。われわれの目は目的もなく希望もなしに廻転する。残されたものといってはもはや、われわれが集まってはあれらのさわやかな飲物、あれらの薄められた酒精飲料を飲むあれらのカフェしかなく、テーブルはすべて、われわれの前の日の死んだ影が落ちたあれらの歩道よりもべとついている。（阿部良雄訳）

『磁場』冒頭の「裏箔のない鏡」から、そのまた冒頭部分を引いた。自筆原稿からは、スーポーの筆跡であることが確かめられるという。「裏箔のない鏡」というのは、おそらく自動記述それ自体のメタファーで、昼のあいだは透明な窓が、夜になると裏箔のない鏡のようになってそこに部屋の内部が映る、ちょうどそのように、自分たちの自動記述が昼のあいだは見えない無意識を映し出すことになるはずだ、ということだろう。私が誤解していたのはシンタックスの様相だった。原文にあたるといっそうはっきりするが、一箇所の乱れもない完璧なシンタックスである。理性の統御を経ない思考の書き取りであるなら、当然シンタックスも乱れているはず、というのが私の思い込みであって、じっさいには、おそらくはまず、いわば自動記述以前ともいうべき速記のような書き取りがあって、それを整理したテクストが自動記述として発表されたのだろう。シンタックスはブルトンたちの関心の外だった。

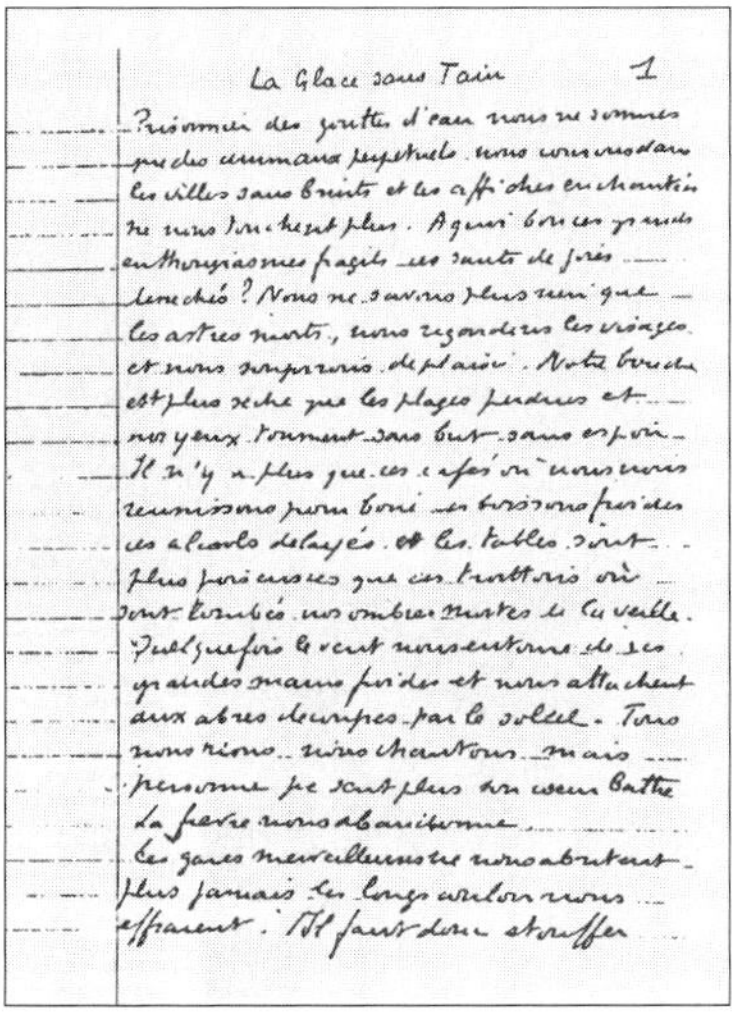

図2 『磁場』自筆原稿

　私はつい最近、『パラタクシス詩学』（杉中昌樹との共著、水声社、二〇二一）という、詩と詩論を合体させたような本を出した。パラタクシスというのはギリシャ語で、文ないしは文の成分の並列を意味する。もともとは、ドイツの思想家アドルノが後期ヘルダーリンの詩の語法について述べたときに使用したタームで、文の諸パーツが単線状にまた因果律的に結びついて文全体が構成されるのではなく、部分部分が対等の関係において連なり、平行しているような状態を指すとされる。アドルノによれば、文が調和的因果律的に整えられるのは書く主体の恣意にすぎず、むしろそういう主体を放棄し、言葉の働きそれ自体に身を委ねることによってこそ、言葉の本来的な生命が躍動するというのだ。そこで私は、このパラタクシスなるものを自動記述にきわめて近いものと理解したのだが、『磁場』再訪によって、この理解にはやや修正が必要かもしれないと思うようになった。

揚げ足取りになるかもしれないが、ブルトン自身による定義によれば、自動記述とはあくまでも「思考の書き取り」である。引用するのも気が引けるほど有名なくだりではあるけれど、ブルトンは『シュルレアリスム宣言』につぎのように書いた。

シュルレアリスム。男性名詞。心の純粋な自動現象であり、それにもとづいて口述、記述、その他あらゆる方法を用いつつ、思考の実際上の働きを表現しようとくわだてる。理性によって行使されるどんな統制もなく、美学上ないし道徳上のどんな気づかいからもはなれた思考の書きとり。（巖谷國士訳）

つまり主は「思考」すなわちシニフィエであって、「書き取り」すなわちシニフィアンすなわち言葉の働きそれ自体に身を委ねることは従なのだ。さきに引用した「裏箔のない鏡」冒頭が示すように、書く主体の恣意によって文が調和的因果律的に整えられているのは明らかである。タイトルにかこつけていうなら、部屋の内部（＝思考）がいかに「裏箔のない鏡」つまり夜の窓（＝書き取り）に映るかが問題であって、窓それ自体は平たくて冷たいガラス面にすぎず、波打ったり砕けたりはしないのである。
ただし、『磁場』後半の「ヤドカリは語る」のような行分けテクストでは、いくらかシンタックスは解き放たれ、シンタックス以前の語の羅列状態が現出している。

不可思議なもののすべて

ジェロームの闘鶏の絵
追放令違反にひきつづき内容見本広告
黒い砂
天国の刳形
太陽の視察それから本当のさわやかさ
私は寄宿舎共同寝室の夏を思う
あなたは心臓の場所に何をもっていますかと聞かれた

（阿部良雄訳）

また、「蝕」というテクストでは、書く速度を上げることによって、まさに人称を超えた無意識の言語化がめざされているし、さらには、対話体というスタイルを試みた「柵」というテクストもあるし、こうして『磁場』の全体は、多面体のような「思考の書き取り」のサンプルになっているとは言える。これまで述べてきた私の印象は、冒頭をちらりと覗いただけの、やや性急な結論というそしりを免れないかもしれない。
じっさい、専門的な研究レベルでは、自動記述の様相もだいぶ違ったふうに見えてきているようだ。シュルレアリスムの代表的な研究者のひとり、鈴木雅雄は、一九九八年の時点で、以下のように述べている。

たとえば『磁場』の中でも最も速いスピードで書かれたとされる「蝕」を見てみるとよい。そこには総じて難解なこの一章の中でもひときわ謎めいた一連の語句が書き込まれている。「滲出・カテドラル・高等脊椎動物」、「抜き足差し足のタイヤ」、「シュザンヌの堅い茎・無用性・とりわけオマール海老の教会がある風味の村」という三つがそれであり、特に二番目のものは、ブルトン自身がそれを書いたためにエトワール広場で猫になった自動車に追いまわされる一種の幻覚体験をしたと語っているために、一層深く書いた主体の心理に根を下ろしたものと考えられている。ところが草稿を参照すると、これらの言葉は一旦書かれたテクストの行間、あるいはページの下に書き加えられたものであり、「抜き足差し足のタイヤ」にいたっては、もともとこの草稿には存在しない詩句なのである。〔……〕私たちはこう考えなくてはならない。謎としての厚みを備えたこれらの不透明な言葉たちは、一度書いたテクストを再読しつつあるブルトンに襲いかかってきたものであると。『磁場』草稿にはこれ以外にも、最初に書かれたテクストに触発されて生じたいわば二次的なオートマティスムと考えられる書き加えが多く存在する。『磁場』や『溶ける魚』の読者の多くは、『宣言』の内容を表面的になぞることで、ブルトンの言う「真の」思考とは直線的に進むものであり、自動記述とはそれに付き添いつつ忠実に転写していく表象行為だと考えてきたわけだが、以上のことからすればこれとは反対に、それは書かれたテクストそのものに触発されて進展し、しかも複数の方向に枝分かれしていく可能性すら持った思考の生産行為だと結論しなくてはならないだろう。

『シュルレアリスムの射程　言語・無意識・複数性』（せりか書房、一九九八）というムックに所収の、「解放と変形」という基調報告的な論考から引いた。なるほどと首肯する一方、詩の実作者としては、「最初に書かれたテクストに触発されて生じたいわば二次的なオートマティスムと考えられる書き加え」は詩作の現場において日常茶飯であり、とくにブルトンの自動記述にかぎったことではないようにも思われる。

視点を変えよう。『磁場』はブルトンとスーポーの共作ということになっているが、ふたりで書くということ、これが私にとっての自動記述理解のもう一つの盲点だったのかもしれない。ただし、誰がどの部分を書いたのかは明らかにされていない。これはほかのシュルレアリスムの共作、ブルトン＋エリュアール＋シャールの『工事中につき徐行』やブルトン＋エリュアールの『処女懐胎』についても言えることで（「シュルレアリスムと共同制作」の章参照）、もちろん文体や語法の癖から書き手を特定することは可能だろうが（身も蓋もないことに、のちに自筆原稿が発見されて誰がどこを書いたのかが明らかになってしまった）、あまり意味のあることとは思えない。

詩人朝吹亮二もその学術的著作『アンドレ・ブルトンの詩的世界』において、「自動記述を適用した最初の作品が共著によって執筆されたということは特筆に値する」としたうえで、「自動記述はすでに意識的主体の否定という観念が含まれていたが、共著による執筆はそのうえ、さらに主観性、個人的想像力（個人的無意識）を超えることを可能にする方法であったのだと思われる」と述べている。

こうして、シュルレアリスムの共作においては、作家と作品の一元的な結びつきはとりあえず無視されるのである。あえていうなら、複数の主体の協働によって明らかになる無意識、それが書いているということが強調されているのだ。自動記述は、誰が書くかも何を書くかも問題にしなかったという意味で、主体の定位はおろか、作家と作品のステータスも、無意識という究極の審級のほうへ消えていきかねないのであった。

また、今回の旅でわかったことだが、『磁場』は、どちらかが口述したものをどちらかが筆記したらしいのである。これはいかにも精神分析における患者と分析者の関係を、さらにはカトリックにおける告解者と聴聞僧の関係を思わせる。フロイト主義者ブルトンのふるまいがこんなところにもあらわれているといったら、言い過ぎになるだろうか。

自動記述と主体の複数性。面白いテーマとなりそうだが、探索は専門家に任せよう。いや、すでに論文のひとつやふたつはあるだろう。ここではあくまでも、一人で書くしかない私の問題としての自動記述。今回私は、何か面白いシュルレアリスム関係の文献が所蔵されていないかと、書斎の隅に設けてある雑誌のバックナンバーコーナーをひっくり返してみたが、そこで『ユリイカ6月臨時増刊・総特集シュルレアリスム』（一九七六）という古い雑誌を見つけた。巖谷國士編集。その巖谷氏が、序文で、完全な自動記述なんてあり得ない、度合いがあるだけだ、というようなことを書いていた。そうか、そういうことなのかと、不思議に腑に落ちた。アルコール度数みたいに、自動記述度五パーセントの詩があり、四三パーセントの詩があるのだ。そう考えると楽しい。

ただし、自動記述度が高いほうが作品としても豊かであるかというと、そのかぎりではない。ブルトンの作品でいえば、『溶ける魚』――『磁場』の五年後に、ブルトン単独で書いたこの『溶ける魚』のほうが、一見自動記述度は薄く、説話論的な要素の介入まで許してしまっているが、作品の豊かさ、面白さは『磁場』より上であろう。というか、もはやここでは自動記述は初発の方法あるいは手段というにすぎず、その結果としての、偶発的な語の結合を交えた、なんとも解放的でのびやかなイメージの増殖や、物語性を巻き込んだ幻想の展開という詩的価値のほうが、私にははるかに重要であるように思える。

私の墓は、墓地の門が閉まったあと、一艘のボートのかたちをして、海の波を切るようにすすむ。ボートには誰もいない、ただしときおり、夜の鎧戸越しに、腕を持ち上げた女がひとり、いわば船首像のように、天翔ける私の夢に取りつく。また別の場所では、農場の中庭とおぼしいが、女がひとり、洗濯石鹸の青い泡の球で曲芸をしていて、その泡は空中で爪のように燃える。女たちの眉の錨、これだな、きみたちの目指すものは。この日は海上の長い祭りにほかならなかった。納屋が浮こうが沈もうが、田園での跳躍というにすぎない。最悪、雨が降っても、あの屋根のない家なら待機も我慢できるだろう。われわれはそこに向かっているし、家は多様なかたちをした鳥と翼ある穀粒からできている。家を取り囲む柵は、私の夢想の邪魔をしてくれるどころか、海の方へ、センチメンタルな光景の方へと繋がりそこねて、海はふたりの看護修道尼のように遠ざかってゆく。

『溶ける魚』を構成する三十二の断章のうち、その「14」の冒頭部分。数人による日本語訳があるが、自動記述の様相に沿うため、あえて逐語に徹した訳出を試みてみた。『溶ける魚』は『シュルレアリスム宣言』の理論の実践例として、付録のように付けられたわけだが、当初は逆で、『溶ける魚』が主であり、『シュルレアリスム宣言』はそれへの序文として、そのいわば理論的な裏付けのために付される予定だったという。『溶ける魚』に込めたブルトンの自信のほどが窺われよう。

ブルトンは『溶ける魚』の三十二のテクストに「小話」historiettes という「ジャンル」を与えている。たしかにその過半にはある種の物語性が感じられ、あるイメージの提示が、つぎには遠近さまざまなイメージ群を巻き込みながら「小話」を展開してゆくさまが、濃淡の差はあれ読み取られうるといえる。たとえば引用した「14」もそうだ。「私の墓は〔……〕一艘のボートとなって」という書き出しがなんとも印象深い。西洋の墓石が横に寝かされていることを思えば、墓＝ボートというメタファーは必ずしも突飛なものではないだろうが、それは「私の墓」なのである。つまり「私」はあらかじめ死んでいるのであって、あるいは少なくとも「私」は、自動記述的なエクリチュールを作動させる無意識なるものに主体のステータスを譲り渡しているのである。その「私の墓」がボートという乗り物になって、海と女と二系列のイメージの連鎖を導き出してゆくさまは、読者をも、まさに「超現実」の空間への夢幻的かつエロティックな「航海」に巻き込んでゆくかのようだ。

断章の末尾には、「私が追う私である男」とでも訳そうか、l'homme que je suis という面白い地口が出てきて（原文は「私である男」という意味と、「私が追う男」という意味とをかけている）、のちの『ナジャ』冒頭の Qui suis-je ?（「私とは誰か／私は誰を追っているか」）へと通じてゆく。そのほか、断章「22」に「通り過ぎる女」の主題があらわれたり、断章「32」では「ソランジュ」という女性名への固執が見られたりもして、『溶ける魚』の全体を『ナジャ』の萌芽として読むこともできそうである。じっさい、『ナジャ』によれば、ブルトンが自著としてナジャに貸し与えた一冊が、ほかならぬ『シュルレアリスム宣言・溶ける魚』であり、それを読みながらナジャは、断章「31」に語られる芝居の登場人物のひとりエレーヌの役を演じたような気がすると、すでにして錯乱的に言うのだった。

その『ナジャ』への再訪（「アンドレ・ブルトンと『ナジャ』と客観的偶然と」の章参照）は、もちろんこの旅の前半のハイライトとなるはずであるが、そのまえに、自動記述という話題のつづきとして、不思議な回り道をしよう。さきほど、度合いとしての自動記述という巖谷氏の提案を紹介した。そこで、私自身のこととして、シュルレアリスムから影響を受けた詩人と自認する以上、一度は問うてみる必要があるのではないか、自分の詩作を振り返って、そこに自動記述の度合いの高いテクストはあるだろうか、と。

ないような気がする。仮に草稿段階では自動記述的であっても、その後一篇の詩の完成に向けて大幅に意識を介入させてしまうからだ。そうしたなかで、つぎのような詩には、自動記述風の草稿の痕跡が、テクストの最終段階まで、ある程度残っているような気もする。あるいは、前章の鈴木雅雄の言葉を借りれば、「最初に書かれたテクストに触発されて生じたいわば二次的なオートマティスムと考えられる書き加え」の痕跡が。

ちたちたちた

他の茎のなかでめざめた
ちたちたちた
石よりも硬い漿液に貫かれて
純粋な痛みが駈けのぼってくる
口唇からこぼれ落ちる舌の錆
私とは誰でありえたか
私とはまた雲のちぎれ雲のほそまい
南面の性の崩落が激しい
北東には岬が立ちへリウムと呼ばれる
ほろほろな空隙を踏みそこね踏み外し
リズムすべてはリズム
老いたところで何になろう
時の風紋のいただきに立ち
霧を集めては飲む虫の忍耐のよう
無限の右の繊維が裂けて
白磁のような外がのぞいた
西へすすむにつれ私はちぢむ

振り仰げばまだら母の深み
るりるりるり
全身にその刺青をほどこしてもらう

『幸福な物質』（思潮社、二〇〇二）という昔の詩集から引用した。ちなみに私はこの詩のコピーを、わがカフェでの講座で、「かなり自動記述だと思うんですが」と暗示をかけながら受講生に配布したのだったが、どんな感想が返ってきたかは忘れてしまった。「他の茎のなかでめざめた」とか「私とは誰でありえたか」というのは、何となく主体の複数性を思わせてシュルレアリスム風である。逆に、「私とはまた雲のちぎれ雲のほそまい」という箇所は、自然との合一を夢見て、言ってみれば宮澤賢治風だ。

実は何年か前、突拍子もなく私は、自動記述と『春と修羅』の「心象スケッチ」とを比較したことがある（「イーハトーブ学会会報」）。両者はエクリチュールの速度とか即時性とか、それなりに共通点もあり、つきあわせたら面白いのではないかと思われたのだ。もちろん軽いエッセイのノリではあるが、以下がその全文。本書のこれまでの私の文章と重複があることをお許しいただきたい。

イーハトーブ心象スケッチ学

野村喜和夫

宮澤賢治学会夏期セミナーのシンポジウムに招かれ、はじめて花巻の地を訪れた。セミナーのテーマは「心象スケッチを知ってますか？」いいえ、私も賢治の専門家ではないので、何も知らないも同然です。

さいわい、シンポジウムをコーディネートした吉田文憲さんから事前に助け舟が出ていた。とりあえず自動記述と比べてみたらいかがでしょう。そうか、私が多少はフランス文学をかじっていることを文憲さんは考慮してくれたのである。自動記述の自動性や即時性に呼応するごとく、賢治も、「これらは二十二箇月の／過去とかんずる方角から／紙と硬質インクをつらね／（……）／ここまでたもちつづけられた／かげとひかりのひとくさりづつ／そのとほりの心象スケッチです」とか、「ただたしかに記録されたこれらのけしきは／記録されたそのとほりのこのけしきで」とか書いているし。

新幹線の新花巻駅に降りて——「わたしはずゐぶんすばやく汽車からおりた／そのために雲がぎらつとひかつたくらゐだ」——びっくりしたのは、みやげもの屋兼レストランの建物のほかにほとんど何もないことで、まさか賢治記念館やイーハトーブ館が新幹線を止まらせた？　などと思いながら、ともかくもほぼ天然自然の風景がまわりに広がり、賢治の心象スケッチの世界に一歩近づいたことはまちがいない。心象スケッチとは、何よりも歩行の詩学であろう。身体と言語の協働がさらに天然自然にはらきかけてゆくのだ。

シンポジウム自体は、記憶によれば、いきなり『春と修羅』本体への突っ込んだ議論となり、私もかろうじてそれにつかまって何か話したりしたが、おぼえていない。おぼえているのは、自動記述との比較はほんの二言三言程度で終わってしまったということ。

そこでこの場を借りてそれをやってみようと思い立った。もとより私はシュルレアリスムの専門家でもないので、文献資料も少ないし、直感をたよりのあてずっぽうな話に終始するはずであるが、お許しを。

アンドレ・ブルトンが盟友フィリップ・スーポーとともに、パリ五区パンテオン脇の「偉人ホテル」にこもり、最初の自動記述による作品とされる『磁場』を書いたのは一九一九年。ちなみに、『春と修羅』

の出る一九二四年は、なんとブルトンの『シュルレアリスム宣言』と同じ年だ。心象スケッチと自動記述は、洋の東西とはいえ、完全に同時代のものなのである。

では自動記述 écriture automatique とは何か。かんたんにいえば、フロイトの自由連想法をヒントにブルトンが考え出し実践した無意識を探求するための方法で、「理性による一切の管理が不在の状態でなされる、思考の書き取り」ということになる。

実はいつだったか、パリのポンピドゥーセンターでアンドレ・ブルトンの大々的な回顧展が行なわれたことがあって、そのとき私は、『磁場』の自筆原稿をみている。ノートをびっしりと埋め尽くした几帳面そうな書体の小さな文字。ところどころには修正の書き込みもみられて、このどこが自動記述なのかと訝ったものだ。自動記述の清書原稿？ しかしそれは語義矛盾だ。これなら、走り書きのため私のような者には判読不能の箇所もすくなくない賢治の自筆原稿のほうが、よほど自動記述ではないか。

じっさい、シュルレアリストたちも、自動記述の純正さを保証することはむずかしかったようで、やがて夢の記述へと関心を推移させてゆく。狂気への近接もあったようだ。ブルトンだったかスーポーだったか、自動記述に熱中するあまり精神の変調をきたしたらしく、恐怖を感じて、肝試しの途中で引き返すように、実験を中止してしまったというようなことがあったようなのである。この点、心象スケッチにも通じるところがあるのではないか。賢治もまた、「幻想が向かふから迫つてくるときは／もうにんげんの壊れるときだ」とか、「感ずることのあまり新鮮にすぎるとき／それをがいねん化することは／きちがひにならないための／生物体の一つの自衛作用だけれども」とか書いているし。

速度へのこだわりも似ている。ブルトンらが通常の二倍速三倍速での連想のスピードをめざしたのはいうまでもないが、賢治も、「小岩井農場」のような作品は、歩行のリズムに合わせ、かなりのスピートで記述していったであろうから。

両者の大きな違い、それはあたりまえすぎる事柄に属することではあるけれど、心象スケッチが自然を相手にその自然とのエロス的合一を希求する「わたくしといふ現象」の記述であるのに対して、自動記述のほうは、あくまでも都市、パリという都市が背景であり基底になっているということだ。『磁場』をひらくテクストは「裏箔のない鏡」というのだが、これは窓を鏡に見立てて、そこに映る内景が問題になっている。窓が破砕されて、「むかふに霧にぬれてゐる／蕈のかたちのちひさな林があるだらう／わたしのかんがへが／ずいぶんはやく流れて行つて／みんな／溶け込んでゐるのだよ」というようなことは、絶対起こらない。魅惑や危険はべつのところにあった。自動記述は、誰が書くかも何を書くかも問題にしなかったという意味で、主体の定位はおろか、作家と作品のステータスも、無意識という究極の審級のほうへ消えていきかねないのであった。

と、かたい話になってしまった。比較のあとの軍配を期待する向きもあろうか。詩を読む悦びの大小で言えば、もちろん心象スケッチ、といきたいところだが、実作者としてどちらにアクセスしやすいかといえば、私もひとまず都市生活者だしなあ……

ところが今回の旅で、書斎にあるシュルレアリスム関係の文献をあれこれと渉猟するうちに、塚原史が全く同じ比較対照を行っていることを発見した。『反逆する美学――アヴァンギャルド芸術論』に所収の「宮澤賢治とアンドレ・ブルトン――心象スケッチと自動記述」という論考がそれである。初出は『現代詩手帖』一九九六年十一月号とあるから、私のエッセイよりずっと古い。偶然のシンクロというより、こちらの不明が暴き出されたわけで、いささか愕然とした。

塚原氏の論考の要点は、心象スケッチと自動記述との、私が強調した差異よりもその共通点、すなわち、たんに偶然の所産とはいえない同時代性である。「賢治の『心象スケッチ』とブルトンの『自動記述』は、はじめの予感どおり、多くの部分で重なり合う企てだったことが確認されるが、それは二人の詩人の内面のひそかな照合といった、個人的で『文学的』なレヴェルの問題というよりは、むしろ彼らの同時代の知的パタダイムにかかわる問題であるように思われる。」

それにしても、『春と修羅』と『シュルレアリスム宣言』が同じ一九二四年に刊行されたことは私のエッセイでもふれたが、ふと気づけば、賢治もブルトンも、同じ一八九六年に生まれている。これはもう、出来過ぎといえば出来過ぎのシンクロであろう。まるで彼らから、洋の東西に分かれるとはいえ、同じ年に生まれた自分たちを比較してほしい、あるいはパリVSイーハトーブという対立軸を導入してほしい、きっと面白い結果になるはずだから――と、あらかじめ要請されていたかのようだ。塚原氏も、そして私も。

ポール・エリュアールと自動記述

自動記述についての、汲めども尽きぬ話題。これにもうひとつ、ポール・エリュアール（一八九五～一九五二）という固有名を付け加えなければならない。自動記述をめぐるこれまでの私の感想は、すべて、純粋な「思考の書き取り」など果たしてありうるものなのかという素朴な疑念や留保に基づくものであった。ところが、この点に関して、全く別の視点から照明を与えている本が存在するのである。福田拓也の労作『エリュアールの自動記述』（水声社、二〇一八）がそれだ。「エリュアールの」と限定がつく以上、エリュアールへの旅のところで扱うべきなのであろうが、自動記述一般にとっても重要な視点だと思われるので、ここで紹介しておく。

当該書は福田氏のパリ第八大学博士論文『エリュアールの詩作品の生成、諺的言語からシュルレアリスム的エクリチュールへ（一九一八～一九二六）』（一九九六）の部分的な邦訳で、学術論文として当然とはいえ、十分な詩学的言語学的知見に基づくその精緻な分析には驚かされる。そして何より、私のこのシュルレアリスムの旅にとっても大きな示唆を与えてくれる本となった。

福田氏が読解の対象とするのは、シュルレアリスム全盛期におけるエリュアールの集大成的な詩集『苦悩の首都』（一九二六）のうち、「新詩篇」としてくくられた詩群、とりわけ、『シュルレアリスム革命』誌に発表されたさいには「シュルレアリスム的テクスト」と題されていた散文詩群である。「シュルレアリスム的テクスト」とは、要するに自動記述によって書かれたテクスト、ということだ。エリュアールというと、端正に整えられた自由詩型の書き手という印象が強いが、福田氏は、文字通り自動記述的なテクストを分析することによって、自動記述なるもののエリュアール的な実践の様相、あるいはむしろ、自動記述なるもののエリュアール的な変容ないしはアレンジという様相をあきらかにしようとする。

そもそも自動記述は、純粋な思考の表現をめざす一方で、言語に頼らざるを得ないという逆説に引き裂かれている。それは私もうすうす認識していたことではあるのだが、福田氏はそこからこそ出発する。「逆説は、唯一的な出来事であり起源的な言葉であることを主張するエリュアールの詩的エクリチュールが、そのようなものとして自己を肯定するために、不可避的にある種の二重化を被るということにある。エリュアールの詩を特徴付ける二重化あるいは『裏地』は、三つの次元において確認される。まず、そのたびそのたびに唯一的なものである詩的言表は、同時に、言語的諸単位の反復として現われる。語たちの反復であるのみならず、ほとんど語彙化されていると言ってもよい決まり文句や諺のような諸形態の反復だ。次に、ダダ時代であれば『自発的な』力の、あるいはシュルレアリスム初期であれば明らかに無意識の隠蔽された力と結び付いた『精神』の権能の純粋な出現であることを欲する、一言で言えば一つの起源的純粋さを具現するものであることを欲するエリュアールのテクストは、しばしば他のテクストへの差し向けを構成している。かくして、詩的テクストは、単に現前しているというどころか、二重化され、同時に最初のものであり二次的であるものとして現われる。最後に、エリュアールの詩的エクリチュールは自身の産出を表象するために自身に立ち帰る。」

この「差し向け」という概念には、当時広く受容されつつあったポスト構造主義的な時代思潮、とりわけデリダの思想がうっすらと踏まえられているだろう。じっさいこのあと、福田氏はつぎのように書くのだ。

自動記述は、シュルレアリスム初期におけるエリュアールの詩を特徴付ける二重性の強調される一つの特権的場を構成している。一方で、自由と純粋さの飽くことのない探求を体現しつつも、自動記述は他方で、いかなる最終的記号内容のうちにも定着されない欲望と言語の戯れを、記号から記号への、記号表現から記号表現への無限の差し向けとして考えられるこの戯れをテクスト的舞台の上で表象しているのである。

以下、「隠喩的自己回帰としての自動記述」、ついで「言語的要素の連鎖と差し向けの機能」をめぐって精緻な分析が行われてゆくのだが、ここでは、それぞれの場合についてかいつまんで紹介しておこう。「隠喩的自己回帰としての自動記述」については、福田氏は「絶対的必要性、……」というテクストを読み解き、そこでは「リボン」という名詞が「線形性という意味素によって前置詞的連辞の並置・列挙をはっきりと隠喩化し表象している」とする。テクストを孫引きしておくと（以下、エリュアールの作品からの引用はすべて福田拓也訳）――

〔……〕彼〔人間〕は捕われたままでいるだろう、彼のたてがみのリボンによって、群れの、群衆の、行列の、火事の、種まきの、旅行の、省察の、叙事詩の、連鎖の、投げ捨てられた衣服の、引っこ抜かれた処女性の、戦いの、過去のあるいは未来の勝利の、液体の、満足の、恨みの、見捨てられた子供たちの、思い出の、希望の、家族たちの、人種の、軍隊の〔……〕。

また、「偉大なる女陰謀者たちよ、……」というシュルレアリスム的テクストでは、「自動記述による自身の産出過程を一種の隠喩的自己回帰によって一つの道行きあるいは行程であるものとして表象している」とする。これも孫引きしておくと――

偉大なる女陰謀者たちよ、ぼくの躊躇する歩みのXと交差する運命なしの道路よ、石と雪でふくれた編み下げ髪よ、空間のなかの軽い井戸よ、旅行たちの車輪の輻よ、そよ風と嵐の道路よ、湿った野原の中の男らしい道路よ、街の中の女性的な道路よ、気の狂った独楽の紐よ、人間はおまえたちを頻繁に訪れることによって、自分の道と彼を目的へと運命付けるあの美徳を見失う。彼は自身の現前をほどく、彼は自身の像を放棄し、星たちが彼を指針として導かれることを夢見る。

一見したところ、混沌としたイメージの並置に過ぎないように思えるテクストだが、実は行程という観念が「道路」という主題的次元で反復されており、またそのまわりに、「その線的形態が『道路』との親近性をはっきりと示す諸要素」が集まり、さらに「車輪」（roue）という別の主題は、「『道路』（route）と意味論的親近性のみならず音的な親近性をもっている」。

「言語的要素の連鎖と差し向けの機能」については、まずシニフィアンの連鎖が、つぎにエリュアール的自動記述の最も顕著な特徴である並置が、豊富な例証によって浮かび上がってくる。そして「差し向けの機能」だが、福田氏はつぎの詩をあげる。

口たちは曲がりくねった道を辿った
熱いグラスの、天体のグラスの
そしてひとつの火花の井戸のなかで
沈黙の核心を食べた。

もはや混合は馬鹿げたものではない――
ひとが見るのはここでだ、語たちの創造者を
自分の生む息子たちのうちで破壊され
世界のあらゆる語で忘却を名づける者を

福田氏によれば、これらの詩句は、いわばテクストを映し出す鏡なのであって、「そこではもはや誕生と死、出現と消滅が区別され得ないような言語の戯れを見事に表象している。言語の戯れ、差し向けの戯れであるに他ならない『語たちの創造者』は、自身を語たちとして認識し、語たちという形態のもとに現われるとき、いわば忘却され死ぬのである」。福田氏はさらに、テクストからテクストへの差し向け、そして間テクスト的戯れとしての差し向けについても、やはり豊富な例証を挙げて説明しているが、ここでは省略する。

このような労作『エリュアールの自動記述』の論旨を、私なりのバイアスをやや乱暴にかけて、わがシュルレアリスムへの旅の行程に組み入れてしまえば、つまり自動記述には、ブルトン的なものとエリュアール的な

ものとがあるということになろうか。前者はシンタックスの流れに逆らわないお話志向（これには私も不満を表明したわけだが）、後者は名詞構文の並置によるイメージ志向である。さらに重要と思われるのは、従来自動記述は、純粋な思考の書き取りという面でのみ捉えられてきたが、福田氏によって、自動記述といえども言語に頼らざるを得ない逆説があることが強調され、そこから、自己参照的な隠喩や語の無限の「差し向け」という、エリュアール的自動記述における言語の自己運動的側面が浮き彫りにされたということだ。言語からの解放ではなく、言語への、言うなれば柔らかい拘束。これは意味深いと思う。自動記述は人間の無意識を明るみに出す手段であったわけだが、むしろテクストの無意識ともいうべきメタ傾向を示すのである。歴史的文脈でいえば、構造主義とポスト構造主義を潜ることによって再定義された自動記述、ということになろうか。そこに福田氏のいさおしがある。ただ、実作者としての経験から言えば、このようなメタ傾向は詩作には自然に起きる現象で、エリュアールは純粋な詩人だっただけに、そういう面が出やすかったのかもしれない。いや、もしかしたらブルトンの『溶ける魚』も、精緻な分析を試みれば、多少とも同じような傾向を示すのではないか。例えば、さきに訳出を試みた『溶ける魚』の「14」も、繰り返すが、墓地からすべり出すボートというイメージがなんとも意味深く、さらに言うなら、それはそのまま、テクストを紡ぎ出す何かしら紡錘の形をしたエクリチュールの隠喩として機能している、というように。

とここまで書いて、じっさい、若干の修正を余儀なくされた。朝吹亮二の前出『アンドレ・ブルトンの詩的世界』に所収の「『溶ける魚』論」を参照すると、ブルトン的な自動記述にも言語の自己運動的な側面があるというのである。そのレジュメの文章を引用しておこう。

自動記述については、未だに完全に解明できたとは言い難い面もあるが、この論文で強調されているのは、それが、無意識の声の書き取りであるというよりは（そういう側面もむろん否定できないにせよ）、言葉の自動的な集合、言葉の自動的（自律的）な連鎖なのだという点である。

ポストモダンを経たシュルレアリスム理解がここにもあらわれている。広く一般論としても、作品を読むとは、作者の意図や作者の生きた時代の制約を超えて、作品をより開かれた場へと解き放ち、さらにはより現在的な地点へと生まれ変わらせることなのだ。

トリスタン・ツァラの可能性

『磁場』に先立つこと三年、第一次世界大戦のさなかの一九一六年に、中立国スイスのチューリッヒでは、ダダという過激な前衛芸術運動が起こった。その中心にいた人物が、言わずと知れたルーマニア出身の詩人、トリスタン・ツァラ（一八九六～一九六三）である。ルーマニアというのは不思議な国で、スラブ語圏にあってなぜかロマンス語系の言語が話され、そのこともあってか、ツァラのほかにも、不条理演劇のイヨネスコとか特異なアフォリズム作家シオランとか、そして本書第二部でふれる詩人のゲラシム・ルカとか、フランス語を使用言語にした文学者がいくたりかいる。

さて、わがカフェでの講座では、ダダからシュルレアリスムへという教科書通りの文脈で、まずダダ時代のツァラを読んだ。かの名高い「帽子のなかの言葉」（新聞の切り抜きをつぎつぎと帽子に入れ、しかるのちそこから無作為にそれらを取り出し並べるだけで詩が出来る！）は飛ばして、たとえば「サルタンバンク」という詩――

脳髄がふくらむ　しぼむ
　重い風船がしぼんでぺしゃんこだ
（腹話術師の言葉）
ふくらむ　しぼむ　ふくらむ　しぼむ
　しぼむ
　　　溶けた臓器
雲も時にはそんな形になる
　未亡人たちはそいつを見ながら退屈顔だ
　　　時には
めまいの音を聞け
　　　数字のアクロバット
　　数学者の頭の中の
飛ぶ NTOUCA
　　　マネキン人形の頭
ダダは誰だ　ダダは誰だ
　静止詩は新しい発明だ
MBOCO 喘息　　　HWS 2
1 0 0 5 4　ムーンビンバ

　　機械がある
　機械
　　　母音たちは白血球
母音が伸びる
　伸びる　ぼくらをかじる　柱時計
　　　　ぶつかりあう
するとその時ロープに沿って光が走る
　曲芸師の頭から立ちのぼる煙
ぼくのおばさんは体育館のブランコの上でうずくまる
　おばさんの乳首は鰊の頭
　あのひとにはひれが生えていて
自分の胸からアコーデオンを取り出す取り出す取り出す
胸からアコーデオンを引っぱり出す出す出す出す
グルワ　ワワ　プロアアブ
小さな町では旅館の前の鋤の下で太陽が
卵を抱いている
　ンフ　ンフ　ンフ　タタイ
サーカスの荷物を見ながら子供たちが放屁する
シラミだらけの荷物

そして祖母たちはやわらかい腫瘍に覆われる
ポリープだ

ダダとツァラ研究の第一人者塚原史の訳で掲げた。いつの間にか膝が踊り出すような、掛け値なしに面白い詩だと思う。「サルタンバンク」とは曲芸師のこと。塚原氏はダダという運動体全体をサーカスになぞらえているが、「この『サルタンバンク』を読んでも」と書いている、「ツァラのダダ詩が、言語によるスペクタクルになっていることが、理解できるだろう。それらは、何らかの感性や抒情の単なる表現手段ではなかった。ふくらんだり、しぼんだり、伸びたり、ちぢんだりする語の群れがアクロバットを演じるサーカスの世界がここにある」。

講座ではつぎに、この反逆児がパリに出てブルトンと邂逅し、ともにパリ・ダダを立ち上げながら、すぐに袂を分かつに至る経緯を辿った。破壊のダダと、創造のシュルレアリスムと、やはり教科書通りの腑分けをして、以前ならこれで十分となるところだった。

ここで教科書通りとしたのは、別の見方もあるからである。ダダの可能性をどこまでも強調する塚原氏の『プレイバック・ダダ』(ちくま学芸文庫版では『ダダ・シュルレアリスムの時代』と改題)によれば、破壊のダダ、「無意味」のダダは、したがって西欧的な意味のシステムの彼方へと去る究極的な創造的行為であるのに対して、創造のシュルレアリスム、「意味」のシュルレアリスムは、結局、そのシステムの枠内にとどまらざるを得ない限界をはらむ。なるほどそういう展望もできるわけで、そこにはまた、長年にわたってツァラという詩人にのめり込んできた塚原史の「詩と真実」もあるような気がして、むしろその点にこそ私は深い感動をおぼえる。

ともあれ、ルーマニアというヨーロッパの「辺境」からやってきて、それゆえの遊動的な立場から、トリックスターさながらにふるまうトリスタン・ツァラ。ヨーロッパ人としては異様に小柄で、その片眼鏡姿からは、鋭敏な知性と神経質そうな人柄が伝わってくる。そんな印象を確認して、私のツァラ再訪は終わりになるところだった。

ところが、ツァラは一九二〇年代末に再びブルトンらに近づき、詩と革命の接点に自らの行動原理を置こうとする。カルチャーセンターの講座のほうでは、そのあたりのことも見ておこうということになって、その時代の代表作『近似的人間』の原文に私は初めてふれた。そして驚愕だ。トリックスターどころの話ではない、まぎれもなくツァラは大詩人ではないか。『近似的人間』は百数十ページにもわたる長篇詩で、とても短期に読み切れるものではなく、私もまだ原文で全行を読んだわけではないが、見事な塚原史訳でその一端を紹介しよう。

1

重苦しい日曜日は沸騰する血液を覆う蓋となり
その筋肉の上にうずくまる一週間の重さが
再び見出されたそれ自体の内面に落下する
鐘たちは理由なく鳴り　そして私たちもまた
鐘たちを理由なく鳴らせ　そして私たちもまた
私たちは鎖の音に歓喜するだろう
鐘たちとともに私たちが自分の内面で鳴らす鐘の音に

＊

私たちを鞭打つあの言語は何か　私たちは光の中で跳びはねる
私たちの神経は時の両手に握られた何本もの鞭だ
そして疑いが片方だけの色のない翼で飛んできて
私たちの内面で締めつけられ押さえつけられて砕ける
破られて皺くちゃにされた包装紙のように
別の時代へすり抜けた棘のある魚たちの贈り物のように

＊

鐘たちは理由なく鳴り　そして私たちもまた
果物たちの眼が私たちをしげしげと見つめ
私たちの全ての行動は見張られて隠しようもない
川の流れは川底を何度も洗って
引きずるような二つの視線を運び去る

流れは酒場の壁の足元で多くの人生を舐め
弱者たちを誘い恍惚感が枯渇した誘惑に結びつき
昔から伝わる山積みの異本の底に穴を開け
囚われた涙の泉を解放する
息の詰まる日常に隷属してきた泉たち

〔……〕
川の流れは川底を何度も洗って
なめらかな波の上を光さえもが滑っていき
石が破裂する重々しい音とともに深淵に落下する

独特の呪文的なリズムに乗って、うねるようなイメージの連続が展開し、言語と存在の意味が広く深く問われてゆく。「ダダは何も意味しない」と断言した人物のものとは思えない本格の手つきが窺われ、言葉によるオブジェやコラージュの制作といった傾向が強い草創期のおおかたのシュルレアリスム的テクストより上ではないか。迫りくるファシズムや戦争への不安を、実存的に先取りしているようなところもある。『近似的人間』の原文にふれたことは、今回の旅の最大の収穫のひとつといっていいかもしれない。おそらく『近似的人間』は、ルネ・シャールの『眠りの神の手帖』やエメ・セゼールの『帰郷ノート』に匹敵する、二十世紀前半のフランス語圏にあらわれた長篇詩作品の傑作ではないだろうか。

同時に私の不明も明らかになった。『シュルレアリスムの射程　言語・無意識・複数性』（一九九八）というムックの巻末に付された、超がつくほど詳細な「批評的書誌」によると、『近似的人間』は、すでに一九七五年に浜田明訳で講談社版『世界文学全集78』に所収されており、一九八〇年代にも『人間のあらまし』（宮原庸太郎訳、書肆山田）というタイトルで翻訳されている。また同じ一九八〇年代に、塚原氏らの訳で『トリスタン・ツァラの仕事』（思潮社）という選集も出ているのである。『近似的人間』が傑作であるという認識は、どうやら専門家のあいだでは早くから共有されていたようなのだ。なぜ私はスルーしてしまったのだろう。やはり、ダダはシュルレアリスムによって批判的に乗り越えられたという通念に囚われて、ツァラへの関心を狭く限ってしまったのだろう。

なお、『近似的人間』には「グレタに」という献辞がついているが、グレタは当時のツァラの妻グレタ・クヌトソンのこと。スウェーデンの富豪の娘で、自身画家でもあった。彼女が出資したモンマルトルのツァラ邸は、有名建築家A・ロースの設計ということで評判になった。実は岡本太郎や横光利一も訪れている。ツァラとグレタは一九二五年に結婚し、四二年に離婚した。この離婚にはおそらくルネ・シャールが絡んでいる。というのも、シャールは一九三〇年代後半、まだ一応は人妻だったグレタと深い関係にあったからだ。写真で見るかぎり、女優としても十分通りそうな美女で、横光利一もその旅行記で彼女の美貌ぶりにふれている。

アンドレ・ブルトンと『ナジャ』と客観的偶然と

ツァラを再発見した私は、ブルトンに戻る。時系列的には、パリ・ダダの分裂からシュルレアリスムが生まれる。一九二四年、ついに『シュルレアリスム宣言・溶ける魚』が、ブルトン単独の著作として公刊された。そのさらに三年後の一九二七年には、『ナジャ』が書かれた。

以降、シュルレアリスムといえばブルトン、ブルトンといえば『ナジャ』である。今日では『ナジャ』は、シュルレアリスムのみならず、二十世紀フランス文学の古典という位置を得ている。わがカフェでの講座でも数回にわたってそのさわりの部分を精読した。使用したのは、巖谷國士訳の人文書院版『アンドレ・ブルトン集成1』。のちに巖谷氏は、岩波文庫版『ナジャ』において、より読みやすい改訳を提示したが、私はなぜか『集成』のほうの訳に愛着がある。私の若年期のシュルレアリスムへの熱中とかぶるからであろうか。しかし、岩波文庫版には、プレイヤード版ブルトン全集などを参照した詳細きわまる訳注が付されていて、それとつき合わせながら本文を読みすすめてゆくと、『ナジャ』のみならず、シュルレアリスム全体についての理解も次第に広く深くなってゆくような、なんともいえない読書の愉楽を味わうことができる。未読の読者は、以下の私の勝手な読み解きにつき合うまえに、まずは岩波文庫版を繙くべきであろうこと、言を俟たない。

「私とは誰か」（フランス語では「誰を私は追っているか」の意味にもなりうる）で始まり、「そこにいるのは誰か」で終わるというのが、この作品の構成の要である。じっさいには後日譚の部分がまだつづき、とりわけそこに唐突にあらわれる「君」なる呼びかけによって、ナジャとは別の女性が暗示され、読者は困惑のうちに本を閉じることになるのだが、それは措こう。アイデンティティの問いと誰何の問いと、そのあいだに狂気の女ナジャが置かれている。「私とは一個の他者である」というランボーのフレーズが補助線として引かれていてもいいのではないかと、個人的には思う。話の筋を追ってもあまり意味のない作品だが、ひとりの詩人がひとりの狂気の女と偶然に出会い、いくたびかデートを重ねてパリの夜をさまよったのち、不意に別れるにいたるまでを、まるで臨床日誌のようにして綴った一人称体小説——ブルトンは小説に分類されるのを嫌うだろうが（本書第二部の「ジュリアン・グラックあるいは小説のシュルレアリスム」参照）——とひとまずは言えるだろう。

ランボーついでに、今回『ナジャ』を再読してふと思いついたのは、『イリュミナシオン』に所収の「コント」という詩との類似である。以下がその「コント」の全文——

ある**君主**がいて、それまでひたすらくだらない寛容の錬磨にいそしんできたことに、我ながら苛立ちを覚えていました。彼は愛の驚くべき革命を予見していました。自分の女たちにしても、天国の話とか贅沢とかで飾りつけたあんなお追従なんかより、もっとましなことができるのではないかと思っていました。彼は真実を、本質的な欲望と満足の時を、目にしたかったのです。敬神の道に外れても外れなくても、それが望みでした。彼には少なくとも、かなり強大な権力がありましたから。

彼を知った女たちはことごとく惨殺されました。美の花園の何という蹂躙でしょう。剣の下で女たちは彼を祝福しました。彼は新しい女を召し出せとは言いませんでした。――女たちはふたたびあらわれました。

狩りや酒宴のあと、彼は自分につき従う者たちをことごとく殺しました。――ことごとく彼につき従ってきました。

彼は高価な獣たちの喉を切って楽しみました。宮殿を炎高く燃やしました。人々に襲いかかってずたずたに引き裂きました。――群衆や黄金の屋根や美しい獣たちは、それでもなお存在していました。

破壊において陶酔し、残酷な行いによって若返る、などということができるものなのでしょうか。民衆は不平を洩らしませんでした。進言する者は誰もいませんでした。

ある晩、彼は誇らかに馬を駆っていました。すると**精霊**があらわれました。名状しがたいほどの、口にするのもはばかれるほどの美しさのうちに。その容貌、その物腰からは、多様で複雑な愛の約束が、言いようもなく耐えがたいほどの幸福の約束が、あらわれ出ていました。**君主**と**精霊**は、おそらくは、本質的な健康のうちに消え失せました。これでふたりが死ななかったなんて、どうしてありえたでしょう。だからふたりはいっしょに死んだのでした。

けれどもこの**君主**は、自分の宮殿において、尋常の年齢でみまかりました。**君主**は**精霊**でした。**精霊**は**君主**でした。

精妙な音楽が、われわれの欲望には欠けている。

テクストは寓話あるいはおとぎ話の構成と語り口を借りているが、注目すべきは、「君主」が二度死んでいることだ。一度目は「精霊」と遭遇したことによって、「本質的な健康」のうちに。二度目は、「自分の宮殿において、尋常の年齢」で。この矛盾、この謎をどうとらえるかが、多くの注釈者を悩ませてきた。それは措くとして、この「君主」をブルトン、「精霊」をナジャと取るのである。ブルトンはナジャという「超現実」の化身のような女と遭遇して、彼がいうところの「至高点」に触れるが、その瞬間に、二人とも「本質的な健康のうちに消え失せて」しまう。それがポエジー内論理というべきものであろう。だがその外では、世俗的な世界が継続するのであって、その世界では、ナジャは精神病院へと送り込まれ、ブルトンはもとの日常に戻って、「尋常の年齢で死去」するまで、その生を全うする。

もうひとつ、『ナジャ』を再読して思うのは、「通り過ぎる女」のテーマもそこに流れ込んでいるということだ。このテーマで書いた詩としては、ブルトンの先輩詩人にして「シュルレアリスム」なる語の発明者、アポリネールの「オズモンド」が有名だが、さらに遡れば、ボードレールの「通りすがりの女に」に行き着くだろう。

一瞬の稲妻……あとは闇！　――消え去った美しいひと
そのまなざしが私をいきなり生き返らせたひとよ、
君にはもはや永遠のなかでしか会えないのか？

（『悪の華』第九三番「通りすがりの女に」第三詩節、安藤元雄訳）

人生において神秘はどのように開示されるのかを、これほど簡潔に言い切った詩句もめずらしいのではないだろうか。すなわち、神秘は「稲妻」としてもたらされるのだが、われわれがそれを捉えることはできず、ただそれが到来したことを事後的に確認するのみ。そう、まさに「通りすがりの女」を見送るように。そのようにわれわれはあらかじめ宿命づけられているというのだろうか。この胸衝かれる苦い系は、聖杯の行列に遭遇していながらその行列の意味を尋ねようとしなかった円卓の騎士ペルスヴァルから、世界の無意識に通じる巫女ナジャを精神病院の闇のなかに見失ってしまうアンドレ・ブルトンにいたるまでを貫き、さらに、女はいなくなるが、「稲妻捕り」の不可能性にポエジーの可能性を賭けようとする精神の冒険として、たとえば瀧口修造を経て、私のような日本現代詩の末端（私もかつて『稲妻狩』という詩集を出したことがある）にまで及んでいると言えそうだ。

ちなみに、ブルトン自身も、『シュルレアリスム宣言』中の最も美しいパッセージにおいて、稲妻について、稲妻たちについて、語っている——

〔……〕精神は果てしないひろがりを意識する。つまり、そこでは自分のさまざまな欲望があらわになり、賛成と反対とが絶えず無に帰してしまい、自分の暗部が自分をうらぎらなくなるようなひろがりを。自分を陶然とさせ、自分の指先の炎を吹き消すいとまさえほとんどあたえないような、それらのイメージにはこばれて、精神は先へすすんでゆく。これこそは夜のなかでもいちばん美しい夜、稲妻たちの夜であり、これにくらべれば昼のほうが闇夜である。（巖谷國士訳）

とまれ、さまざまな主題の合流点としての『ナジャ』。さらにもうひとつ加えよう。このシュルレアリスムの古典について、私は以前、オルフェウス的主題との関連において論じたことがある（『オルフェウス的主題』、水声社、二〇〇九)。詳しくはそちらを参照していただくとして、要約していえば、ひとりの詩人がひとりの謎の女と出会い、彼女の神秘に蠱惑されながら、いくたびかデートを重ねてパリの夜をさまよったのち、不意に別れるにいたる――そこには、楽人オルフェウスが亡き最愛の妻エウリュディケーを求めて地獄に下り、最終的には彼女を地獄から連れ戻すことに失敗するあの神話が反映されているのではないかということだ。『ナジャ』におけるパリの夜の彷徨はオルフェウスの地獄下りに相当する。ブルトン＝オルフェウス＝詩人は、生のこちら側への帰還と引き換えに、ナジャ＝エウリュディケー＝作品を取り逃してしまったのだといえるのかもしれない。そう考えると、『ナジャ』の終わり近くの、すでに触れたつぎのパセティックなくだりが、エウリュディケーを振り向いた直後のオルフェウスの悲痛な叫びそのもののように聞こえてきて、余計に胸をうつかのようだ。

そこにいるのは誰か？　ナジャ、君なのか？　彼岸が、彼岸のすべてがこの生のなかにあるというのは本当なのか？　私には君の言うことが聞こえない。そこにいるのは誰か？　私ひとりなのか？　これは、私自身なのか？

(巖谷國士訳)

ナジャとは、ブルトンという熱情的な書く主体が、作品を求めるあまりに遭遇したその作品の幻像なのかもしれない。幻像は必然的に主体から去る。残された主体は、「私とは誰か」というアイデンティティの問いから「そこにいるのは誰か」といういうたんなる誰何の問いへと、それこそめまいのような惑乱を経験するしかないのである。

このように『ナジャ』を読み取れば、残された問題は、のちにブルトンが「客観的偶然」と呼ぶことになる事象をどう捉えるかということに尽きる。そう言っても過言ではないと思う。『ナジャ』では、ナジャとの日々を綴る本題に入るまえに、延々と数十ページにわたって、たとえばアポリネールの戯曲『時の色』の初演の日、劇場のロビーで、自分を戦争で死んだはずの友人と間違えて話しかけてきた若い男が、あとでエリュアールだとわかるとか、偶然がもたらしたさまざまなエピソードが語られる。本題に入ると、

ナジャの視線は、今度は家並の周囲に向けられる。「ほら、あそこのあの窓、見える？　ほかの窓もそうだけど、あの窓、いまは黒いわね。でもよく見ているのよ。もう一分もたつと、明かりがつくの。あの窓は赤くなるの。」一分がたつ。その窓に明かりがつく。はたして、そこに赤いカーテンが見える。

（巖谷國士訳）

この「客観的偶然」は、『狂気の愛』に至って、かの名高い「ひまわりの夜」の驚くべきエピソードとなって最大化する。『狂気の愛』第四章に語られていることを、時系列に沿って整えれば、経緯はこうだ。まず一九二三年、ブルトンは、「ひまわり」という自動記述的な詩を書く。拙訳で示すと、

夏が降りてきたころ中央市場をよぎった旅の女は
つま先立ちで歩いていた
絶望は空にじつに美しい大蝮草を巻いていたが
ハンドバックのなかには私の夢があの気付け薬の小壜があった
それを嗅いだことがあるのは神の代母だけ

麻痺が湯気のくもりのように繰りひろげられる
レストラン「たばこ犬」
そこにちょうど賛成と反対とが入ってきたところで
若い女は彼らからは斜めになってよくみえない
私の相手は硝石の大使夫人であったろうか
それともわれわれが呼ぶ黒地に白の曲線の夫人であったろうか
無邪気な連中の舞踏会はいまがたけなわ
マロニエには提灯がゆっくりと火をともされてゆき
影のない御婦人は両替橋で跪いた
安らぎ街では消印がもう同じではなく
夜な夜なの約束はついに守られ
伝書鳩たち救急のキスたちは
十全な意味というクレープの下に突き出た
見知らぬ美女の乳房に集まっていたし
パリのまんなかで一軒の農場が栄えるのだ
その窓々は銀河に向かってひらき
だがまだ誰も住んでいないのは不意の来客のせい
不意の来客というのは人も知るように亡霊よりも献身的だ
あの女にまじって泳ぐかとみえる者たちもいるし

愛のなかに彼らの実質がすこし入り込むのだ
彼女は彼らを内に取り込む
私はどんな感覚器官の力にも翻弄されないが
それでも蟋蟀は灰の髪のなかで歌いながら
ある晩エチエンヌ・マルセルの像の近くで
私にわけ知りな一瞥を投げて言ったのだ
アンドレ・ブルトンよ通れ

さきにすすむまえに、案外重要なことかもしれないので、この詩への感想をひとこと。自動記述的と言ったが、同時に、現実のパリの地理が驚くほど忠実にふまえられていて、パリをよく知る者にとっては、ほんとうにそこを散歩しているような気分になる。偶然に出会った女性とさまようちに、彼女をまるで触媒のようにして、次第に「超現実」と化してゆく都市。そう、あたかも『ナジャ』のパリが予告されているかのように、まさに詩とエロスとの協働である。「ひまわり」とはその女性のことだろうか、それともこの作品そのもののことだろうか（別の詩篇では、「パリ　サン・ジャックの塔はゆらゆらと／ひまわりに似て」とある）。派手な花を太陽に向けてはいるが、しっかりと地に根をおろしてもいる植物。そこにブルトンは、シュルレアリスムのあるべき姿をみていたのかもしれない。

経緯に戻る。この詩は詩集『地の光』に収められたが、ブルトン自身はあまり気に入らなかったのか、書いたことすら長らく忘れかけていた。ところが、それから十一年後の一九三四年五月末、彼は「許しがたいほど美しい女」――のちに二番目の妻となるジャクリーヌ・ランバ――と偶然に出会って夜のパリを散歩するのだが、そのときの状況が、詩篇「ひまわり」に書かれた内容と驚くほど一致していたというのである。言い換えれば、詩篇「ひまわり」は、それから十一年後の現実をその細部にいたるまでいちいち予言していたということになる。おいおい、オカルトかよ、と言いたくもなるが、これがブルトンの言う「客観的偶然」である。

ふつうに考えれば偶然の一致というにすぎない事象を、どうしてブルトンは、とくにシュルレアリスムの第二期、一九三〇年代に入ってこれほどまでに強調したのか。私にはいまだに謎というほかない。文献を辿ればそれなりに理屈はつけられるだろう。いわく、それは自動記述の発展形である。初期シュルレアリスムの、自動記述や夢の記述を通じて探究された心的にして主観的な、つまり個人レベルでの「無意識」を、革命との折り合いをつけるなかで、どうしても外的現実と結びつけ、客観的な様相のもとに捉え直す必要があった、などなど。

しかしふつうに考えれば、と繰り返すが、偶然の一致は偶然の一致にとどめておいたほうが、あれこれ理屈をつけて必然のほうに引き寄せてしまうより、人間精神の自由という、シュルレアリスムがめざした最大の目標に叶うのではないだろうか。

とここまで書いたところで、さらに精緻な研究は、どのようにこの「客観的偶然」を捉えているのか、少し気になってきた。シュルレアリスム研究の最も重要な文献の一つとされるジャクリーヌ・シェニウー゠ジャンドロンの『シュルレアリスム』（星埜守之・鈴木雅雄訳、人文書院、一九九七）を参照してみよう。シェニウー゠ジャンドロンは、要するに「記号と事件」の問題だとして、つぎのように論述を進めてゆく。

客観的偶然と呼ばれる事件／記号の総体は、時間的に先行する意味をもたない記号と、先行する記号と特権的な関係を取りもち、「偶発的」とされる事件との二つに分解することができる。事件は記号に「意味を与え」、言葉や絵画記号によって喚起される一定の性格に、シニフィエ、シニフィアンの両面で応えるのである。このシステム全体を、かつて私自身が提案したように、「事件的懸隔」と呼ぶことができる。
〔……〕
別の角度から考えると問題は、思考、発話行為ないしはコミュニケーションの行為と、書記、痕跡、文字を含む広い意味での書かれたものとの関係の問題である。この関係の観念論的な概念からすると、発話行為や行為によってあらかじめ言われる事柄のほうが、時間的にも論理的にも先行することになる。その反対に、現代の思想では発話そのものよりも――先ほど言ったように広い意味での――エクリチュールの方が論理的に先立つと考えられている。なぜならば、記憶がそれに拠って立つところのなんらかの痕跡、なんらかのかたちでの書き込みがなければ、コミュニケーションを考えることができないからである。記憶がなければ、コミュニケーションには意味がないのだ。
同様にブルトンにおいては、さながらコミュニケーション（とくに出会いにおける発話ないし行為）が書かれたもの――霊感の点的な現れという意味ではなく、その持続そのものとして考えられる限りでの書かれたもの――によって導かれるようにすべてが推移する。記号――「事件的懸隔」の最初の標識――は、その書かれた痕跡において考えられるものなのだ。

デリダのエクリチュール理論が参照されていることはおそらく間違いないが、なるほどこのように捉えれば、「客観的偶然」を確率論的な問題に解消してしまうことも、また逆にオカルトめいた神秘主義的方向に逸脱してしまうことも、ともに回避することができる。テクストの無意識、あるいはそれこそ、「テクストの外はない」（デリダ）、というわけだ。シェニウー＝ジャンドロンの結論は以下のごとくである。

シュルレアリスムにおいては、書かれたものないし記号（たとえば絵画的な記号）が、発話ないし行為に対して論理的な先行性をもっている（これはダダとの違いでもある）。それも、ちょうど書かれたものないし記号が、発話や行為と同じようなある種の関係的エネルギーを解放するかのごとくなのである。

しかし、詩の実作者として私は、こうした要の箇所よりも、そのあいだに差し挟まれている周辺的な記述のほうにむしろ惹かれる。ブルトンをふまえながら、「客観的偶然」を呼び寄せるにはいわばテクニックが必要だとして、シェニウー＝ジャンドロンはつぎのように記すのである。

ここでは、実際に生きられたり絵画空間に出現したりするこれらの冒険は明らかに、形態と言葉、言葉と別の言葉のあいだに織りなされる様々なつながりを解読するために注意を怠らない人々にのみ訪れるのだと言っておけば十分であろう。ブルトンの言葉を借りれば、「抒情的な振舞い」が必要なのである。すなわち、待命状態、期待、一種の子供の心だけでなく、恋愛による情熱状態、ないしはそうした状態への研ぎ澄まされたノスタルジー、それに、一心同体になるような友情の高揚といったものが、非常に好適な条件を与えてくれる。

じっさい私は、「ひまわりの夜」の事例などは、それを最初に読んだときの唖然とした想い、荒唐無稽ではないかという想いを完全には払拭しきれていないのに、同時にその一方で、ほかならぬ私自身の経験に即して、そう、「抒情的な振舞い」に即して、ブルトンのこの「客観的偶然」を受け入れたいとも思っているのである。

たとえば、コロナ禍を生きる詩人というテーマで書いた拙詩集『花冠日乗』(白水社、二〇二〇)の「32」に、

コロナが私を軟禁してしまったので
コロナが私を軟禁してしまったので
コロナが? ちがうような気もする
主語はコロナでも私でもなく、コロナをも私をも包み込む何か
を2乗して3倍のコロナの影に加えたもの
から私を引いた残り
かもしれない

ついでに
世界十大小説のひとつ
メルヴィルの『白鯨』でも読もうかと思いつつ
とりあえず軟禁を破り散歩だと
羽根木公園から梅ヶ丘駅を掠め小田急線高架下を抜けようとしたら
なんと白鯨整骨院
とあるではないか

とあり、さらに「花冠日乗ノート」という自注のページに、私は以下のように記したのだった。

ブルトンが経験したもっとも驚くべき「客観的偶然」は、「ひまわりの夜」として知られている出来事だ。ブルトンはあるとき、ジャクリーヌという女性と偶然に出会い、恋愛関係に入るのだが、それとそっくりの出会いを、すでに十年も前に自作の詩「ひまわり」に書いていたことに気づく。同様に、『白鯨』を読みたいという私の欲望と白鯨整骨院という現実の事象は、相互に作用しうるのである。なぜなら、欲望も現実も、より広く超現実という世界の無意識の中に包摂されるのであるから。しかしこれではいくら何でも隠秘学的すぎるだろうということで、のちのシュルレアリスム研究者たちの多くは「テクストの無意識」として読み直すことになるが、ブルトンのこの考えを、いつしか、ほぼそのまま受け入れている詩人としての私がいる。

「テクストの無意識」とは、先ほどのジャンドロンの論点にも通じ合うところがあるわけだが、それをも超えて、つまり、こういうことではないか。近代的な世界観ではたんなる確率論的な偶然の一致にすぎない事象が、別の意味の場――あえていうなら詩的な意味の場――ではひとつの必然となりうる。これは、無理無謀を承知で言えば、可能性として、近年の現代思想、カンタン・メイヤスーの「思弁的実在論」やマルクス・ガブリエルの「新しい実在論」の考え――思いっきり乱暴に要約すれば、人間的な言語＝世界のひとまわり外に、ポストヒューマン的で前言語的な「現実」があるとする考え――ともどこかしら「通底」するところがあるようにも思える（第二部の「帰途」参照）。

単純に考えても、世界が複数あって、その両方を生きることができるというのは、楽しいことではないだろうか。あるいは、よりブルトンの考えに近づけるなら、無意識を個人のレベルからいわば世界大にまで拡張するのだ。キーワードは欲望である。つまり現実というものは、われわれが生きているこの世界よりひとまわりもふたまわりも大きいが、ふだんは隠れていて感知することができない。それがときおり、主体の欲望を介在させるなら、たとえば「客観的偶然」というような人智を越えた現象として浮かび上がるのであり、そのときわれわれは、いわば世界の無意識を生きているのである。

詩人としてのアンドレ・ブルトン

不思議といえば不思議だが、『ナジャ』を筆頭に、詩人アンドレ・ブルトンの代表作とされるものの大半は散文作品であり、したがって私もまた、そういうブルトンの散文作品を主に読んできて、詩作品——行分け形式で書かれたいわゆる自由詩——の方はあまり印象がない。一般的な評価も、ブルトンはいまや、詩人というより、詩も書いた偉大な思想家、という感じではないだろうか。

じっさい、ブルトンにとって詩とは、何よりも精神の在り方としてのポエジーであり、形としてのポエムではなかった。一篇の詩として言語を練り上げてゆく、というようなことにはあまり意を払わなかったと言ってもよいのかもしれず、その点がエリュアールなどとは違うところだった。

ブルトンが書いた詩で最も有名なのは「自由な結合」と「ひまわり」ということになるのだろうが、前者は、女体賦という古いモチーフを借りて、さまざまな語の連結によるシュルレアリスム的なイメージ創出のお手本を示したという程度のもので、深い詩的感動もしくは戦慄は覚えない。その冒頭の五行を大岡信訳で引くと、

ぼくの女はもつ　燃える森の炎の髪
音もなく雲間に走るいなずまの思い
砂時計の胴
ぼくの女はもつ　虎の歯にくわえられた川獺の胴
ぼくの女はもつ　花結びのリボンの口　小さな星屑で編んだ花束の口

こんにち、日本語で「ぼくの女」というと、少し顰蹙を買いそうである。原文の ma femme は、字義通り訳せばまさに「ぼくの女」だが、ふつうは「ぼくの妻」という意味で使う。しかしタイトルの「自由な結合」liaison libre は、もちろん第一義的にはシュルレアリスム的な自由な語同士の結合をいうが、自由恋愛や内縁関係にある男女のこともほのめかすので、結局「ぼくの女」の方がぴったりということになるのかもしれない。また、原文は名詞＋前置詞 à ＋名詞という連辞構成の単純な繰り返しで（前置詞 à はここでは「付属・特徴」をあらわすので、大岡訳では「もつ」という動詞が補われている）、それが延々と六十行もつづくというところが、圧巻といえば圧巻であろうか。読み通すのに骨が折れるブルトンの散文に悩まされたあとでは、何か解放されたような気分になるのもたしかではあるけれど、やはり、女体賦という印象は免れない。

「ひまわり」にいたっては、ブルトン自身、あまり出来のいい詩ではないと認めているくらいだ。後期の代表作とされる「ファタ・モルガナ」や「シャルル・フーリエへのオード」はどうか。力作、大作には違いなく、とくに後者は、ブルトンがアメリカ亡命を経て到達した思想を語るうえでは欠かせないテクストとなっている。非西欧を象徴するアリゾナの先住民居住区の大地に立ち、そこから「旧大陸」のユートピア的社会の提唱者フーリエに呼びかける詩篇なかほどの高揚した調子は、たしかに感動的ですらある。

フーリエよ　コロラド川のグランド・キャニオンから私はあなたに挨拶する
あなたの頭から飛び立つ鷲が私の眼にうつる
鷲の爪にはパニュルジュの羊がしっかとつかまえられ
そして　記憶の風と未来の風が起こり
私の友だちの顔が　風に吹き送られて鷲の翼の羽根を通りすぎる
もはや顔をもたぬひと　まだ顔をもたぬひとも数しれずいて

（菅野昭正訳）

しかし、詩を読む悦びという面からすると、私には少し言葉が多すぎるというか、雄弁という西洋詩の悪しき伝統に半ば戻ってしまっているような気もしないではない。

こうした「詩も書いた偉大な思想家」というおおかたのブルトン像に対して、敢然とアンチテーゼを提示しているのが、すでに引き合いに出した詩人朝吹亮二の労作『アンドレ・ブルトンの詩的世界』である。朝吹氏は序文で、『磁場』についての卒論を通じて、「アンドレ・ブルトンが元来詩人であるにもかかわらず、散文ばかりが研究の対象になり、詩があまり研究の対象になっていなかった当時の研究状況にも不満をおぼえ、ブルトンの詩を研究してみようという方向性も得ることができた」と述べているが、それが諸論考の出発点になっている。以下、『地の光』から『星座』に至るまでのブルトンの詩作品が、ときにテーマ論的に、ときにテクスト論的に、要するに自在に分析され批評されている。おおむね学術論文としてのニュートラルな文体が採用されてはいるが、しかしその底流には、同じ詩人としての詩への愛がひそんでいるように思う。

つられて私自身も、最後に少しはブルトンの詩へのオマージュを書き記しておきたい。ジャクリーヌと娘オーブに去られたアメリカ亡命時代のブルトンが、新たにできた伴侶エリザのために書いた詩「最小の身代金――エリザの国で」は、今回初めて読む機会を得たが、シュルレアリスムの主導者でもなんでもない、いやむしろ一時的に理論武装を解除したところの、ひとりのただの無力な詩人としての抒情が真率かつ簡潔にあらわれていて、ひどく心打たれた。拙訳で紹介しよう。ちなみに「エリザの国」とは、彼女の母国チリのことである。

地図帳のこの上もなく芳しい葉を噛るおまえ
　　チリ
月の蛾の毛虫よ

おまえの構造の全体が
月と大地との仲違いの　やさしい傷痕と結婚する
　　雪のチリ
美しい女が　起きようとしてさっと投げるシーツのような

閃光のうちに　見出すべきときだ
はるか昔から　私をおまえへと運命づけるものを
　　チリよ
私の占星術で　七番目の家の中にある月のチリよ

私は見る　南の国のヴィーナスを
もはや海の泡から生まれるのではなく
チュキカマタの藍銅鉱の波から生まれた
　　チリよ
月の竪坑の中の　アローカニアの耳飾り

禿鷹の羽で触れられた
もっとも美しい霧の眼を女たちに差し出すおまえ
　　チリ
〈アンデスの眼差し〉　これよりよい言い方はあるまい

私の心のオルガンを　鍾乳石の高い帆船のするどい音に合わせるのだ
ホーン岬の方へ
　　チリよ
鏡の上に立ったまま

そして彼女ひとりが手にするものを　私にもくれたまえ
琥珀の中で　なおもふるえているミモザの細い枝

〈炭鉱者たち〉のチリよ
私の愛の大地よ

「そして彼女ひとりが手にするものを　私にもくれたまえ／琥珀の中で　なおもふるえているミモザの細い枝」――おお、と私は感嘆した、ブルトンとは、不撓不屈の闘士のようにしかみえなかったブルトンとは、しかし同時に、こんなにも弱く無防備で、こんなにも繊細な詩人であったのかと。

ポール・エリュアールあるいはイメージの明証性

シュルレアリスムの、というより、二十世紀前半のフランスを代表する詩人のひとり、ポール・エリュアール。純粋詩人、詩人のなかの詩人、というのがエリュアールを形容する定番になっているが、実のところ、その今日的評価はどうなのだろう。薄れているのではあるまいか。

ただでさえ、愛とエロスの詩人から左翼的な反戦平和の詩人へという戦後のエリュアールの変貌が、おのずからその詩の質の低下を招いたということがある。なんとスターリン礼讃の詩まで書いているのだ。また、アンリ・ベアールの『アンドレ・ブルトン伝』によれば、チェコのシュルレアリスト、ザヴィス・カランドラがスターリン主義者の当局から死刑判決を受けたとき、ブルトンは、旧知のカランドラの助命運動を推進するようエリュアールに求めたが、彼はこれをきっぱり拒絶したという。

したがって、私の旅がめざすエリュアールは、もっぱら戦前のエリュアールということになるが、全盛期のこの詩人に焦点を当ててみても、あまりにも詩的でありすぎる詩を書いて、今日のような散文的混淆や思想的文脈を重んじる時代にあっては、かえって論点を探すのがむずかしいのではないだろうか。純粋ゆえの不毛と言ってもいいかもしれない。また、エリュアール的なものの幾分かは、後輩格のルネ・シャールに引き継がれて、そこでより深められ、より豊かにされていった感がある。それに加えて、これはシュルレアリスム全般への問いかけともなることだが、セクシュアリティの変容も関係しているように思う。エリュアールは、つねに男女のエロス的な愛から出発して、それをそのまま、あるべき生の意味、世界の意味にまで高めようとした詩人だが、それだけに今日のような性の多様性の時代にあっては、やや相対化されるというか、いやむしろ分が悪いような気もするのである。

ではそのエリュアールに親しんできた私のような者も、分が悪いということになるのか。あまり考えたくないことではあるので、さきにすすもう。

序の繰り返しになるが、シュルレアリスム系の詩人のうち、ルネ・シャールを除けば、エリュアールは若年の私がもっとも傾倒した詩人である。すでに記したように、安東次男訳『エリュアール詩集』のページの余白に、原詩を手書きでびっしりと書き込んで、えも言われぬ詩的悦楽を覚えたのだった。エリュアールの書法は、詩行から詩行へ、ひとつひとつの単語がシンタックスを超えて存在感を主張しているようなところがあり、そのつど、イメージがぴたりぴたりと決まってゆく。それが心地よいのである。心地よいばかりに、爾余のこと、たとえばイメージの隠喩的意味を探るとか、隠喩間のネットワークを再構築してみるとか、そういうことはもうどうでもよくなる。イメージはイメージで充足しているのだ。エリュアールの数少ない詩論に「詩の明証性について」というのがあるが、それにかこつけていうなら、エリュアールの詩の特徴はイメージの明証性ということになろう。私はエリュアールの詩を読んできたが、その詩の意味するところについて考えたことはほとんどない。詩を読む悦びのまえでは、あたかもそれ以外のことは蒸発してしまうかのごとくなのである。あるいは、私の読書体験のなかで、エリュアール的なものの幾分かは、すでに述べたように、ルネ・シャールの大地的な豊かさや不透明さに引き継がれて、エリュアールの詩の世界はいっそう透明になっていったというべきか。

そこでますます、詩を読む悦びのほうへ。「ガラに　この終わりなき本を」と献辞にある詩集『愛すなわち詩』の第一部「最初に」のⅦを、拙訳で掲げよう。

大地は青い　一個のオレンジのように
間違いなんかじゃない　言葉はいつわらないし
もうひとに歌わせるようなこともしない
接吻たちの番なのだ　わかり合うのは
狂人たちがいて　愛があって
彼女　その誓いの指輪のような口
そこに秘密のすべて　微笑みのすべてがある
寛ぎとはなんとすてきな衣装だろう
彼女を全裸と思いこむほどに

スズメバチが緑に花ひらく
夜明けがうなじのまわりに
窓の首飾りをかける
翼が葉を蔽う

きみは太陽の悦びという悦びをもつ
大地に注がれる陽射しをそっくり
きみの美の道筋のうえにもつ

エリュアールは生涯に二千篇以上の詩を書いたとされるが、その主要作品の大半が恋愛詩であるといっても過言ではない。たとえばあの「自由」という詩、あの感動的なレジスタンスの詩でさえ、もともとは二番目の妻ニュッシュのことを書いた恋愛詩なのだ（「シュルレアリスムと戦争」の章参照）。

しかも、モデルとなる女性は時期ごとに異なり、それがそのまま時代の空気や自身の詩風の変遷と対応しているというような、律儀といえば律儀な面があって、そこが、相手に関わりなく「客観的偶然」を追求していったかにみえるブルトンとは違うところだろう。つまりエリュアールは、私の知るかぎり極めつけといってもよい愛の詩人なのだが、ここに掲げたのは、そのまた極めつけともいうべき十数行だ。ちなみに、この詩集のモデルとなった女性——というかインスピレーションを与えた女性は、いうまでもなくガラ、のちに画家ダリのもとに去る最初の妻ガラである。

ガラは恋多き奔放な女性だったようで、ダリ以前にも、マックス・エルンストとも深い関係になって、なんとエリュアールと三人で共同生活をしたこともあった。写真で見るかぎりそれほどの美人とも思われないが、容姿とは別次元の不思議な魅力、いや魔力があったのだろう。ダリもまた、彼女の奔放さに苦しめられたのち、やがて彼女を、エロス的愛を超えた崇拝の対象として、聖母マリアさながらの肖像画に描くようになる。

さて、テクスト。エリュアールの詩の特徴は、すでに述べたように、その簡潔な言葉遣いとイメージの鮮やかさ豊かさにあるが、ここでもそれは遺憾なく発揮されている。なかんずく、冒頭の一行は、シュルレアリスム的詩句の典型例として人口に膾炙した。夜明け前の青い大地をオレンジに喩えるという飛躍がすなわちシュルレアリスム的である。原文はLa terre est bleue comme une orange。フランス語で「大地」は「地球」でもあるので、フランス語話者には青い地球を連想する人もいるかもしれないが、じっさいは「青い」という色彩の比喩として「オレンジ」が使われている。もちろん、「オレンジ」が出た瞬間、その球体性は大地へとフィードバックされる。

翻訳の問題になるが、かつて安東次男は、「大地は蒼い一個のオレンジだ」と、原文の語順通りに、しかし比喩表現をみちびく「のように」は取り払って意訳した。大胆にも原文の直喩を隠喩にしてしまったわけだが、そのほうがイメージの喚起力がまさるとみたのだろう。

しかし原文では、「大地は青い」とまず平明に書き出され、つぎにそれが「一個のオレンジのように」と転じて、常套的な「のように」の機能を逆手にとるような構成になっている。その意味でこの一行は、シュルレアリストたちがお手本としたロートレアモンの名高い定式、「彼は美しい〔……〕解剖台のうえのミシンと蝙蝠傘の偶然の出会いのように」に忠実な書き方だといえる。「のように」のこのような働きを、たしかフランス現代詩の重鎮ミシェル・ドゥギーだったか、「comme（「のように」）の神秘」と呼んだが、それはできれば翻訳にも残したいところだ。

話が逸れた。「オレンジのように青い」この不思議な「大地」は、やがて第二連において、愛する女性の体に重ねられてゆく。人称も、第一連では「彼女」と三人称であったのに、いまや「きみ」と親密な二人称に変わっている。イメージのレベルでは、夜から夜明けへの風景の推移は、愛の行為におけるエクスタシーの高まりにほかならない。逆に言えば、詩人は男女のエロス的愛を通して世界を捉え直しているわけで、性愛という人間対人間のコミュニケーションが、人間対世界のそれにまで変容していることになる。そう、まさに「愛すなわち詩」というわけだが、前述のように、そういう、ある意味では男性優位的なヘテロ的愛のかたちは、今日ではかつてほどの普遍性を持ち得なくなっているのではないだろうか。

しかし、だからと言ってこの詩の価値が減じるわけではないことは言うまでもない。「大地に注がれる陽射しをそっくり／きみの美の道筋にもつ」というイメージの明証性は、生の圧倒的な肯定として、無意識や狂気といったシュルレアリスムのイデオロギーにも、性の多様性といった今日的イデオロギーにも、回収され得ないのである。ここにエリュアールの永遠の新しさがある、と言ったら言い過ぎになるだろうか。あるいは、アンソロジーには必ずといっていいほど採録される名篇「恋する女」の、「彼女はぼくの手のかたちそのままに／ぼくの眼の色そのままに／ぼくの影のなかに飲み込まれてゆく／石が空に飲み込まれるように」という、めまいがするようなエロス的融合のイメージの明証性。

もう一篇、『反復』という詩集から、「マックス・エルンスト」と題された短い詩を選んでみる。

ある片隅では　すばしこい近親相姦が
小さなドレスの処女性のまわりを回っている
ある片隅では　解き放たれた空が
嵐の棘に幾つかの白い球を委ねている。

ある片隅では　あらゆる眼を集めて一段と明るく
私たちは苦悩の魚たちを待っている
ある片隅では　夏の草むらでできた車が

誇らしくいつまでも止まっている。

微光を放つ若さに
遅れて灯される幾つかのランプ
その最初の明かりがあらわにした乳房を　赤い昆虫たちが殺す。

エルンストの何かの絵に触発されて書いたものだろうか。少なくとも、多くのシュルレアリスム草創期の詩のように、エルンストの発明になるとされるコラージュの手法がここにも生かされているのだろう。しかしそれ以上に、エリュアールの詩としか言いようのない、これもまたすばらしいイメージの明証性が立ち上がっている。したがって以下は、つまらない読み解きの一例というにすぎない。「すばしこい近親相姦」という主語の設定はいかにも唐突だが、エルンストが六歳のときに妹の死に立ち会い、その頃から「半睡状態の幻想」を経験するようになったという逸話と関係があるのかもしれない。と同時に、翻訳では示せないが、フランス語で「近親相姦 inceste」と「昆虫 insecte」は、同音意義とみまがうほど音が似ているのである。このパラグラム的な狭間でエロスとタナトスとが戯れあう。「すばしこい昆虫」、「赤い近親相姦」といった交差配列あるいは誤読の可能性も含ませて、マラルメ風にいうなら、ここでは主体が語に完全に主導権を譲り渡している。

ついでにもう一篇、シュルレアリスムの代表的な詩集の一つとされる『苦悩の首都』から、「瞬間の鏡」という詩――

それは日の光を散らす、

それは外観をほどかれたイメージを人に示す、
それは気晴らしする可能性を人から奪う、
それは石のように硬い、
形をなさない石、
運動と視覚の石、
その煌めきたるや、すべての甲冑すべての仮面が歪むほどだ、
手がつかんだものは手の形をとることを拒む、
理解されたものはもう存在しない、
鳥は風と混ざり合ってしまった、
空は真実と、
人は現実と。

エリュアールの詩的世界にあって、鏡は眼と等価であり、どちらもイメージの明証性があらわれる場として特権的な位置を与えられている。このテクストも、鏡を眼に置き換えて読んでも何ら不自然ではないだろう。また、題名の「瞬間の鏡」からは、『磁場』冒頭のあの「裏箔のない鏡」と比較せよと言われているような気がする。「裏箔のない鏡」ではそこに映る部屋の内部つまり無意識が問題とされたわけだが、この「瞬間の鏡」は鏡自体の特性がイメージ化され、何が映るかはもう問題ではなくなる。何が映っても他の何かと混淆し、溶け合って、ひとつの真実、いやひとつの現実となってしまうのだ。そういう宇宙的な鏡が、シュルレアリスム的な生を生きていると、瞬間の神秘として差し出されたりするのである。

ほんとうはすごいルイ・アラゴン

シュルレアリストたちにおける「鏡」の連鎖をつづけると（ちなみに、ブルトンの「自由な結合」のなかにも、「ぼくの女はもつ　鏡の性器を」とあった）、私にとって三番目にあらわれるのは、ルイ・アラゴン（一八九七〜一九八二）の「鏡に向かうエルザ」の「鏡」である。抵抗詩の傑作として知られているこの作品は、同時に韻文詩の名手アラゴンの技量がフルに発揮されたきわめて音楽的な詩で、原文で読むにしくはない。私などもも何度も声に出して読み、主題の悲劇性が次第に引き出されてくる詩句の輪唱的進行にほれぼれとしてしまうが、ここでは第一詩節のみ拙訳で掲げる。

それは私たちの悲劇のまっただなかのことだった
日がな一日彼女は腰を下ろして鏡に向かい
髪をくしけずっていたが私にはまるで

彼女の忍耐強い手が火災を鎮めているようにみえた
それは私たちの悲劇のまっただなかのことだった

以下、髪をくしけずる手は、沈黙のハープを奏でる手へ、戦禍の記憶を苛む手へと変奏されてゆく。つまり鏡はここでは、髪＝炎のアナロジーにもとづく詩人の想像力と結託して、世界を映し出す機能を十全に発揮しているが、しかしそれ以上のものではない。あえていうなら、魔法の鏡ではなく、リアリズムの鏡である。こうして、無意識を映し出す「裏箔のない鏡」からイメージの明証性そのものとしての自律的な「瞬間の鏡」を経て、レジスタンス時代のこの「鏡に向かうエルザ」の「鏡」へと、シュルレアリスム的なイメージ生成装置の変遷をみる思いがするのだ。

時間を巻き戻す。ルイ・アラゴンは、パリ・ダダからシュルレアリスムの草創期にかけて、ブルトン、スーポーとともに「三銃士」と呼ばれた存在であり、またその後も、一九三二年にいわゆる「アラゴン事件」を起こしてブルトンと袂を分かつまで、この運動体の中核的存在として活躍した。ところが、私のシュルレアリスム体験の中で、シュルレアリスム時代のアラゴンの詩を読んだという記憶がない。戦後の早い時期には、日本でも、フランスの国民的な抵抗詩人、反戦詩人、さらには社会主義リアリズムの範例的な小説家ということでアラゴンが盛んに翻訳紹介され、論じられていたはずだが、私が詩を読み始めた一九七〇年代には、さすがにその勢いも影を潜めてしまう。時代が違えば、大作家も読まれなくなってしまう可能性があるのだ。だから私も、フランス詩アンソロジーなどで数篇に触れただけだったのだろう。今回も数種のアンソロジーにあたり、幾篇かを読んでみたが、初期のシュルレアリスム時代の詩は、才気は感じられても、ブルトンに合わせている、つき従っているという印象もあり、やや食い足りない。同時期なら、饒舌体による散文作品『パリの農夫』のほうがよほどアラゴンらしいのではないか。

さいわいその邦訳が私の蔵書にあるので、今回ざっと読み直してみた。一種の都市小説といっていいが、パリのパッサージュにカメラを据えたようなその克明な記述は、ベンヤミンの『パッサージュ論』に通じるものがある。考えてみれば、アラゴンとベンヤミンは全くの同時代人なのだ。ベンヤミンはシュルレアリスムをどう捉えていたのだろう、たしかシュルレアリスム論もあったはずだが……

と思って、書斎を探してみると、すぐに見つかった。浅井健二郎編訳・久保哲司訳『ベンヤミン・コレクションI　近代の意味』に収められた「シュルレアリスム」がそれだ。三十ページ足らずの論考なので、さっそく読んでみることにした。発表は一九二九年。「ドイツ人の観察者」という視点から、リアルタイムにシュルレアリスムを眺めているところが面白い。ベンヤミンは刊行されて間もない『ナジャ』を話題の中心に据え、パリという都市と不可分な「世俗的啓示」（宗教的啓示と区別し、より唯物論的な傾向を強調するため）をそこに読み取ってゆくが、心情としてはむしろ、マルクス主義に近接するアラゴンに親和的かもしれず、「ここで至当なものとして現れてくるのが、アラゴンの近著『文体論』（一九二八年）に示されている、比喩とイメージを区別すべきだとする洞察である」と書く。そこからさらに、政治的行動と結びついた「イメージ空間」なるものを提示し、「世俗的啓示において身体とイメージ空間とが深く相互浸透し、その結果、革命のあらゆる緊張が身体的集団的な神経刺激となり、集団のあらゆる身体的な神経刺激が革命的放電となるならば、そのときはじめて現実は、『共産党宣言』が要求している程度にまで、自分自身を乗り超えたことになる」と結んでいるのは、いかにもベンヤミンらしい。

ベンヤミンが夢見たシュルレアリスムの政治的な「イメージ空間」とその革命への貢献の可能性は措くとして、そう、パッサージュの話をしようとしていたのだった。実は私もパリのパッサージュが大好きで、パリを訪れるたびに必ず足を運ぶが、アラゴンは「人間水族館」という面白いイメージでパッサージュを捉えている。その箇所を引用しておこう。

> アメリカ式の偉大な本能が、第二帝政期のある知事によって首都に輸入され、パリの都市計画を規則的に裁ち直そうとしているが、この本能は、まもなく、パッサージュのような人間水族館の維持を不可能にしてしまうであろう。そこは個としてはもはや死んでしまっているが、現代のいくつかの神話の隠し場所としては、じっくり眺める価値のある人間水族館だ。なぜなら今日こそ、鶴嘴がそれらを脅かしているからであり、この水族館が実際に、はかないものへの崇敬の対象となったからである。それらは、昨日は理解されず、明日をも知れぬ呪われた快楽と職業の亡霊的な風景となっているのだ。（佐藤朔訳）

そうしてさらに、アラゴンの詩に戻ってゆこう。「エルザの眼」「鏡に向かうエルザ」などのレジスタンス時代の詩は、すでにふれたようにさすがに感動的だが、詩法的には伝統回帰だし、今日とくに「われ発見せり」の興奮に誘うものは見つからなかった。しかし、たとえば今度読むことができたつぎの一篇などは、名前の神秘を通したひとりの女への不変の愛を、やや混乱したシンタックスのうちに捉えて、ほんとうはすごいアラゴンの一端を覗かせているかもしれない。

MEDJNOUN

おお名前　名づけることのない　私の口元で止まってしまう

オブジェのような純粋さ　自身の音を砕いてしまうような
菩提樹の花のような　見えるまえに香りが来る
おおバニラの　燠火の名前　枝の上の小鳥のような
震える唇の上では軽やかに　手で触れると甘美な
砕かれたグラスのような　愛撫に似た
誘う影に沿って　ここだよと告げるような
水晶でできた名前　街からは遠く　恋人のささやきの間近
私の舌の上で　発音されるだけで赤らむ名前
私はただ　そのひき裾　その香りとして留まればよい
もはやただのその埃　その繊細な歩みの思い出
ああ あのことかと私を見てわかる　うっすらと記憶された
顫音の　あるいはため息の震えのようなものほどでもなく
よくは知らない忘却の彼方の　彼女の　あるいは抑揚の
うまくいけば声そのものの影の　あるいはオーケストラの古代ローマ風ラッパの
階段をわたる谺　失われた扉の音ほどでもなく
それでもいつの日か　私が誰であるか憶えていてくれたら
あの名前　ほかならぬ彼女の名前　私の心を乱すあの名前を口に出して
願わくは　私を名もなき存在のままにしておいてほしい
彼女の近くで　彼女が通り過ぎるのを見るだけの　そして言われたい　あれは彼女に夢中なんだ

戦後になっての詩集『エルザに狂って』に所収の詩であるが、タイトルの「MEDJNOUN」は意味不明。明瞭につぶやかれることのないまま口辺をさまよう、舌語り的な名前の状態をいうのだろうか。それにしても、アラゴンの妻の名前がエルザで、ブルトンの三番目の妻の名前がエリザとは、紛らわしい。

余談だが、シュルレアリスムの詩人たちを辿っていると、ブルトンといい、エリュアールといい、シャールといい、つぎつぎに恋人や妻を変え、場合によってはひとりの女性を共有することさえ厭わず、女性にもてない私などには羨ましいかぎりの放埒ぶりだが（第二部の「シュルレアリスムと女性」参照）、アラゴンの場合、若い頃はいざ知らず、ひとりの女エルザに運命的な出会いを果たしてからというもの、終生彼女への愛を貫いたらしいことは特筆に値する。まさに「エルザに狂って」だ。もしかしたらアラゴンにおけるソ連共産党への接近も、この「エルザに狂って」の延長線上のふるまいかもしれない。彼女エルザ・トリオレは、よく知られているように、ロシア・アヴァンギャルドの伝説的詩人ウラジーミル・マヤコフスキーの妹である。

ロベール・デスノスとその「最後の詩篇」

詩人の最後の作品、いわゆる「白鳥の歌」は、どんな場合でも胸を打つものがあるが、ロベール・デスノス（一九〇〇～一九四五）の場合はまた格別であろう。それというのも、デスノスの「白鳥の歌」は文字通りに「最後の詩篇」と題され、またその背景には、ナチス・ドイツのテレジン強制収容所で死亡するという詩人の痛ましい最期が置かれているのであるから。

最後の詩篇

ぼくはあまりにもきみを夢見てきた、
あまりにも歩きまわり、あまりにも話し、
あまりにもきみの影を愛してきた、

だからもうぼくのなかには、きみは何ひとつ残っていない。
ぼくに残されているのは、ただ影であること、
影のなかの影、影よりも百倍も影であること、
陽に照らされたきみの命のなかで、
ただ行きつ戻りつする影であること。

アラゴン同様、デスノスは私にとって名のみ有名な詩人で、日本への翻訳紹介が少なかったこともあり、かの有名な言語遊戯「ローズ・セラヴィ」以外は、その作品をほとんど読んでこなかった。その言い訳にもなってしまうが、ある意味では最もシュルレアリスト的な詩人であったデスノスは、にもかかわらず私にとって、この「最後の詩篇」へと収斂してゆく詩人である。「最後の詩篇」を何かのアンソロジーで読んだとき、ひどく胸を打たれ、以後、この詩人についてそれ以外のことを思い浮かべることができなくなった。シュルレアリスムの草創期、いわゆる「眠りの時代」には、最も「夢見」や「霊媒」の能力を持ち合わせた詩人としてグループのスター的存在だったデスノス。その後も、藤田嗣治の妻ユキとの恋愛事件などを挟みながら、詩作からジャーナリズム的な仕事に至るまで旺盛な活動をつづけ、大衆的な人気を博していったらしいデスノス。だがそんな伝説も、「最後の詩篇」のインパクトのまえでは、何ほどのものでもなくなってしまうのだ。

ところが、今回はじめて、ざっくりとだがデスノスの作品史を追ってみると、まるでデスノス自身もこの「最後の詩篇」に収斂されるべく、自らの人生を方向づけられていたような気がする。というのも、この「最後の詩篇」の主題はこれが初めてというわけではなく、遡ること十数年近く前の「ぼくはあまりにもきみを夢見てきた」という詩に、すでにあらわれているからだ。しかも、そっくりそのまま、より大規模なかたちで。

ぼくはあまりにもきみを夢見てきた

ぼくはあまりにもきみを夢見てきたので、きみはもうリアルではなくなった。
まだできるのだろうか、その生きたからだのもとへ行き、その唇のうえで、ぼくの大切なあの声の誕生に
　口づけすることが。
あまりにもきみを夢見てきたので、きみの影を抱きしめていつもむなしくこの胸に交差したこの腕は、も
　うきみのからだの輪郭にたわむことができないかもしれない。
そして、何日も何年もぼくに憑りつき支配しているものの現実の姿を前にしたら、ぼくこそが影になって
　しまうだろう。
ああ、センチメンタルな秤。
あまりにもきみを夢見てきたので、ぼくはきっともうめざめない。立ったまま眠り、生と愛のうわべに身
　をさらし、そしてきみ、きみだけがいま大切なのに、きみの唇や額にではなく、その前にやってきた唇
　と額に触れてしまうだろう。
あまりにもきみを夢見てきたので、あまりにもきみの幻とともに歩き、話し、寝てきたので、ぼくにはも
　う、幻のなかの幻、影よりも百倍も影になるしかなく、きみの生の日時計のうえを軽やかに歩き回るの
　だ、いまもこれからも。

「きみ」とは、デスノスが熱愛した歌手イヴォンヌ・ジョルジュのことだという。彼女は結核のために、わず

か三十三歳で死んでしまう。時系列的にいえば、まずこの作品が書かれ、それから十数年後に、その縮約形として「最後の詩篇」が書かれたということになる。かつての恋人イヴォンヌの面影がそれだけ強く、人生の最後の局面になって、ふたたび同じ主題同じ書法が詩人に回帰してきたのだろうか。そう考えると、なんとも胸に迫るような劇的な展開があるわけで、私も長年この「最後の詩篇」が心に残り、自作にも反映させたことがある。長篇詩作品『ヌードな日』（思潮社、二〇一一）の「防柵11（肉の影）」がそれだ。

（肉の影）

日に照らされたあなたのうえで
肉の影がゆれている
それが私
いつからこうなってしまったのか
ゆきまよう影がひとつ
伸びたりちぢんだり
しながらアメーバのようにかたちを変え
ゆれている
それが私
どこからかなつかしいロックの曲が聞こえてきて
レニー・クラヴィッツの

自由への逃走
かもしれない
しだいにそのビートにあわせて影は
とんだり跳ねたり
でもすこしも楽しそうではなく
いっそう影になるばかりだ
影はついに
日に照らされたあなたのうえで
ビートにはじかれるように狂奔しはじめる
祈りにも似た無方向をめざして
それが私
どこまでも日に照らされた
どこまでもあなたのうえで

朝日カルチャーの講座でも「最後の詩篇」を原文で紹介したが、そのとき受講生のひとりが小高正行著『ロベール・デスノス——ラジオの詩人』（水声社、二〇一五）という本を持ってきてくれた。まさか日本でそんな評伝が出ているとは驚きだったが、さらに驚くべき事実がそこには記されていた。「最後の詩篇」は実は存在しなかったのである。『ロベール・デスノス——ラジオの詩人』の文章をそっくり書き写しておく。「『最後の詩篇』は以上の詩（「あまりにもきみを夢見てきたので」のこと——引用者注）の記憶が下敷きになって、参照する資料も何もない収容所生活のなかでデスノスが改めて書き下ろした詩という見方がされていたのであったが、二十世紀もかなりすすんでからの研究の結果、この詩はデスノスが収容所で新たに書いた詩ではなく、デスノスが死んだことを伝えたチェコスロバキアの新聞が、デスノスの紹介記事のなかで、『身体と財産』からの詩節をチェコ語に翻訳して引用し、その記事をフランスの新聞がまたフランス語に翻訳して紹介するという経緯のなかで、元の詩句に変更が加わり、新たに書かれた詩ということになってしまったという事実が明らかにされた。」

いやはや、なんとも興醒めな考証研究をしてくれたものだが、私はやはり、死の床のデスノスが、熱に浮かされた頭のなかで、旧作の「あまりにもきみを夢見てきたので」を思い出しながら、それを縮約したかたちでの「最後の詩篇」を書いたと——あるいは口述筆記させたと——思いたい。何しろ、若き日のデスノスは、眠りながら詩的発話をほしいままにしたり、はるか遠隔のニューヨークにいるマルセル・デュシャンとテレパシー的に交信したりすることができたというのだから。

そこで、そういうシュルレアリスム草創期の、並居る詩人たちのなかでも最もシュルレアリスト的だったデスノスのテクストも見ておかなければならないだろう。「ローズ・セラヴィ」の言語遊戯も捨てがたいが、ここでは「眠りの領域」という、まさにデスノス的なタイトルをもつ作品の前半部を訳出しておく。

　夜には、当然ながら、世界の七不思議があり、偉大さと悲劇と魅惑がある。
　森はぶつかり合い、ぼんやりと茂みに隠れた伝説の生き物たちが見える。
　きみがいる。
　夜には、散歩者の、暗殺者の、巡査の歩みがあり、街灯の、屑拾いのランタンの光がある。

きみがいる。

夜には、列車が、船が通りすぎ、陽が射している国々の幻影が通りすぎる。夕暮れの最後の息吹とあけぼのの最初の震えがある。

きみがいる。

ピアノの旋律と大きな笑い声。

扉が音を立てる。柱時計。

人々や事物や物音だけではない。

私を追い、あるいは絶えず私を追い越してゆく私がいる。

生贄にされた女であるきみ、私を待っているきみがいる。

ときおりは不思議な顔たちが束の間の眠りのあいだに生まれ、消えてゆく。

眼を閉じると、燐光を放つ花の開花があらわれ、色あせ、また生まれ出る、肉の花火のように。

人間どもと一緒に私が駆けめぐる未知の国々。

きみがいる、たぶん、おお美しくつつましい女スパイよ。

〔……〕

デスノスは日本人とも縁があった。イヴォンヌのつぎにデスノスが恋したのは、藤田嗣治の妻ユキ（本名リュシー）だったし、また、当時渡仏して辛酸の生を送っていた金子光晴、森三千代のカップルとも会っている。才女で社交的な三千代は自分の詩のフランス語版を夢見ていたらしく、どういうルートでか、デスノスにフランス語訳の原稿を見てもらうことになったのである。もっとも、金子光晴の方は、かつてデスノスがシュルレアリスムのスター的存在だったことも知らなかったのだろう、いたって冷ややかに接したようだ。後年の自伝『ねむれ巴里』でも、デスノスをほとんど詩人扱いしていないところが、いかにも天邪鬼な光晴らしい。

シュルレアリスムと共同制作

『磁場』再訪」のところでも書いたが、シュルレアリスムの詩作品には共作がいくつかあり、代表的な例として、アンドレ・ブルトン＋ポール・エリュアール＋ルネ・シャールの『工事中につき徐行』およびブルトン＋エリュアールの『処女懐胎』を挙げることができる。このほかにも、シュルレアリスム的な遊びとして有名な「優美なる死体」も、ある種の共同制作であろう（詳しくは第二部「周縁への旅」の「ジャック・プレヴェールを読む楽しさ」を参照されたい）。

シュルレアリスムの共同制作が具現する主体の複数性は、二十世紀の思想的文脈では、近代的な個我というものの限界を打ち破る重要な意味をもっていたが、それがじっさいにどの程度のことを成したのかは、私のよく論じうるところではない。ただ、個人的な印象としては、中心（ブルトン、エリュアール、アラゴンなど）から周縁（プレヴェール、ミショー、アルトー、ポンジュなど）へ、結局のところ、しかじかの作家名と結びついた作品のほうが圧倒的に豊かで面白い。複数性という理念より多数多様性のリアル、という感じである。

それはともかく、『工事中につき徐行』と『処女懐胎』を一瞥しておこう。ブルトン＋エリュアール＋シャールの『工事中につき徐行』は、一九三〇年、シュルレアリスム出版から刊行された。「アヴィニョン、一九三〇年三月二十五—三十日」という場所と日付の記入がある。制作のモチーフはよくわからないが、当時、エリュアールはシャールを見出してシュルレアリスム運動に誘い、親交を深めていたから（第二部の「ルネ・シャールとシュルレアリスム」の章参照）、おそらくブルトンとエリュアールがシャールの生まれ故郷に近いアヴィニョンまで出向き、この新参の才能を巻き込んでのシュルレアリスム的な共同制作の可能性を模索したのではないか。共作の内容は、三人が書いたそれぞれの署名がある序文と、無署名の三十篇の比較的短い行分け詩から成り立っている。無署名は『磁場』にも『処女懐胎』にも共通し、誰がどこを書いたのかわからないようになっているわけだが、それはもちろん韜晦のためなんかではなく、共同で書くことの意味、すなわち個々の自我の限界を超えた主体（あるいは無意識）の複数性や匿名性を強調するためであったろう。

三十篇をざっと読んだかぎりでは、ある種の連詩に近い印象がある。誰かによって一行ないし数行が書かれ、すると別の誰かが、そこから語なりイメージなりをバトンのように受け取って、つぎの一行ないし数行を書く。そのようにして一篇一篇が、そしてそれらがさらに連なって、全三十篇が織り成されていったのであろう。冒頭の二篇はこんな感じだ。

赤熱した鉄に

夜の判読できない網を
私の肩のうえに投げかける視線は

日蝕の雨でもあるかのようだ
それはゆっくりとその太陽のへりから降りてくる
その首のまわりに私の腕を巻いて

力の使い方

そんなにおまえの髪を振り動かすなよ　もう何も見えやしない
たちまち労働者で一杯だ
そんなにおまえの髪を振り動かすなよ　でないと北に向かって発つ男が南に着いて失望するだろう
そうむしろおまえの髪の巻き方を覚えろよ
小石も負けずに転がるだろう

誰がどこを書いたのかわからないようになっていると言ったが、それぞれの詩人の個性というのは出てしまうものなので、この詩行はシャールが書いたのではないか、というような推測はできなくもないだろう。いや、この推測の楽しみはのちの草稿研究によって奪われてしまった。プレイヤード版全集の編者注では、誰がどこを書いたのかがすべて明示されている。これは『処女懐胎』の場合も同じである。いささか興醒めの感は否めないけれど、しかしそんなことよりも重要なのは、予見不可能な連続不連続のうちにひとつの大きな匿名の詩作品が出来上がっているということで、つまり繰り返すが、連詩である。

ここで少し脱線するが、「しずおか連詩の会」というイベントがある。毎年晩秋の頃に、数人の詩人が静岡市に集まり、数日間ホテルなどにカン詰になって連詩を創作したのち、最終日には静岡県文化財団の拠点「グランシップ」で公開の発表会を行うという大掛かりなイベントだ。静岡県出身の詩人大岡信が一九九九年に創始したもので、大岡氏が体調を崩されてからは、私が代わりに捌き手をつとめ、今日に至っている。

連詩とは、簡単に言えば、複数人が短い詩をリレーのようにつらねてゆく創作現代詩である。ただし、署名つきなので、誰がどこを書いたのかは一目瞭然である。そのリレーに連句のような細かな決まりはないが、ひとつだけ、往きて還らぬこと、つまり語やイメージが循環せずにひたすら前へ前へとすすむことが要求される。そのうえで、前の詩を受けていかにそれを転位変容させるか、連続性がはっきりしすぎているのはつまらないし、かといって独りよがりの世界に閉じこもってしまうのも好ましくない。連続と非連続とが絶妙な配合でつづいてゆくような、高度にスリリングな展開が求められるゆえんである。それがまた連詩の醍醐味でもあるわけだが、そうして、個々の詩人を越えたなにか別様の詩的主体が全体を統べてゆくことになる。

大岡氏が連詩を創始したとき、念頭にあったのは主に連歌・俳諧（連句）という日本古典詩歌のいわゆる「座」の文芸であるが、同時代の海外で試みられた例として、オクタビオ・パスらの『RENGA』も当然意識していたと思われる。それともうひとつ、この『工事中につき徐行』も視野に入っていなかっただろうか。大岡氏はシュルレアリスムに非常に造詣が深く、エリュアールから大きな影響を受け、ブルトンの『溶ける魚』なども訳していることを考えれば、大いにありそうなことのようにも思える。それに、大岡的な連詩の様態は『RENGA』よりも『工事中につき徐行』の方に近いのだ。ただ、生前ご本人と親しくさせていただきながら、そのあたりのことはうっかり聞き逃してしまった。

ブルトン＋エリュアールの『処女懐胎』は、『工事中につき徐行』と同じ一九三〇年に、同じシュルレアリスム出版から刊行された。表題の意味するところは、おおかたの指摘するように、処女マリアの懐胎になぞらえて（あやかって？）、自分たちのエクリチュールも、「文学」や「理性的思考」といった「原罪」を帯びずに「着想」され、産み出されたもの、あるいは産み出されるべきもの、ということだろう。内容は「人間」「憑き物」「最初の審判」の三部に分かれる。最も注目すべきは、狂気のシミュレーションの実験を記録した「憑き物」のパートであろうが、その紹介は「夢と狂気」の章にゆずるとして、ここでは、共同制作という面に焦点を絞ろう。

たとえば朝吹亮二は、前出『アンドレ・ブルトンの詩的世界』において、ブルトンの『磁場』から『処女懐胎』へと詩的共著作品を辿り、とくに後者の「人間」のパート（それはさらに「懐胎」「子宮内の生活」「誕生」「生」「死」の各章から成り立っている）を詳細に分析して（すでに述べたように、プレイヤード版全集を参照すると、誰がどこを書いたのかがわかるようになっている）、以下の結論を得ている。「『懐胎』の章でみたイマージュの繰り返し（他者の文章の引用）や、『生』および『死』の二つの章でみた相似したイマージュの（相互に役割を交換した）展開、これらはブルトンないしはエリュアールという主体を消し、近代的な詩作、創作上の個人主義を否定して、ひとつの匿名性の詩法へと道を開く共著作品のもっとも大きな特徴を示すものとなっているであろう。」

付け加えるなら、これはたんなる文学研究レベルでの結論ではなかった。詩人としての朝吹亮二は、この論文執筆と同時期の一九八〇年代、松浦寿輝、吉田文憲ら詩誌『麒麟』の同人たちとじっさいに共作を試みているのだ。ひとりの詩人において、理論と実践とがそれこそまさにコラボして、日本現代詩の実験的前衛的なシーンを作り出したことは、特筆されてよいと思う。

シュルレアリスムの共同制作、それは詩人同士だけに止まらなかった。詩人と美術家とのコラボレーションも盛んに行われ、いや、こちらのほうが量的には圧倒的に多い。代表的な例としては、ミロの連作『星座』を構成する二十二の版画のひとつひとつにブルトンが散文詩を対照させた同題の詩画集が思い浮かぶ。たとえば『星座』シリーズのうち、もっとも有名な「恋人たちに未知を解読する美しい小鳥」という絵に対して、ブルトンはつぎのような散文詩を添えた（図3）。

外郭の大通りのベンチは、根元まで美しい眼と唇とをちりばめた葛に抱かれたまま、時の経過につれてしなってくる。ベンチが空いているようなときは、これらの燃えるような花々は、ベンチの回りで風にひらひらしつつ、互いに重なり合う。花々は私たちに、神話作家たちの格言を眼に見える言葉で表わしてくれる。万有引力は宇宙の一特性であり、肉体的引力はこの特性の娘である、と。けれども、特記するのを忘れないようにしてほしいが、舞踏会のために母親を装うのはこの娘においてなのだ。瘦果を運ぶ無数の白鷺を解き放つには一陣の風で充分である。欲望の果てしない曲線を追う鳥たちの飛翔と落下のあいだには、天体の楽譜に含まれるすべての調号が調和よく書き記されている。

さすがにたんなる絵の説明にはなっていない。ミロの絵の方は眼や星やその他の抽象的パターンが画面全体にあまねくちりばめられ、それらを線が結びつけて、自ずと音楽的な諧調とリズムを生み出しているが、ブルトンはそれに詩的等価物をもって応答すべく、「欲望の果てしない曲線を追う鳥たちの飛翔と落下のあいだには、天体の楽譜に含まれるすべての調号が調和よく書き記されている」と、見事なフレーズを書きつけたのだ。

この詩画集『星座』の誕生をめぐって、居合わせたオクタビオ・パス（この詩人については第二部の旅で詳

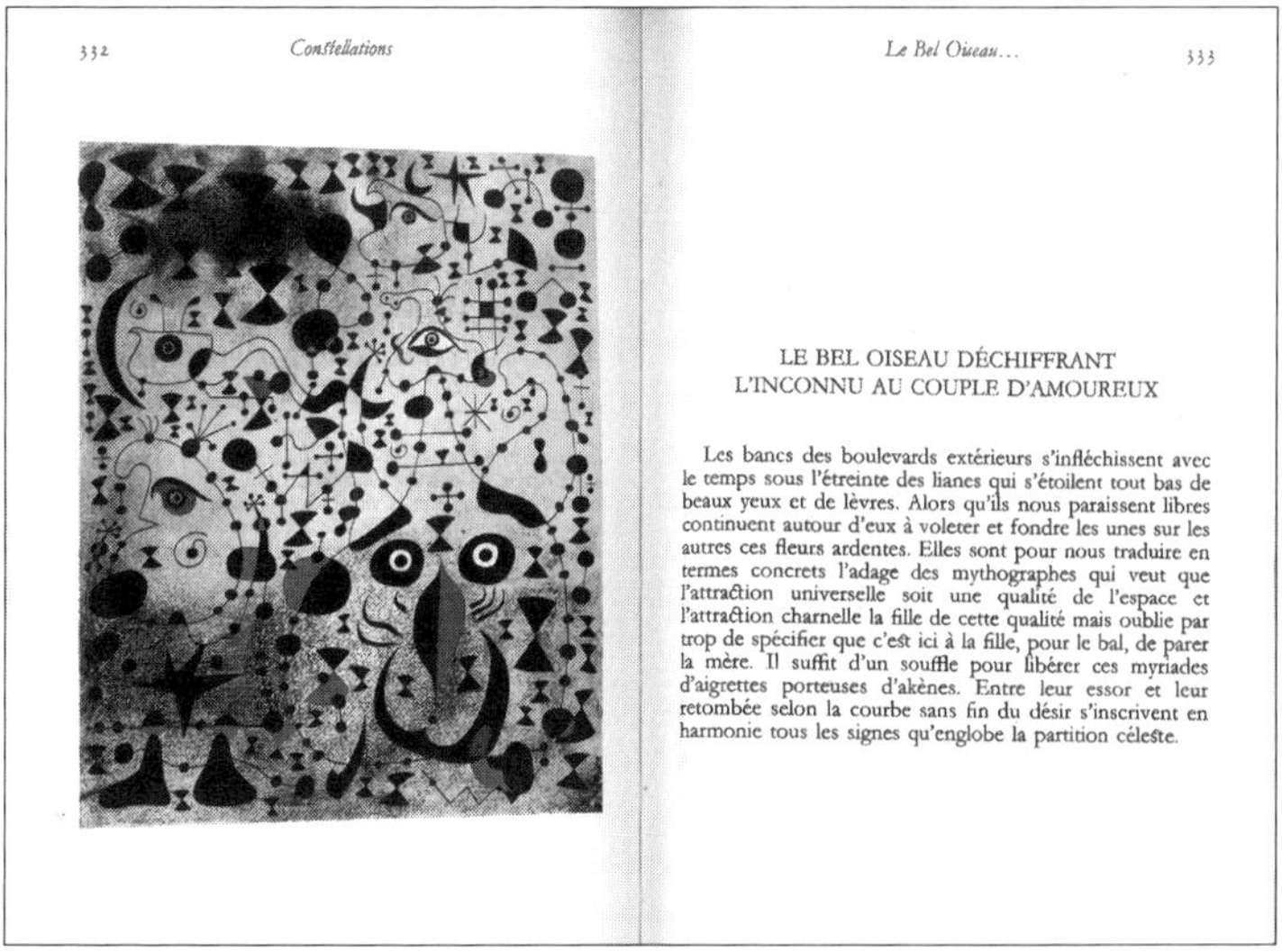

LE BEL OISEAU DÉCHIFFRANT
L'INCONNU AU COUPLE D'AMOUREUX

Les bancs des boulevards extérieurs s'infléchissent avec le temps sous l'étreinte des lianes qui s'étoilent tout bas de beaux yeux et de lèvres. Alors qu'ils nous paraissent libres continuent autour d'eux à voleter et fondre les unes sur les autres ces fleurs ardentes. Elles sont pour nous traduire en termes concrets l'adage des mythographes qui veut que l'attraction universelle soit une qualité de l'espace et l'attraction charnelle la fille de cette qualité mais oublie par trop de spécifier que c'est ici à la fille, pour le bal, de parer la mère. Il suffit d'un souffle pour libérer ces myriades d'aigrettes porteuses d'akènes. Entre leur essor et leur retombée selon la courbe sans fin du désir s'inscrivent en harmonie tous les signes qu'englobe la partition céleste.

図3　ミロ＋ブルトン「恋人たちに未知を解読する美しい小鳥」（詩画集『星座』，ブルトン全集より）

しくふれる〉がきわめて印象深い回想を残しているので、それを紹介しておこう。「一九五八年の秋のアンドレ・ブルトンの家における忘れがたい昼食時の出来事」として、パスはつぎのように語る──

われわれは半円を描いて座った。ブルトンは愛用の机から何枚かの紙片を取り出して、彼の魅力の一つである、そっけないが同時に儀式ばった調子で、散文詩をいくつか披露したいと思うと、われわれに言った。「星座」というミロのグワッシュのシリーズを〈照らす〉──彼が使った言葉である──ために、彼はそれらの詩を書いたのである。ブルトンの声は深くリズミカルであった。彼はゆっくりと、祈禱のように軽い抑揚をつけて読んだ。わたしは短いが密度の濃いそれらのテクストを聞いて、いわゆる〈自動記述〉の初期になされた、最初の詩の試みを思い出した。予期しないイメージと、おそらくあまりにも完璧で洗練された文章に対する愛そのものを、計算と気まぐれの混交そのものを。自由と洗練。それらの詩は青年時代のものほど性急でも激越でもないが、口にされたとたんに消える緩やかな螺旋に似ていた。ミロよりもキリコに近いものだった。ミロの星座は空色と水色の果実の房である。一方、ブルトンの星座は木霊と光の建築である。ミロはびっくりした子供のような様子で朗読に耳を傾けていた。（鼓宗訳）

詩人と美術家の共同制作には、純粋な芸術的モチーフのほかに、実用的な目的もあった。つまりシュルレアリストたちは、盛んに詩画集を作ってコレクターなどに売り、それをもって生計のたしにしようとしたのである。

考え出したのはブルトンかエリュアールだったのだろう。そのエリュアールに教えられて、たとえばルネ・シャールもまた、生涯に実に多くの画家たちとのコラボレーションを行っている。詩を出版する場合、シャールはまず、画家の版画やデッサンと組み合わせて少部数の限定版もしくは豪華版をつくることが多い。あるいは一枚の紙に自筆の詩と画家の絵を載せたアンリュミニュール（写本装飾）。日本的伝統でいえば色紙や掛軸にあたるだろうか。シャールと組んだ画家の名前を挙げると、マチス、カンディンスキー、ピカソ、ブラック、ミロ、ダリ、ジャコメッティ、ブローネル、ニコラ・ド・スタール、ヴィエラ・ダ・シルヴァ、ウィフレード・ラム、ロベルト・マッタなどなど、なんとも錚々たる顔ぶれなのである。

もうひとつ、ルネ・シャールの詩をめぐって、特筆すべきコラボレーションがある。それはシュルレアリスムにあってはきわめてまれな音楽とのコラボレーションだ。戦後すぐの一九四九年、フランス前衛音楽の旗手ピエール・ブーレーズが、シュルレアリスム時代のシャールの詩集『ル・マルトー・サン・メートル』の数篇をテクストに、同題の声楽曲『ル・マルトー・サン・メートル』を作曲したのである。

それにしても、シュルレアリスムは、というかブルトンは、なぜ音楽を自分たちの運動に巻き込まなかったのだろう。近年気鋭の詩人として売り出し中の平川綾真智も同じ疑問を抱いたようで、現在、いくつかの同人誌にシュルレアリスムと音楽の関係をめぐる論考を連載中である。早く一冊の本にまとまることを望みたいが、実は先日、メールで私の疑問をぶつけてみたところ、平川氏から懇切丁寧な回答を寄せていただいた。そこには、「一九二四年に発表された『シュルレアリスム宣言』では教会音楽の比喩表現が多く、作曲家ジョルジュ・オーリックの名前も好意的に挙げられており、この時点ではブルトンは音楽を排除しようとは全く思っていなかったのではないかとすら感じられます。ところが一九二八年に出版された『シュルレアリスムと絵画』になると、もう音楽の弾劾や排除の意志がはっきりと書かれており、『シュルレアリスム運動は視覚』の運動であることを決定づけています。そこで一九二四年と二八年のあいだでブルトンに何があったのか、また音楽はシュルレアリスム運動に本当になかったのか、などを現在も研究中です」とある。平川氏はまた、ブルトンの音楽嫌いの背景として、彼が敵視していたコクトーが当時音楽評論で名を馳せていたこと、十九世紀音楽（ドイツ音楽）が他の芸術に比してあまりにも抜きんでた位置に行ってしまったため、詩や絵画の復権を目指すためには音楽をポーズとして否定する風潮があったことなどを挙げている。

なるほど、そういうこともあったのか。ともあれブルトンは、「眼は未開の状態で存在する」として、もっぱら視覚的イメージの開発にいそしんだわけだが、それがかえって表象というものの限界を明らかにしてしまったということはありうる。音楽はたしかに非表象的である。しかし表象への欲望は、表象し得ないものとも向き合わなければ、ダイナミズムを失ってしまうような気もする。かのランボーも、「ブルトンと『ナジャ』と客観的偶然と」の章で引いた「コント」の結尾に、「精妙な音楽が、われわれの欲望には欠けている」と書いていたではないか。

ちなみに、『シュルレアリスム宣言』からさらに遡ってしまうが、「パリ・ダダ」最後の催しとなった「髭の生えた心臓の夕べ」（一九二三年七月二十三日）では、ストラヴィンスキーやエリック・サティらの作曲家も参加していた。そこへ乱入してこのダダらしからぬ「芸術的な」催しをぶち壊したのが、ほかならぬブルトンのグループであった。

シュルレアリスムの画家たちへの一瞥

前章末で引いた「眼は未開の状態で存在する」というフレーズは、アンドレ・ブルトンの大著『シュルレアリスムと絵画』の冒頭に置かれた言葉である。この本は、シュルレアリスムの全歴史を通して最も重要な文献のひとつだが、詩人の美術批評というのは、ボードレールからアポリネールを経てブルトンに至る、フランスの詩人たちを貫く範例的な批評実践だったのかもしれない。彼らはいずれも、当時の前衛、つまりまだ一般には理解されていない美術の新傾向をいち早く支持し、擁護するという先導的な役割を果たした。詩人は詩を書くだけではないのである。それを戦後の日本において実践したのが、瀧口修造だった。

驚くべきことに、炯眼の瀧口修造は、戦前のかなり早い時期に、部分的ながらこの『シュルレアリスムと絵画』を翻訳刊行している。戦後になって、原著の増補改訂新版が出たとき、瀧口も全文訳出を試みようとしたようだが、道半ばで倒れた。その遺志を継いだのが、シュルレアリスム研究の泰斗、巖谷國士である。瀧口修造・巖谷國士の監修になる日本語版『シュルレアリスムと絵画』は、ブルトン生誕一〇一周年にあたる一九九七年に刊行された。
私事になるが、あれは同じ一九九七年の初夏のことだった。当時私は、巖谷氏が教授職にあった明治学院大学に非常勤で教えに行っていたが、事情があって「日本脱出」の旅を思い立ち、滞在先はパリと決めてその準備をしていた。出発の前日か前々日、隣町に住んでいる巖谷さんから電話があり、互いの家のどこか中間点のあたりで落ち合うと、巖谷氏は、刊行されたばかりの分厚い『シュルレアリスムと絵画』を、おそらくははなむけのつもりで、直接私に手渡されたのである。しかも、本の扉には、光栄にも署名と献辞が墨書されてあった。

こうして『シュルレアリスムと絵画』は、私にとっても思い出深い大切な書物の一冊になった。この大著をときに参照しながら、シュルレアリスムの画家たちへの一瞥をここに差し挟もう。シュルレアリスムへの旅において、画家たち美術家たちの住まう場所はいつも訪問客であふれかえっており、「旅の準備」でも述べた通り、そこはあえて素通りして、詩人たちのところに訪問先を集中させようというのが、この旅の趣旨であった。しかし、詩と美術は、とりわけシュルレアリスムにおいて、切っても切れない関係にある。そこで一瞥である。もとより美術については全くの門外漢なので、好き嫌いのレベルでの話に終始してしまうだろうけれど。

さてそこで、私の最も好きなシュルレアリスム系の画家はとなると、ジュアン・ミロである。ついでイヴ・タンギー、マックス・エルンストといったところだろうか。サルバドール・ダリやルネ・マグリットはそれなりに、アンドレ・マッソンはあまりピンとこない、ということになる。

ミロは、ブルトンによれば、自動記述の絵画版を成し遂げた画家ということになるが、私がこのカタロニアの画家を好きな理由は、そこにほかの誰彼の絵にもまして、最も濃く深くポエジーを感じるからである。一九二五年から二七年にかけてミロは、青や白や褐色のモノトーンの地に、具象でもあり抽象でもあるような、何やら不思議な形象が浮遊している一連の絵を描き、「夢の絵画」と総称した。さらに私なりに敷衍すれば、夢の基底、夢の原形質を捉えた絵画、となろうか。以前、『久美泥日誌』という、八十二の断章から成る詩集の「69」に、私はつぎのように書いた。

69

ぼくもそう思う。ミロは彫刻よりも絵だ。ミロの絵を見ていると、ぼくはいつも夢の基底というものについて想像をめぐらす。夢の基底も、ミロの絵と同じように、水に浮く脂のようないくつかの根源的フォルムから成り立っているのではあるまいか。それに、久美、きみという存在がある固有の色をつけてしまって、そのフォルムが組み合わさってかたちづくる夜毎の具体的な夢のなかに、姿を変え、場所を変えて、きみが、またはきみに似た女が、繰り返し出没してやまない。昼の意識のなかでいっときときみを忘れることができても、ひとたび夢に身を委ねると話は別で、おそらくは死ぬときまで、つまり夢の基底そのものがだらっと崩れてしまうそのときまで、暗赤色の甘く狭隘な通路をくぐって、ぼくはきみに逢いに行くほかないのだ。

「ぼくはきみに逢いに行くほかないのだ」——自注すれば、同時にこの道ゆきは、詩的なるものとの出会いを求めてのものにほかならない。こうしたわけで、ミロの絵は、私が思い描く詩の理想的なありようにぴったりの、「純粋に内的なモデル」（ブルトン）となったのだった。

ミロはさらに、第二次世界大戦のさなかに、幼児的なイノセンスと独自の技法で織りなされた連作「星座」を制作した。言うなれば、夢の基底が宇宙的規模にまで拡大深化したのである。ちなみにブルトンは、この連作「星座」について、つぎのように最大限の賛辞を惜しまなかった。「ミロは、『星座』の諸作品のはじめから終りまでを覆っているこの極度の混乱期に、この上なく純粋かつ変質することのない鋭敏な緊張力によって、彼の声の全音域を、そのあらゆる魅力を生かしつつここにくりひろげてみようとしたようだ。世界の外、いやさらに、時間の外のどこへでも。だが、いたるところで常に一層よく鳴り響くために。」さらに、「シュルレアリスムと共同制作」で紹介したように、この連作版画のひとつひとつに散文詩を付して大いなるコラボレーションを現出せしめたのだった。

タンギーの絵も、私にとってはミロの絵と似た地平にある。ただし、ミロよりは具象の度合いが強く、夢の基底というよりは、海底か、あるいはそれこそ地獄の底のような場所が描かれているように思える。そこに漂う、貝のような、鳥のような、溶けた金属のような、あれらはいったい何ものなのだろう。いやむしろ、もう貝でもなく、鳥でもなく、溶けた金属でもなくなってしまった何ものか、いわばかたちの事後のかたちであるのかもしれない。その本質的な貧しさ。しかしミロの豊さや明るさだけでは、夢の基底は――したがってポエジーの「内的なモデル」もまた――不十分という気もする。この貧しさをも孕んではじめて、夢の基底は十全なリアリティをもつのではないだろうか。

マックス・エルンストは、さながら技法のデパートだ。コラージュ、フロッタージュ、そしてデカルコマニー。とりわけコラージュは、エルンストの発明になるものとされる。それはまさにロートレアモンの「解剖台のうえのミシンと蝙蝠傘」よろしく、カンヴァス上に事物の偶然の出会いを仕掛けるわけだから、「客観的偶然」のブルトンにとっては、最もよくシュルレアリスムの理念を体現した画家ということになろう。

にもかかわらず、つまりブルトンに言わせれば偶然は必然であり、解釈の必要もないわけだが、にもかかわらず、エルンストの絵には、見る者を謎解きに誘う面白さがあるように思われる。たとえば『二人の子供が一羽の鷲によって脅かされている』というタイトルの作品。画面左隅の近くに、手に棒を持ち、髪を振り乱したひとりの女が描かれていて、地面には何か不気味な物体が転がっている。一方、画面右には、小さな家の屋根の上を、幼女らしき者を抱えて走り去ろうとしている男が描かれている。この絵のモチーフがどこにあるのか、何度見てもわからない。画面の大部分を占める空にはたしかに鶯らしき小鳥が飛んでいて、女はその鳥を追い払おうとしているようにみえる。だが、鶯は人を脅かすような存在だろうか。むしろ屋根の上の男が問題であって、彼は鶯を囮にして、幼女を拐おうとしているのではないか。合理的な説明がつかない夢の一場面を描いたと言われればそれまでだが、それにしても謎めいた絵だ。

またたとえば、『ロプロプがひとりの若い娘を紹介する』というコラージュ作品。画面は入れ子状になっている。外側の画面にはロプロプらしき鳥の形象が描かれ、それが内側の画面を掲げ、「若い娘を紹介」している。といっても、彼女はコラージュされた数種のオブジェに解体されてしまっている。鑑賞者はそれを再構成していいものなのかどうか、いや、そのままにしておくべきだろう。エルンストは、ランボーの「私とは一個の他者である」**Je est un autre** の非文法を踏襲して、「私とはロプロプだ」**Je est Loplop** と嘯いていたらしい。ロプロプとは、鳥の形をした謎そのものである絵画的他者、ということになろうか。

逆にルネ・マグリットの場合は、謎はあらかじめ解かれている。ミロやエルンストの絵を解さない人でも、マグリットの絵の前では、思わず微笑んだり、頷いたりしてしまうだろう。そこから逆算するようにして、われわれの眼がいかに錯覚や欲望にとらわれているかが暴かれる。マグリットの絵は、詩から最も遠く、思弁的、哲学的であるとさえ言えるかもしれない。フーコーが『これはパイプではない』というマグリット作品に、言葉とイメージとの複雑微妙な関係をめぐる論考を捧げたゆえんである。

エルンストとマグリットの中間に位置するのがサルバドール・ダリだ。謎は解かれているような、いないような。この両義性を、ブルトンはつぎのように見事に捕捉している。「サルバドール・ダリの大きな独創性は、こうした作用に、俳優であると同時に観客であるといったやりかたで参加する力業をなしとげてみせ、快楽が現実に対しておこした訴訟の、なかば判事、なかば当事者としてふるまうことに成功したという点にある。偏執狂的‐批判的活動とはまさにそこに存するもので、彼の定義によれば、『もろもろの錯乱現象の解釈‐批判的な組み合わせに基礎をおく、非合理的認識の自発的な方法』ということになる。彼は、自己の内部では純粋な直観にもとづく抒情的状態に身をおいて、快楽から快楽へと押しながされてゆくこと（可能なかぎりエロス化された芸術的快楽の概念だ）と、他方、自己の外部では反省的思索にもとづく思索的状態に身をおいて、より控え目な種類の、しかしそこに快楽原則が見出されるのにじゅうぶんなほど特殊で繊細な性質の満足をわかちあたえることとの、この二つの状態の均衡をとることに成功したのだ。」

ダリについて、これ以上の敷衍は不要だろう。このあと、商業的成功を収めたダリは、同じブルトンから「ドル亡者」（ダリとドルをかけた駄洒落）と断罪されるに至るわけだが、それでも、晩年のいわゆるガラ肖像画シリーズは、ダリでさえも悩まされた奔放な妻ガラが、次第に聖母マリアに同化してゆく摩訶不思議な窯変ぶりを示して、少なくとも私には、ある種奇妙な感動を呼び起こさずにはおかない。

最後に、アンドレ・マッソン。ブルトンらが実験的な詩において開発した自動記述を、ミロとは異なる技法で、すなわち、オートマティックな線の動きによって絵画化したとされるのがマッソンだ。そのかぎりでは、一時期仲違いしたとはいえ、ブルトンに最も忠実なシュルレアリスム系の画家ともいえるが、詩においてブルトンに最も忠実だった詩人ペレがそうであるように、地味というか何というか、私にはいまひとつ訴えてくるところがない。一筆書きのようなドローイングにしても、よくみるとそれがことごとく女性器の形になっていたりして、そうかこの画家の深層心理というのは、かくも女性器に取り憑かれていたのかと思うと、なんとなくほほえましくはあるが、それ以外の感興が湧かないのだ。同じ線の動きなら、たとえばアンリ・ミショーの、メスカリンという麻薬を服用して制作されたおぞましくも細密な作品群のほうが、私にははるかに強いインパクトを与える。ただ、アメリカに亡命したマッソンからジャクソン・ポロックへと、あの躍動的な抽象表現主義の道が開かれていくことになるのは、この画家の大いなる武勲であろう。

このほか、シュルレアリスムの周辺に位置するピカソ、ブラック、デュシャン、デ・キリコといった巨匠たちや、ジャコメッティ、ブローネル、レム、マッタら後発のシュルレアリスム系の美術家たちにまで言及しだすときりがなくなるので、画家たちへの一瞥はこのへんで収めることにする。いやそのまえに、ひとつだけ、ブローネルに関する驚くべきエピソードは書いておくべきだろう。「ブローネルにおいては、想像力は荒々しく解き放たれている」とブルトンはいみじくも評した。日本では、水声社の「シュルレアリスムの25時」叢書の一冊が、この奇想の画家に捧げられている。齊藤哲也著『ヴィクトル・ブローネル』がそれだ。もちろんそこでも言及されているエピソードだが、経緯はこうだ——一九三八年夏、シュルレアリスト仲間の集まりで乱闘騒ぎがあり、スペイン人画家オスカル・ドミンゲスが別の画家にグラスを投げつける。不運にもその割れた破片が、居合わせたブローネルの左眼を抉り、失明に至らせてしまう。ところが、それ以前にブローネルには、右眼から血を流す『自画像』（一九三一）や、同じく右眼にDの字の飾りがついた棒が突き刺さった人物を描いた『地中海の風景』（一九三二）という作品があったのだ。自画像は鏡像だから、絵の右眼は実際には左眼であり、またDはグラスを投げたドミンゲスの頭文字である。つまりブローネルは、自らの失明を絵で予言していたわけで、ブルトンのあの「ひまわりの夜」も真っ青の、しかも悲劇的という形容までついた、驚くべき「客観的偶然」の事例ではないだろうか。

もうひとつ、最後の最後に、もしも詩人としてシュルレアリスムの画家たちとコラボレーションすることができたなら、という楽しい空想をつけ加えさせていただきたい。つねづねうらやましく思うのは、すでに触れたように、シュルレアリスムにおいては詩人と画家のコラボレーションがじつに頻繁に行われたということである。日本でも、一九七〇年代ぐらいまでは、大岡信と加納光於の「アララットの船」シリーズをはじめとして、かなり積極的に行われていたが、それ以後は詩を中心とする芸術諸ジャンルの交流が急速にしぼんでしまった感があり、さみしい。

それゆえにまた、コラボレーションへの楽しい空想にも拍車がかかろうというものだ。まず誰と組むか。好き嫌いとほぼパラレルになってしまうが、やはり具象より抽象というわけで、ミロかタンギーと組みたいと思う。詩と絵と、どちらが先に制作されるにしても、関係があるような、ないような、ほどよい距離が保たれるはずである。逆に、ダリやマグリットの場合は、仮に彼らの絵に詩をつけるとなると、誰が書いてもただの絵解きあるいは絵の解説文のようなものになってしまうだろう。それは避けたい。唯一の方法は、私がダリやマグリットの絵を見ずに詩を書き、ダリやマグリットの方でも私の詩を読まないで絵を描き、しかるのち、両者を出会わせることだろう。つまり、「優美なる死体」の拡大版である。微妙なのはマッソンだ。さっきはピンとこない云々と言ってしまったが、抽象表現主義の先駆としてもう一度眺めなおせば、線の躍動に乗せられて、私の詩的想像力も思いのほか好き勝手に飛翔できそうな気もする。

夢と狂気

ようやくというべきか、私はいま、シュルレアリスムの核心をなす広場のひとつに出た。夢と狂気。もっと早くに訪れることもできたはずだが、ここまで遅延してしまったのは、それが詩的創造にとって、いや、人間の精神現象全体にとっても大問題であり、シュルレアリスムの枠をはるかに超え出てゆくものだからである。とはいえ、この運動に沿って時系列的に言うなら、無意識なるものから富を引き出すべく、シュルレアリストたちはまず自動記述に熱中したのだった。ところが、その純粋性を保証するものは何もなく、おまけに実験者の心身にも負担がかかることがわかると、彼ら、とくにブルトンは、夢の記述に活路を見出そうとし、また狂気という現象にあらためて目を向けるようになった。

まず夢から。いうまでもなく、夢それ自体はシュルレアリスムの専売特許ではない。夜毎に見る夢が昼の覚醒した意識では考えられないような出来事の驚異に満ちていることは、誰でも知っている。まさに「夢は第二の人生である」(ネルヴァル)というわけで、古来多くの詩人たちが夢を作品制作に利用してきた。たとえばブルトンも敬意を表していた先輩詩人サン＝ポル・ルーは、毎夜寝につくときに、部屋のドアノブに「仕事中」の札をかけたという。詩人は睡眠中も夢を見るという仕事をしているのだという洒落である。ただ、夢というのは、目が覚めたあと忘れてしまうことが多い。そういう事態を避けるために、シュルレアリスム直系の瀧口修造は、いつも枕元に筆記具とノートを用意していたという。私自身の場合に即しても、これまでに書いた詩のだいたい三分の一か四分の一ぐらいは、睡眠中にみた夢を素材のひとつにしているのではないかと思う。

小説も夢と無関係ではあるまい。夢を作品に生かした小説家として、内田百閒や島尾敏雄といった名前がすぐに浮かんでくる。カフカの『変身』や『城』にしても、目が覚めることのない長い長い悪夢の報告として読めなくもないだろう。もしかしたらじっさいに、作者のカフカ自身が見た夢が物語のベースになったかもしれない。ただ、一般にフィクションでは、夢を夢とことわらずに書くのがキモであろうと思われる。ある種の詐術である。

シュルレアリストたち、とくにブルトンが心がけたのは、まさにその逆、つまり夢を夢とことわって書くことだった。フロイト派のブルトンにとって、昼のあいだ私たちの意識に押さえ込まれていた欲望が形を成し、そのようにして――欲動の直接的表出をチェックする「検閲」の機能は被りながらも――無意識が解き放たれる場、それが夢にほかならない。したがって、それを忠実に再現することが要請されたのである。たとえば『通底器』においてブルトンは、睡眠中の夢をわざわざ日付をつけて報告し、その詳しい分析まで試みている。彼は自分を「ガラスの家」の住人に思いなして、その精神の現象を、ガラスを通すように、つまり加工や覆いを交えずに読者に伝えようとしたとされるが、夢の記述もその一環というわけである。

だがそもそも記述、つまり言語化すること自体が加工ではないか――というような野暮は、しかし言わないでおくことにしよう。夢と記述の関係は必ずしもオリジナルとコピーのそれではない。夢は結局、言語化されることによってしか、自らの存在を証明できない。記述が先行するのである。塚原史も『シュルレアリスムを読む』（白水社、一九九八）という著作でつぎのように書く。「夢は自動記述とともに、意識的な『私』をもうひとりの未知の『私』との突然の出会いへと誘う『導きの糸』をつむぎだす。」

そこでふと私の場合を紹介したくなった。九十八の断章から成る詩集『風の配分』（水声社、一九九九）の「85（臨終博物館）」は、ほぼ夢の記述そのままとなっている。

臨終博物館。最近死んだ有名無名の人たちの臨終のベッドが展示されている。といっても、どれも畳一畳ほどの広さに砂が敷かれているだけである。まさか砂のうえで死ぬ人はいないはずだが、それでも不思議な説得力をもつ、一種なまなましい砂だ。いや、砂自体がなまなましいわけではない。問題はその形状だ。なぜなら、敷かれた砂には微妙なへこみがあって、紛れもなくそこに臨終の人が横たわっていたことを物語っているからだ。へこみの輪郭や深さは死者によって違う。妙な言い方だけれど、ふわりとした感じで死んだ人や、深々と穴を穿つように死んだ人がいるのだ。また、よくみると、へこみの底のあたりの砂が黒ずんでいたり、黄ばみを帯びていたりしている場合がある。出血や嘔吐の跡だろうか。各ベッドには録音された読経や生前の死者の声が流れ、文字の表示は一切ないので、そうした音だけが、どの死者の砂であるかを知るよすがとなっている。あるところからは陽気な高座のライブが聴こえているので、そこが落語家の臨終の寝所だったことがわかる、というように。館の最奥部にとりわけ人だかりが多い。軽いビートの音を背景に、とぎれとぎれに同じひとつのフレーズを繰り返しているような、暗い、沈み込むように暗い男の声である。ラップ？　いや、私の朗読の声かもしれない。知りえないままに、私は近づく。

「もうひとりの未知の『私』との突然の出会い」の場である夢のなかで、私はさらに「もうひとりの未知の『私』」――その「私」はすでに死んでいるかもしれないのだが――に出会おうとしている。そういう意味で私のこの夢の記述は、メタレベル的に、夢という「導きの糸」の働きそのものを書こうとしたのかもしれない。

つまり言い換えれば、言語化できない夢の厚みや夢の全体性といったものへのブルトンの全面的な信頼までは、どうやら共有できそうにない。私たちは夢の一部を記憶しているにすぎず、その全体においては現実以上に豊かな生が営まれているのだとブルトンは言うが、仮に全体が再現されたとしても、それはただただ唖然とするような荒唐無稽の場面の瓦礫にすぎないのではないか、というような疑念をも、ついに私は拭い去ることができないのである。夢の全体性とは、それこそひとつの幻想にすぎないのではないか。

つぎに狂気。この精神現象もまた、シュルレアリスムの専売特許ではないが、運動の全体を眺め渡すとき、そのいたるところで狂気との接点をもっていたことがわかる。そもそもブルトンとアラゴンは、精神医学を専攻する医学生として、第一次大戦中、野戦病院に駆り出されて戦争の狂気――近代兵器による未曾有の殺戮戦に晒されて精神に狂いを生じさせてしまった傷病兵たち――を目の当たりにしたのだったし、とくにブルトンの場合、フロイトの理論に学びつつ、しかしフロイトとは逆の方向に狂気を位置づけようとしたのだった。すなわち、フロイトが自由連想法や夢の解釈を通じて患者を狂気から救い出し、正常の方に戻そうとしたのに対して、ブルトンは、狂気を狂気として積極的に擁護し、さらには、ただの正常な人間をより豊かで創造的な存在にするために狂気を役立てようとしたのである。その最も端的なあらわれが、すでに「シュルレアリスムの共同制作」のところでも取り上げたブルトンとエリュアールの共作『処女懐胎』である。彼らはその第二部「憑き物」において、自動記述的な詩的エクリチュールとはやや趣を変えて、狂気のさまざまな様態を意識的方法的に模擬・模倣しようとした。「精神薄弱」「急性躁病」「脳黴毒」「解釈妄想」「早発性痴呆」……今日では別の病名がつくであろうこれらのシミュレーションのうち、ここではその白眉ともいえる「早発性痴呆」すなわち統合失調症の場合を取り上げてみよう。テクストは数ページに及ぶが、その最終段落を部分的に引用してみると、こんな感じになる。訳者は阿部良雄。

町奉行たちは**イルディエンヌ**の**シュマール**を**ヴィージュ**でもぐもぐつぶやき彼らに監督されながら私は貯蔵壜の中で**ピモン**の**アルジェール**の下で晩をすごします。**グルート**から飛び出せ。物故はからからと高笑いしながら裏切りたくてたまらず生者たちに夜をゆだねたがっていることに私は気がつきました、夜というのは庶民の削除の遅延の回帰のあの薔薇色で白い絹ですが。**リアソン・ヌ・ハスト・グレール**。私はファウストの食卓で斧の**クレスパン**の中から物を食べましたが招待客たちは目に青味をつけるよう督促されたしだいですそれは片手を私の手の上にもう一方の手を彼のレースの中において司会していたあの乗客を**悪魔が青くして**くれるようにということなんです。そして一同骨の髄までしみをつけました。鑿岩機たちは濡れた秣桶の中で蹄鉄と一緒に**繖形科植物になって**自分をラカケしていますし**燕尾服連**は**カデ・ルーッス**たちに歯を入れています。私こと下記署名人私は自分に自分を**継留します**。〔……〕私はどのようにお前であるかについて**ようにするようにする**。いやそうです私が人種です。曖昧**遊ふ言わ心臓収しゅうをnする**こと、お前の知識の書き判はおくれずに**けばけばフリーズられるだろう**。アナファナリーズは**ドローヌ**の**フループ**を還元しますし十二、八の四倍置かれます。あかぎれを増すやり方六を鎌で刈ることは刻銘の借方のままです。私はそれを十一個に切ると残りは十一個でそれは**サム**で**リアシプレ**するだろう。**ダンレ**！〔……〕

このような言語態がじっさいの症例のそれにどの程度近接しているのか、私のよく判断しうるところではないが、シンタックスの乱れ、意味不明の文脈、言語新作など、なかなかの模倣になっているのではないかと思う。少なくとも、彼らのふつうの詩作におけるような意味産出への傾きはなく、むしろ印象としては、皮肉にも（？）とうの昔に決別したはずの「何も意味しない」ダダにもっとも近づいたテクスト、といえるかもしれない。

しかしいかんせん、模倣は模倣である。それよりは同時期、新参のサルバドール・ダリが、ジャック・ラカンの協力を得て、「偏執狂的‐批判的方法」なる概念を提示し、絵画の方から狂気に近接した事例の方が、ある意味では創造的であったというべきだろう。いや、何よりもブルトン自身、『処女懐胎』に先立って、すでにこの旅で訪れたように、ナジャという本物の狂気に触れていたのだ。ナジャが呼び寄せた夜のパリの驚異は、これもすでにふれたように、一九三〇年代になって、もうひとりの「通り過ぎた女」ジャクリーヌ・ランバとともに「ひまわりの夜」として拡大的に現象したが、それはおそらく、ブルトン自身が最も狂気に近接した瞬間であったろう。だからこそ彼は、その経験を語る「物語」を『狂気の愛』と題したのである。

そしてアントナン・アルトー。周知のようにアルトーは、この狂気との接点を身をもって生き、ついには狂気に呑み込まれてしまうのであるが、この激越かつ痛ましい精神の持ち主については、旅の後半でふれることにしよう。

蛇足として、詩と狂気についての私自身の考えを示しておこう。ただし、杉中昌樹との往復書簡から成る前出の近著『パラタクシス詩学』にすでに書いたことなので、それをそのまま引き写しておく。

とはいえ、まず詩と狂気の関係について言えば、それはおそらく、ものすごく本質的なものなのであろうと、そのように大きく捉えたいと思います。「文学作品は存在しない、症例は存在しない、すなわち、全てのテクストは文学作品であり、全てのテクストは症例である」とは、うまい言い方を考えましたね。確かに、ここまでが正常、ここからが異常、というふうには分けられないわけですから、集合論的に、全ての詩はいくぶんか狂気であり、全ての狂気はいくぶんか詩である、と考えたほうがいいのかもしれません。人間は言語を話す動物なので、狂気は主として言語にあらわれますが、他方、言語の詩的使用という面から考えていっても、それはある意味、言語の狂気ともいえるものなので、両者つまり狂気と詩とは不可分の関係にあるというわけです。私のベルギー人の友人に、ヤン・ローレンスという、詩人にして脳科学者という変わり種がいまして、彼がいうには、「それ（＝ドーパミン）が一定の働きをしていないとき、かえって思考＝言語は多様な自由の度合いでもって機能する。そうして、より創造的で直感的あるいは連想的になり、通常のロジックではついていけないような、場合によってはそれがスキゾフレニー（統合失調症）をもたらすような、つまりひとことでいえば『詩的』なものになる」。詩人たらんとする者、意識的無意識的に、言語のこの「多様な自由の度合い」をなんとか実現しようとするものなのでしょう。

もう少し告白的に、誤解を恐れずに言えば、詩を書く者のさがでもあろうか、狂気への憧れのようなものがずっと私にはある。およそ狂気への近接がなければ、インパクトのある詩は書けないであろうという思い、あるいは思い込み。じっさい、私の詩集のひとつは『狂気の涼しい種子』というタイトルだったし、また『スペクタクル』に所収の「そしてパレード」という詩篇では、「発狂七分前／虫が動き出した」と書いた。この狂気の虫は脳の奥にいて、ぞろぞろとパレードを開始するのだが、話者たる「私」はその手前に壁を築いて、虫の侵入を阻もうとするのである。こうして、症例としての狂気の言語からは隔たりつつ、なんとか作品としての言語の狂気を現出できないものか。そう、何のことはない、私もブルトンやエリュアールの顰みにならって狂気を模擬・模倣してきたのであり、延々と『処女懐胎』の出来損ないのような作品を書いてきたのだ。

蛇足の蛇足として、最近、松本卓也の『創造と狂気の歴史』（講談社選書メチエ、二〇一九）というたいへん興味深い思想書を読む機会を得た。創造と狂気の関係をめぐって、プラトン、アリストテレスに始まり、デカルト、カント、ヘーゲルを経て、ハイデガー、ラカン、フーコー、デリダ、ドゥルーズに至る歴史を辿るという壮大無比な構成で、私にはとても紹介しきれたものではないが、とくに印象に残ったのは、統合失調症（かつては精神分裂病と呼ばれた）という精神疾患が実は近代になって、ヘルダーリンという「症例」を通じて「発見」されたものであり、さらに、ポストモダンを経た近年は古典的な位置にやや後退し、代わって自閉症スペクトラム（アスペルガー症候群）に思想的な関心がシフトしているらしいということだ。ドゥルーズに当てられた最終章によれば、その移行はドゥルーズの著作に端的にあらわれている。すなわち前期の『意味の論理学』では、統合失調症型のアルトーと自閉症スペクトラム型のルイス・キャロルに、それぞれ「深い文学」と「表面の戯れ」を代表させ、等分に偏愛していたのに、後期の『批評と臨床』ではキャロルに重心を移し、さらには同系列に、特異な言語遊戯の作家として知られるレーモン・ルーセルを加えるのだ。こうしたドゥルーズの「創造と狂気」論を総括して、松本氏はつぎのように書く。

『意味の論理学』から『批評と臨床』に向かう航路のなかで、ドゥルーズは深層と表面の両者を重視する立場から、深層を拒絶して表面を偏愛する立場へと舵を切りました。この態度変更は、ヘルダーリン＝ハイデガー＝ラカン的な（あるいはブランショ＝フーコー的な）文学観、すなわち〈不在〉や〈外〉、あるいは不可能なものがあるがゆえに文学が可能になるという「詩の否定神学」に由来する統合失調症中心主義の文学観から、データベースとアルゴリズムに依拠し、さらには偶然と賭けを肯定するポスト「統合失調症」的な文学観への移行でもあったと考えられます。

こうした議論に照らし合わせてみると、シュルレアリストたちや私における狂気への憧れはずいぶん素朴にみえる。しかし、アルトーを内包するシュルレアリスムは、同時にレーモン・ルーセルに熱い関心を寄せていたし、また「偶然と賭け」への乗り出しは望むところであったろうから、つまり深層と表面と、両方にわたって狂気との接点をもとうとしていたとも考えられる。どうやらシュルレアリスムは、百年経ったいま、十分に古いが意外に新しくもあると、撞着語法的に言えるのではないか。

『黒いユーモア選集』をめぐって

シュルレアリスムをめぐる若年の頃の私の楽しみのひとつは、おりにふれ、ブルトンとエリュアールの共編による『シュルレアリスム簡約辞典』（日本語版、江原順訳）のページをパラパラとめくって、さまざまな辞項に引用された詩人・作家たちの章句を読むことだった。たとえば「狼」には、ランボーの「無数の狼、無数の野生の種子がいる」という詩句が引用されている。「強姦」という辞項もあり、「速度の愛」と定義されているが、なぜか作者名は記されていない。

もうひとつ、これはパラパラというわけにはいかなかったが、ブルトンの編著による『黒いユーモア選集』を繙くことも、大いなる刺激と愉楽を私にもたらしてくれた。そこでその記憶を蘇らせようと、今回の旅でも立ち寄ることにした。

いや、立ち寄るというのは、この異色のアンソロジーに失礼だろう。「黒いユーモア」の発見は、あとでもふれるが、シュルレアリスムの歴史のなかで大きな意味を持ち、「自動記述」や「客観的偶然」につづくメインストリートの最後の目立つ光景といってよく、とても立ち寄る程度では済まされないのである。

原書の刊行は一九四〇年。戦争によってシュルレアリスム運動が中断を余儀なくされる直前である。日本語版は一九六八年で、上下二巻の「セリ・シュルレアリスム1」として国文社から刊行されている。私が所蔵しているのはこの本だが、その後、どこかの文庫になっているかもしれない。

構成は、「避雷針」と題された、例によってやや晦渋なブルトンの序文で始まり、以下、ジョナサン・スウィフトからジャン＝ピエール・デュプレーに至るまでの、四十五人の作家・詩人の作品が、ブルトンの解説付きで並んでいる。そこには、ポー、ニーチェ、カフカといった世界文学からの名前や、ボードレール、ランボー、ロートレアモン、ジャリ、アポリネールといったシュルレアリスムの先駆者的な名前のほかに、当時の私にとっては初めて目にするいわゆるマイナーポエットの名前もいくつかあり、たとえばレーモン・ルーセルも本書を通してその存在を知ったのではないかと思うが、こうして全体は、いささか大げさに言うなら、近現代ヨーロッパ文学史のオルタナティヴが提示されているという印象だろうか。そこに私は興味を惹かれた。『悪魔のいる文学史』の澁澤龍彥も、このアンソロジーを繙くことに大きな興奮を覚えると、どこかに書いていなかったか。

収録作家名の話をつづけると、シュルレアリストたちからは、アラゴン、エリュアール、デスノスなどの、袂を分かったかつての盟友は除外され、代わりに、終生ブルトンに忠実だったバンジャマン・ペレが入っている。また、ピカビア、ピカソ、デュシャン、アルプ、ダリという美術家が名を連ねているのも驚きで、もちろん彼らの絵ではなく、文章が収められている。

さて、誰のどの作品をピックアップしてみようか。サドもいればリラダンもいる。個人的な思い出としては、「フランス語による表現の中でも最も難解な」とブルトンに評されたランボーの最後の詩篇「夢」なのだが、それは「先駆者たち」の章にまわすとして、ジャック・ヴァシェはどうだろう。ブルトンの同郷の友人にして、先導者的存在だった未成のシュルレアリスト。ほかのアンソロジーではおそらく登場することはないだろうと思われる。というのも、若くして自殺（？）してしまったため、ほとんど作品が残っていないからだが、しかし仮に長く生きたとしても、詩など書いていたかどうか。

近年、なんと日本でもこのヴァシェに照明が当てられた。ジャック・ヴァシェ／原智広訳著『戦時の手紙　ジャック・ヴァシェ大全』（河出書房新社、二〇一九）という本が出たのである。「シュルレアリスム誕生の霊媒者にして永遠の反抗者、二十三歳で自殺した伝説の詩人ジャック・ヴァシェ、百年目に降臨」という帯の言葉が踊る。とはいえヴァシェは、詩人というよりは行動的な思考者だったのではあるまいか。じっさい、ブルトンが『黒いユーモア選集』に収録しているのも、作品ではなく、まさにユーモアについてこの後輩の詩人に教えを垂れているようなブルトン宛手紙である。日本語版から引用する。

それから君はぼくにユーモアの定義を尋ねているね――こういったところだ！――
「各々の象徴性は象徴の本質の中にある」という句は、ユーモアの定義にたいへん応わしいものだとぼくは長いこと思っていた。多くの生あるものを含むことができるのだから。たとえば、君は目覚まし時計を知っているだろう――あれはぼくをつねに恐怖に落とし入れる怪物だ。というのは、あいつの眼に映る数多くのものと、ぼくが寝室に入るとき、この実直ものがじっとぼくを見つめる姿が恐いのだ――一体どうしてあいつにはユーモアがみなぎっているのか。一体どうして――まったくこうなのだ――ユーモアは驚くほどどこにでもある――君はわかると思う――だがもちろんこれは――決定的なものではない。それにユーモアは非常に多くの感覚から生まれていて、容易に言い表わせないくらいだ――これはある感覚だと思う――ぼくは――また――あらゆる事柄の芝居じみた（つまり喜びのない）空しさに対するセンスだと言いたいぐらいだ。
（波木居純一訳）

ユーモアを定義すると言っておきながら、なんともわかりにくい文章だが、要するに事物が存在するというのは、おのずから象徴性を帯びるので、それ自体ユーモアを生じてしまうということだろう。ヴァシェのこの定義がはるかに反響しているのかどうか、ブルトンは序文「避雷針」で、ヘーゲルを援用しながら「客観的ユーモア」という概念を持ち出し、なんとあの「客観的偶然」と関係づける。「客観的ユーモアという黒いスフィンクスは、埃でいっぱいの道、未来の道の上で、必ずや客観的偶然という白いスフィンクスと出会わざるをえず、その後の人間の創造物はすべて彼ら二人のスフィンクスの抱擁の産物ということになるだろう。」

どこまで行ってもわかりにくいので、シェニウー゠ジャンドロンの前出『シュルレアリスム』の助けを借りよう。

つまりそれ〔＝客観的偶然〕は、ある主観性が表現した言葉と、「事の流れ」、出来事の、また万人に検証可能な歴史の流れとのあいだに、時折、魔術的な符合が現れる可能性があり、その時事件が（隠喩的あるいは換喩的な）ある仕方で、前もって発せられていた記号を現実化するのだ、という確信である。他方、ユーモアはその反対の方向に引き寄せるものだ。つまり、ユーモアの企図するところとは、事件および事件と自我との抑圧的関係について私たちが抱く表象を――その完全に紊乱的なイメージを提示することによって――攻撃することなのである。客観的偶然においては動くように見えるのは事物のほうである。一方ユーモアでは言葉のほうが動くように思われる。ユーモアは世界の表象を攻撃する――そして偶然は現実そのものを攻撃するように思われるのだ。

なるほど、少しはわかりかけてきた。では、こうしたユーモアに「黒い」という形容詞がつくのはなぜか。もちろん、俗にいうブラックユーモアとは一線を画するが、これもジャンドロンによれば、「黒いという形容詞は死のイメージと戯れるユーモアの偏愛に由来するとも言えるだろう。なぜなら、その場合にこそ、ユーモアの現実拒否の力が最高度のものになるから」であり、さらに彼女は、暗黒小説（roman noir）の影響なども指摘しながら、「黒いユーモアは、『暗黒』と称される小説と同様、人間の自由に加えられる打撃に応えるものでなければならないのだ。黒という色はブルトンにとっては結局、悲劇的なるものの色などではなく、高揚の色なのである――それは無政府主義《アナーキー》の旗の色なのだ」と結語する。

なるほど、とふたたび私は思う。このアナーキーという語を蝶番のようにして、ユーモアについての私の考えとつながったからだ。かつて、『危機を生きる言葉』（思潮社、二〇一九）という詩論集において、私は以下のように書いたことがある。「ここでイロニーとユーモアとの区別をしておくなら、私の考えるところでは、イロニーとは主体が対象や自己との距離をつくりだしてそこにメタ的ないし批評的言説を生じさせる心的態度であり、とりわけ自己の二重化によって、かえって、より強化された主体を生み出す装置であるともいえる。一方ユーモアは、自己をも自己との距離をもひとしく笑いのうちに無化してしまうような、ある種言説のアナーキーである。」

このような見解を私がとるに至ったのは、以前ドゥルーズを熱心に読んだ記憶がどこかではたらいたせいかもしれない。そう思ってドゥルーズの著作にあたってみると、『意味の論理学』（岡田弘・宇波彰訳）につぎのような箇所をみつけた。

もしもイロニーが存在と個体との共外延性、もしくは私と表象との共外延性であるならば、ユーモアは意味とナンセンスの共外延性である。ユーモアは、表面と裏面、遊牧的な特異性とつねに移動している偶然の点の技術であり、静的発生の技術、純粋な出来事を処理する知恵、もしくは《単数の第四人称》であり、中断されたあらゆる意味作用・指示作用・表示作用であり、廃棄されたあらゆる深層と高さである。

ドゥルーズらしい奔放な概念の使用がみられてわかりにくいが、要するにイロニーは主体と表象からなる世界の構成そのものを変えはしないが、ユーモアはそれを無差別的な、つまりアナーキーな「純粋な出来事」の地平にしてしまうということである。シュルレアリスムからドゥルーズへ、ユーモアという概念がさらに過激に更新されたという感じだろうか。

話題のレベルを下げよう。あまりむずかしく考える必要はないのかもしれない。飯島耕一は、シュルレアリスムとは笑いとエロスと叫びだと、きわめておおらかに断言する。そして、笑わない人ブルトンという一般的印象に対しても変更を迫る。たしかに写真に写ったブルトンは、「法王」と言う綽名にふさわしく、いつも謹厳かつ生真面目な表情をしていて、およそユーモアとは無縁の人物のようにみえる。ところが、実際のブルトンは、たとえばプレヴェールの証言によれば、大いに笑う人だったようだと飯島氏は言うのである。

先駆者たち

第一部の最後に、時系列的にはあべこべだが、先駆者たちを訪ねよう。シュルレアリスムの先駆者としては、直近の世代ではピエール・ルヴェルディとギヨーム・アポリネール、十九世紀に遡って、象徴主義時代のランボーとロートレアモン、さらに遡って、後期ロマン主義時代のジェラール・ド・ネルヴァルを挙げるのがふつうである。

ルヴェルディは、ブルトンが尊敬していた先輩詩人で、例の「遠いもの同士の連結」というイメージの理論でシュルレアリスムを準備したとされる。

イメージは精神の純粋な創造物である。それは比喩から生まれることはできず、多かれ少なかれ隔たった二つの現実を近づけることから生まれる。近づけられる二つの現実の関係が遠くて的確であればあるほど、イメージはより強いものとなるだろう――より多くの情動的な力と、詩的な現実とを持つだろう。

二者の関係の「遠くて的確」というところがポイントで、ただ遠く離れていればいいというものではない。その意味でこのイメージの理論は、ボードレール流の万物照応の詩学、一見関係のない物のあいだに実は存在する神秘的なアナロジーの関係を発見するのが詩人の力能だとする詩学の伝統をふまえているともいえる。また、日本に「超現実主義」を導入したとされる西脇順三郎の詩学とも近い。いうまでもなくブルトンは、この理論をさらにすすめて、関係が的確であるかどうかよりも、遠い二者が偶然的に出会うその衝撃それ自体——その「電位差」——を強調することになるのだった。

ルヴェルディの作品からは、アンソロジーにもよく載る「ノマド」という短い詩を拙訳で紹介しておこう。

開かない扉
遠くでガラスが割れる
よぎる手
ランプが油煙を立てる
きらめく火花
空はさらに黒い
屋根の上
何かの動物たち
影もなく
まなざし

黒ずんだしみ
その家には誰も入らない

遠く近く、事物同士がなんとも言葉少なに出会っているという感じだが、行間には、のちにソレームの修道院の近くに隠棲してしまう詩人の孤独まで読み取れそうだ。

フランス現代詩の祖アポリネールは、その前衛的な作品の全体もそうだが、「シュルレアリスム」という語の発明者としても、シュルレアリスムのいわば生みの親となった。アポリネールは一九一七年、自身の戯曲『ティレジアスの乳房』の序文でこの語を登場させたのである。ただし、より斬新なリアリズムというほどの意味で、のちにブルトンが定義したような、現実を超えた世界把握という意味での「シュルレアリスム」ではなかった。

詩集『アルコール』は現代詩の始まりを告げる決定的に重要な詩集だが、なかでもその冒頭を飾る「地帯」という長詩だろう。飯島耕一ほか何人かの訳があるが、ここは拙訳でその最初と最後の数行を掲げておこう。

とうとうきみは古い世界にうんざりしてしまった

羊飼いの娘　おおエッフェル塔　橋の群れがなきわめく今朝

きみは飽きてしまった　ギリシャやローマの時代に生きることに

ここでは自動車さえも古くさくみえる
宗教だけがまあたらしいままだ　宗教だけが
空港の格納庫のようにシンプルなままだ

ヨーロッパではおまえだけが古代のものではない　おおキリスト教よ
いちばんモダンなヨーロッパ人　それはあなただ　法王ピオ十世よ
それなのにきみは　窓々に見られているのが恥ずかしくて
教会に入れないし　そこで告解することもできないでいる今朝
きみは読む　大声で歌っているチラシを　カタログを　ポスターを
それが今朝の詩だ　散文のためには新聞があり
雑誌がある　二十五サンチーム払えば　警察沙汰や
お偉いさんの写真や　無数のいろんな見出し満載の雑誌が
〔……〕
そしてきみは飲む　きみの生命のように燃え上がるあのアルコールを
きみの生命　それをきみは火酒のように飲む

きみはオートゥイユの方に歩いてゆく　徒歩で家まで歩き
オセアニアやギニアの彫像のあいだで眠りたいのだ

それらは別のフォルム　別の信仰のキリストたち
ぼんやりした希望の下等なキリストたちだ

さようなら　さようなら

太陽
切られた首

「太陽／切られた首」という最終二行はすばらしく鮮烈なイメージだが、もしかしたら、ギュスターヴ・モローの名画『オルフェウスの首を持つトラキアの娘』が詩人の念頭にあったかもしれない。未来へは、のちにバタイユが作る秘密結社的な「アセファル（無頭人）」のイメージになんらかのヒントを与えたかもしれない。また、マルティニック島の大詩人エメ・セゼール（本書第二部の「エメ・セゼールの衝撃」参照）の詩集のタイトル『太陽　切られた首』は、まさにこの詩句の引用である。伝記的事実と照らし合わせてみると、さらに意味深くなる。アポリネールはイタリアからフランスにやってきた異邦人だった。そのため、フランス国籍を取得すべく第一次大戦で志願兵となったのだが、不運にも戦場で頭部に負傷してしまい、さらにはその療養中の一九一八年、スペイン風邪に罹患して死亡してしまう。筆名アポリネールはギリシャ神話の太陽神アポロンに通じるので、自分の死をあらかじめ書き込んだような、なんとも予言的な二行となったのである。「切られた首」の原文は cou coupé で、同一音韻の連鎖も印象的だ。

アポリネールからは、もうひとつ興味深いエピソードが伝わっている。一九一四年にジョルジオ・デ・キリコは、『アポリネールの肖像』という題の絵を描いたが、アポリネールはその絵の後景に浮かび上がっている自分のシルエットのこめかみに、大きく穴が穿たれているのを認めた。その後、じっさいに戦場でこめかみに負傷したので、以来詩人は、この絵のしるしが実現したのだと考えるようになったというのである。まさにのちのブルトンの「客観的偶然」を予示するような、なんともシュルレアリスムの先駆者にふさわしいエピソードと言えようか。

小ロマン派の群小詩人のひとりという程度の扱いだったロートレアモンは、シュルレアリストたちによって発見されたといってもよい。その後も、ブランショや一九六〇年代の前衛文学グループ「テル・ケル」によって発見されつづけてゆくわけだが、シュルレアリストたちが注目したのは、なんといっても、『マルドロールの歌』の「第六の歌」に出てくる、美少年メルヴァンの美しさを喩えたあの「解剖台のうえのミシンと蝙蝠傘の偶然の出会いのように美しい」という直喩のフレーズで、彼らにはそれが、詩における自動記述のみならず、美術におけるいわゆるデペイズマンの手法を予見しているようにみえたのだった。

しかし、それだけではあるまい。シュルレアリストたちが、とりわけブルトンが、あのようにロートレアモンを神格化したのは、『マルドロールの歌』全体を貫く仮借ない反抗の精神、そしてそれが駆動するエクリチュールによる世界の破壊的創造という熱い一面に魅せられてのものだったろう。ところが、私の記憶によれば、その後の批評や研究によって、ロートレアモン——というよりは本名イジドール・デュカス——の冷めた側面が明らかにされ、『マルドロールの歌』が実は、剽窃の行為と隣り合わせの、驚くべき間テクスト性の戯れの場であることが暴かれていった。文学言語の生成という意味では、それもまた過激なことだったのではあるが。

私も若年の頃は夢中になってロートレアモンを読んだものだが、原文にあたってみると、文章は意外と構築的で、乱れたところがない。内容はサド的な暴力の跳梁であっても、ある種気持ちよく読みすすめることができる。私は思うのだが、ロートレアモンにあって問題は、シュルレアリスム的無意識やテクスト主義的な言語の自律性や引用の織物なのではなく、やはり想像力の質ではないだろうか。ロートレアモンからシュルレアリスムへ、ではなく、ロートレアモンから「テル・ケル」派へ、でもなく、ロートレアモンからアンリ・ミショーを経てル・クレジオへ、という系譜を誰かが引いていたように記憶するが、なるほど、そのほうが妥当なような気がする。

つぎにランボー。「旅の準備」で述べたように、若い頃、私はランボーに引き込まれ、専門的に研究したことさえある。もとより途中で研究者への道は放棄してしまったが、詩集以外の私の最初の単行本は、『ランボー・横断する詩学』というモノグラフィーであった。ドゥルーズの概念装置を援用して、主に『イリュミナシオン』の詩的エクリチュールを読み解こうとした無理筋の論考で、シュルレアリスムへの架橋という面はすっ飛ばしてしまったような気がする。

それはともかく、「生の全体を変える」とするシュルレアリスムの運動理念にとって、詩によって生を変えようとしたランボーが先駆者になるのは、理の当然といえる。ブルトンはその『シュルレアリスム宣言』中の、多少ともシュルレアリスムにつながる過去の文学者たちを列挙する有名なページにおいて、いみじくも「ランボーは人生の実践その他においてシュルレアリストである」と述べている。

それればかりではない。誰だったか、ある批評家は、ランボーからシュルレアリスムへという流れこそが、真の現代詩の系をつくったという。そこでは言語の隠喩的使用が、隠喩される何かを暗示的に示す従来の語法から、そういう解読への方向を拒絶するような、つまり自体価値的な、したがって難解なものになったという意味において、現代詩的なのである。隠喩はイメージへと変容した、と言い換えてもよいかもしれない。

ただ、とくにブルトンの場合、ランボーはロートレアモンほど絶対的な尊崇の対象ではなかったようだ。ある種の留保をつけたのである。その理由のひとつには、ランボーの妹イザベルの証言を真に受けてしまったということがある。イザベルは、ただひとりランボーの臨終に立ち会ったさい、兄は終油の秘蹟を受けた、つまりカトリックに回心したと証言した。真偽のほどはわからないわけだが、それがたとえばクローデルのようなカトリック詩人には大いなる励ましになったであろうし、逆に徹底した無神論者ブルトンの場合は、激越な反教権主義者だとばかり思っていたランボーにある種の幻滅を感じたのである。

そうはいっても、ブルトンは、ランボーの最も謎めいた詩の一つ、『イリュミナシオン』中の「祈念」の、

わがレオニー・オーボワ・ダシュビー尼に。――バウ！――唸りを立て、悪臭放つ夏の草。――母親たちと子供たちの発熱のため。

というフレーズに不思議な感興をおぼえ、めずらしくオブジェ作品を制作している。ブルトン自身の言を借りれば、「『イリュミナシオン』をよぎる最も神秘的な女性レオニー・オーボワ・ダシュビーのために祭壇を築いた」（「現行犯」）のだった。また、自ら編纂した前出『黒いユーモア選集』には、ランボーの「最後の詩篇」とされる「夢」を入れ、「ランボーの詩的精神的遺言」をかたちづくるとしたのみならず、別の場所（「現行犯」）では、「フランス語で書かれた最も難解な詩」とコメントした。当時としては考えられない炯眼ぶりである。というのも、友人ドラエー宛の手紙に兵役をめぐる冗談として挿入されただけのこの奇態なテクストが、種々のランボー全集において詩作品として認知されるのは、ようやく一九八〇年代に入ってからだからである。どんなテクストだったのか、引用しておこう。

内務班では、みんな腹ぺこ——
　ほんとだぜ
匂いはプンプン、音はガチャガチャ。ものの精が言う、
「俺はグリュイエールチーズだぞ！——
ルフェーブルが言う、「酒保へ行け！」
ものの精が言う、「俺はブリー・チーズだぞ！——
兵隊たちはパンを切り分けながら言う、
「まあこんなもんさ！
ものの精が言う。「俺はロックフォール・チーズだぞ！
　　「やばい、しくじったぞ！……
　　——俺はグリュイエール・チーズで
おまけにブリー・チーズだぞ……などなど

　ワルツ
俺たちはひとつにされちまった、ルフェーブルと俺とは、などなど

見られる通り、チーズの銘柄が「ものの精」として列挙されているだけである。このどこがブルトンの言う

ように「難解」なのか。前出『ランボー・横断する詩学』に、ブルトンの評言をふまえて私はつぎのように書いた。「難解？　しかし、むずかしい隠喩はどこにも使われていないし、辿りにくいシンタックスもない。にもかかわらず難解でありうるのは、この断片がほとんど詩の体裁をなしていないということ、まさにその地点において詩の成り立ちそのものが問われているからであろう。書かれてゆくそばから自壊してゆく詩、その自壊の瞬間にしかし、詩的言語の物質性の最もなまなましい幻想を撒き散らしてゆく詩。」

最後に、ネルヴァル。この夢と狂気の詩人がシュルレアリスムの先駆者にあげられるのは、ランボー同様、やはり理の当然である。そしてネルヴァルといえば、「夢は第二の人生である」という有名なフレーズで始まる『オーレリア』であろう（オーレリアとは、ネルヴァルが恋情を募らせていた女優ジェニー・コロンのこと）。私の私塾の講座ではその第一部のハイライト部分を読んだ。

誰でも知っているように、夢のなかでは、覚醒時よりも遥かに鮮やかな明るさを感知することがしばしばあるとは言え、決して太陽を見ないものである。品物や物体はそれ自身で発光する。私は、白と黒の葡萄の重たげな房の垂れた葡萄棚の続いている小さな園にいた。

〔……〕

私の随いていった婦人は、いろいろの色に変るタフタの衣服の襞をひらめかしながら、そのすらりとした丈を延ばして、一本の長い立葵の茎を露わな片腕で優美に抱え、それから明るい光線を浴びて次第に大きくなり始め、かくして庭が少しずつ彼女の形を帯び、花壇と樹木がその着物の薔薇模様とレースの縁飾りになって行った。一方その顔と両腕とは、空の茜色の雲にそれらの輪郭を刻んで行った。こうして彼女が変貌するにつれ、私は彼女を見失ってきた。なぜなら彼女は自身の大きさの中に消えて行くように見えたのだ。「おお、逃げないで下さい」と、私は叫んだ……。「自然があなたと一緒に滅びてしまいますから。」

こう言いながら私は、手からすりぬける大きくなった影を捉えようとするもののように、茨の中を難渋して進んで行った。しかし私は崩れ落ちた壁面にぶつかった。その下に一つの女の胸像が横たわっていた。それを起した時、私はこれが彼女の胸像だと確く信じた……。私は懐かしい顔立ちを認めた。そして身のまわりに眼を向けると、庭は既に墓場のような様子を帯びていたのを見た。いくつもの声が言っていた、「宇宙は夜になった。」

（佐藤正彰訳、筑摩書房版『ネルヴァル全集III』より）


このあと話者は、「現実生活への夢の氾濫」そのままに、現実のオーレリアの死を知り、「エウリュディケーよ、エウリュディケーよ」という、最愛の妻を失ったオルフェウスの悲痛の叫びをエピグラフに立てた第二部へとすすんでゆくのだが、そのあたりのことは前出『オルフェウス的主題』で論じたことがあるので、そちらを参照されたい。

ここでは、『オーレリア』からシュルレアリスムへ、何が連続し、連続しないのかに焦点を絞ろう。『オーレリア』は、これまで取り上げてきた先駆者のテクストのうち、時代的にはシュルレアリスムから最も遠いが、ある意味ではシュルレアリスムに、とりわけブルトンの『ナジャ』に最も近い作品といえるかもしれない。どちらもひとりの女をめぐって書かれた散文作品ではあるが、小説というジャンルに括れるかといえば、フィクションとしての結構はほとんど無視され、むしろ症例の報告というスタイルに近い。ネルヴァルもまた、ブルトンが自らに課した「ガラスの家の住人」なのだ。違いがあるとすれば、『ナジャ』が他者ナジャの狂気を報告するのに対して、『オーレリア』は語り手自身の狂気を語る。また、『ナジャ』の方向性が、ナジャの悲劇を挟むとはいえ、基本的には未来へと渡された希望の原理であるのに対して、ネルヴァルの場合は徹底して過去想起、過去追慕であって、それが「現実生活の中への夢の氾濫」の実相である。

『オーレリア』はしかし、夢や幻視の記述があまりにも密に連続し、しかもそれがダンテ『神曲』をはじめとする文学的記憶（ネルヴァルはオーレリアを、ダンテにおけるベアトリーチェのような天国的位階の女性にまで高めようとする）や、カバラだの占星術だのといった隠秘学的伝統とブッキッシュに絡んでいるので、個人的な感想としては異様に息苦しい。私はむしろ、『シルヴィー』――精神病院への入退院を繰り返しながら、狂気の束の間の小康状態のなかで書かれ、一見狂気のかけらもとどめないこの珠玉の短編小説の存在を強調しようと思う。内容は、パリで売文業をしている話者が、ある夜、新聞で故郷の祭の情報を得ると、記憶の不思議な湧出に誘われるように、そのまま辻馬車に乗ってパリ北方数十キロにあるヴァロワ地方の生まれ故郷を訪れ、幼馴染みの娘シルヴィーに再会したり神秘の女性アドリエンヌとの邂逅を回想したりする物語であり、後年あのプルーストに影響を与えたことでも知られている。とくに村の城館の庭で、城主の娘アドリエンヌと踊りの輪の中で束の間交錯する場面の描写は、たとえようもなく美しい。このアドリエンヌこそ、ネルヴァルの狂気の想像力のなかで、はるかエジプトの女神オシスや聖母マリアから亡き母の面影を経て女優オーレリアに至る驚くべき祖型的女性の反復回帰の一環にほかならないのだった。

至高点ツアー

第一部「中心への旅」の最後の最後に、オプショナル・ツアーを敢行しよう。目的地は「至高点」――ということは、ブルトンがシュルレアリスムの到達すべき目標として掲げたあの「至高点」？

もちろんそうだが、ルートはやや複雑である。そこでまず、周辺を見渡してみると、まるで本書執筆を側面から応援してくれるように、二十一世紀に入ってかなりの年月が経過した近年になっても、日本ではシュルレアリスム関係の書籍の刊行が相次いでいる。水声社による「シュルレアリスムの25時」シリーズの刊行をはじめとして、朝吹亮二『アンドレ・ブルトンの詩的世界』（二〇一五）、小高正行『ロベール・デスノス――ラジオの詩人』（二〇一五）、福田拓也『エリュアールの自動記述』（二〇一八）、松本完治著編訳『シュルレアリストのパリ・ガイド』（二〇一八）、そしてジャック・ヴァシェ／原智広訳著『戦時の手紙　ジャック・ヴァシェ大全』（二〇一九）など。シュルレアリスムへの旅をしているのが私ひとりではないということがわかって、大いに勇気づけられるのだ。

しかし私にとっての極めつけは、ジョルジュ・セバッグの『崇高点』（鈴木雅雄訳、水声社、二〇一六、原書刊行は一九九八）である。「ブルトンの残した秘密のメッセージの回路に電気を通し、その磁界へと読者を誘うシュルレアリスムの観光＝実践案内書！」と帯にはある。奇書といっていいだろう。何しろ、「バウー」Baouという奇声からすべては始まるのだ。そうでなかったら、私がこの書物を繙くことはなかったかもしれない。私はかつてランボーを専門的に研究したことがある、とすでに述べたが、実はこの奇声は、ランボー研究者にとって特別な響きをもっている。気づいた読者もいるかもしれないが、「先駆者たち」の章でも引用した『イリュミナシオン』中の「祈念」の第二節、

わがレオニー・オーボワ・ダシュビー尼に。——バウ！——唸りを立て、悪臭放つ夏の草。——母親たちと子供たちの発熱のため。

このなかにまさに「バウー」Baouが出てくるのだ。祈りの言葉の流れのなかではいかにも場違いな、まるでノイズとして紛れ込んだようなこの語はいったい何なのか、長いあいだランボー研究者を悩ませてきた。英語のbowの音韻表記で、「お辞儀する」または幼児語の犬の鳴き声「ワンワン」に相当するという説、マレー語で一定の面積を表わす名詞または「臭い」の意味の動詞だという説、嫌悪を表わす間投詞（擬音語）でpouah（うええ）に近いとする説、などなど。それがなんと、本書によれば、南フランスはオート・プロヴァンス地方の、ヴェルダン峡谷の奇観で知られる景勝地に、「バウーの滝」なるものが実在するというのである。

それだけでも驚きだが、なんとその滝のうえに聳える奇岩に付けられた名称が、シュルレアリスムにとっての理想的な「精神の一点」である「崇高点le point sublime」（ふつうは「至高点」と訳される）と同じだとい

うのである。アンドレ・ブルトンは一九三二年八月にこの峡谷を訪れ、友人に「バウーの滝」の絵葉書を送っている。ここからセバッグは出発する。「一九三一年と一九三二年の八月にカステラーヌから程遠からぬ場所で、ブルトンは『唸りを立て、悪臭放つ夏の草』に、ランボーのバウーを、レオニー・オーボワのバウーを〔すでにランボーのテクストは読んでいたという意味で〕再発見する。さらに彼は『崇高点』と呼ばれる、ヴェルドン川がバウーの流れと合流する地点の河床を一八〇メートルの高さから見下ろしている高台から、レオニー・オーボワに呼びかけている。一九三二年八月十六日の絵葉書で、下から見上げられたバウーの滝は、L・Aによって、すなわち、レオニー・オーボワによって副署されえた。そしてヴェルドン川とバウー川の合流点の上に迫り出す『崇高点』がランボーの歌うレオニー・オーボワ・ダシュビーのバウーを指し示すのであるから、バウーは下から、『崇高点』は上から、ともにシュルレアリスム的な場所それ自体に形を与え、オートマティックな持続をもたらすのである。具体的にいうなら、ヘーゲルの教えに従いつつ、ヴェルドン峡谷に場を定められたランボーのバウーは、それに対してはあらゆる対立が乗り越えられ、包摂される subsume（あるいはむしろ上から包摂される sursumé）、「第二宣言」にいう『精神の一点』に達することを可能にしてくれる。夏、八月には、バウー川の水かさは増し、『崇高点』を水浸しにするのである。」

偶然の一致に驚くこと、驚きつづけること。「オートマティックな持続」がキーワードらしいが、ブルトンのあの「客観的偶然」の応用拡大版であることは明らかだ。しかも、それはとどまるところを知らない。ブルトンが『黒いユーモア選集』の序文「避雷針」で、ニーチェ最後の長文の手紙に見られる陶酔感は「ランボーの詩『祈念』のなかの『バウー！』と対になる、謎めいた『アストゥ』において、黒い星となって炸裂する」と書いていることから、セバッグはそのもうひとつの奇声「アストゥ」を引き出し、さらに、ニーチェの手紙の日付が一月六日であることに注目する。なぜなら、ブルトンを先導したジャック・ヴァシェの命日も同じ一月六日であるからだ。ここからセバッグは、ヴァシェの残したメッセージを回路に、晩年のブルトンが執心したらしい女性映画監督ネリー・カプランへと電流を流してゆく……。

こうした破天荒な——解釈妄想でなければ詩的というほかないような——エクリチュールをどう捉えればよいのだろう。『崇高点』後半は理論編となっていて、ドゥルーズなどへの思想的接続も行われ、興味は尽きないが、訳者鈴木雅雄がべつのところ(「解放と変形——シュルレアリスム研究の現在」、『シュルレアリスムの射程　言語・無意識・複数性』所収、一九九八)で述べている見解をここでは援用しよう。すなわち、「セバッグの問題はいわゆる『客観的偶然』のそれより広く、彼はそれを『持続』という用語で総括する。他の研究者が一つのテクスト内部で行うような意味素の連結を、彼は遠く離れた複数のテクスト、あるいはテクストとブルトンの実人生上の出来事とのあいだで行う。いわばブルトンという存在そのものが、一つの巨大なテクストとして読み解かれていく」のである。

なるほど。同時にしかし、詩人は自分が通過したことの証拠ではなく、痕跡を残すべきだ、というルネ・シャールのアフォリズムを思い出した。証拠は証拠でしかないが、痕跡には人を夢見させる力があるのだ。テクストとテクストの外とを問わず、ブルトンが——場合によっては意図的に?——残したたくさんの痕跡が、セバッグにかくも壮大な夢を見させているという印象もないわけではない。

なお、ブルトンの著作における「至高点」のあらわれかたも面白い。それはいきなりあらわれるのではなく、思想の熟成に沿って潜勢し、その果てにようやく姿をあらわすかのごとく書き記されるのである。まず、『シュルレアリスム宣言』に、

私は、夢と現実という、外見はいかにもあいいれない二つの状態が、一種の絶対的現実、いってよければ

一種の超現実のなかへと、いつか将来、解消されてゆくことを信じている。

（巖谷國士訳）

とあり、これがいわば萌芽であって、つぎに、その成長として件の「精神の一点」が登場するのは、『シュルレアリスム第二宣言』（一九三〇）の冒頭部分である。あまりにも有名な箇所ではあるけれど、引用しておこう。

生と死、現実と想像、過去と未来、伝達可能なものと伝達不可能なもの、高いものと低いものとが、そこから見るともはや矛盾したものに感じられなくなる精神の一点が必ずや存在するはずである。ところで、この一点を突き止める希望以外の動機をシュルレアリスム活動に求めても無駄である。

（森本和夫訳）

だが、見られる通り、ここではまだ「至高点」という言葉は出てこない。この語は、ヴェルダン峡谷の「至高点」観光を経た一九三七年刊行の著作『狂気の愛』の最終章、愛娘オーブの未来に宛てた手紙というスタイルをとった「Ⅶ」に、ようやくあらわれるのだ。

わたしは山のなかの《至高点》なるものについて語ったことがある。この至高点に長く身を落ち着けることは、いちどとして考えられなかった。それに、もしそうしたならば、そのときからそれは至高であることをやめたであろうし、このわたしは人間であることをやめただろう。

（海老坂武訳）

実を言えば、『第二宣言』だけだったら、いかにもヘーゲルの「絶対知」の雰囲気が濃厚で、ルネ・シャールの評伝を書きながら私はやや否定的にそれに言及した記憶がある（第二部の「ルネ・シャールとシュルレアリスム」の章を参照されたい）。しかし、愛娘に宛てたこの「告白」が加わると、ニュアンスは少し違ってくる。「至高点」は、そもそもがいわば不可能な地点として、そこに近づくことはできるが、到達したらそれそのものも消えてしまい、自らも存立を危うくされるような地点として――言うなれば聖杯の場所として――想定されているのだ。と書いて、またもシャールの言葉を思い出した。『眠りの神の手帖』の五番目の断章に、

われわれは誰にも属していない、われわれにとって未知の、あのランプの金色の光以外には、誰にも。そこに到達することはできないが、それでもその光の点は、われわれの勇気と沈黙をずっと目覚めたままにしてくれるのだ。

とある。シャールのこの「光の点」は、ブルトンの「至高点」のさらなる言い換えと読めなくもない。シャールがシュルレアリスム運動に参加したのはごく一時期にすぎなかったが、深いところでは、多少ともブルトンと通じ合うものを保持しつづけたということになろうか。

それにしても、「至高点」へのこのような留保――いや、もっとはっきり言ってしまおう、このような本音あるいは弱音を吐くときのブルトンが私は好きだ。ふと思い当たる。「詩人としてのアンドレ・ブルトン」の最後に引用した「最小の身代金――エリザの国で」を読んだときの感動、それもやはり、一時的にとはいえ、すべてを失い、理論武装まで解いたかのような裸の詩人から発せられた弱音をこそ、そこに聴き取ったからではなかったか。弱音とは、魂の底をくぐってきた言葉のことである。

第二部　周縁への旅

旅のつづき

このシュルレアリスムへの旅を私は、二〇二一年夏、「マン・レイと女性たち」展にいそいそと出かけたことから始めた。それから半年後の二〇二二年早春、マン・レイのつぎはミロというわけか、同じBunkamuraザ・ミュージアムで、今度は「ミロ展——日本を夢見て」が開かれ、同じくいそいそと私は出かけた。旅のつづきはここから始まる。シュルレアリスム系の美術家がこのようにひんぱんに——ほとんど立てつづけに——取り上げられるというのは（数年前にはルネ・マグリットやダリの回顧展も日本で行われた）、ただの偶然か、それとも、何かしらの時代の空気のあらわれか。発生からほぼ百年目を迎えるシュルレアリスムを振り返りつつ、「なつかしい未知」すなわち過去現在未来を貫く希望の原理を探ろうというのが本書のコンセプトであるとして、ひょっとしたら、それとも共振するような何かの徴候が、偶然を装ってひそかに生まれつつあるのだろうか。

ともあれ、ミロ展だ。「シュルレアリスムの画家たちへの一瞥」でも書いたように、もとより私はミロの絵が好きで、今度の回顧展も大いに楽しむことができた。とくに興味深かったのは、戦後のミロの作品に特徴的な太く黒い線描に日本の書画からの影響が見られるということ、一九六六年の来日以降はさらに大胆になって、アクション・ペインティングさながら、流れる絵具をそのまま効果として用いるまでになったということだった。それと関連して、カリグラフィックな文字と絵画の融合を図った「描くことと書くこと」というコーナーも面白かった。全く異なる空間に属しているはずの文字と絵が、ミロの絵画空間では相互に浸透し、あるいは絡み合い、そうして交換可能なものとして扱われるのである。

だが、私が格別に心惹かれたのは、瀧口修造とミロとの交流がかなり詳細に紹介されていることで、同じ詩人としてうれしいやら、羨ましいやらだった。全集『瀧口修造コレクション』からおおよそのことは知っていたが、おそらく今回初めて、ミロとの共作の詩画集『手づくり諺』および『ミロの星のために』の実物を見ることができた。前者は、瀧口の諺風の断章形式の詩に、ミロが墨一色による挿画とカラーリトグラフを付けたもの。後者はひときわユニークで、瀧口の発案になる蛇腹状の折本仕立てに瀧口の四篇の詩が印刷され、それをまた横断するように、ミロの絵が添えられている。ここでは、その四篇のうちのひとつ、戦前の瀧口が書いた「ジョアン・ミロ」という詩を掲げておこう。「ひとつの透明な球／それをミロと呼ぶ」という最終二行がなんとも印象的である。

風の舌
いつも晴れているコバルトの空が
噛みついた
あなたの絵

太古のポスターのなかで
言葉たちが小石のようにまどろむ

羽毛のギャロップ
荒縄と猛獣たちの会話を
誘拐する
天国と地獄の結婚を
あなたは瞬ばたくほくろのなかにえがく
鏡のなかのリボンを結ぶよりも
速やかに

子供たちの広場
転ろがる球に紛れて飛ぶ
ひとつの透明な球
それをミロと呼ぶ

こうしてこの「透明な球」の行方を追うように、時が経つのも忘れて会場をへめぐり歩いた私だが、全体の印象としては、日本との関係がクローズアップされているということもあって、ミロでさえもいまやシュルレアリスムの文脈で語られることは少なく、ピカソと並び称されるただの二十世紀スペインの巨匠として一般化され大衆化され、いわばシュルレアリスムの中心から周縁へとみずからその位置を移動したかのように思われた。

その流れに沿うように、シュルレアリスムをめぐる私のこの旅も、中心から周縁へと向かう。実をいえば、この「旅のつづき」は、第二部「周縁への旅」へのイントロダクションのふりはしているが、書いた順序としては、以下に展開される本文の大部分よりも後であって、こうしてあらためて、シュルレアリスムの地理的あるいは時代的な周縁をめぐりめぐった必然性や意味深さを思うのである。

ただ、周縁に向かうまえに、中心ということで忘れてはならない存在、ぜひとも訪ねておかなくてはならない存在があって、それは人物ではなく、パリという都市である。『磁場』や『ナジャ』や『パリの農夫』を読めば、すでに示したように、いかにパリがそれらの作品生成の胎の役割を果たしていたかがわかろうというものだが、さらにそこに一冊の楽しい本が加わった。近年（二〇一八年）刊行された松本完治著・編・訳『シュルレアリスムのパリ・ガイド』という本だ。帯には「シュルレアリストや《ナジャ》が歩いた道筋やゆかりの場所を辿り、パリの街路に、シュルレアリスムの実像を浮き彫りにする本邦初の画期的なパリ案内」とある。そのなかで、浩瀚なブルトン伝の著者でもあるアンリ・ベアールがいみじくも言うように、「その発祥地であるパリなくしては、シュルレアリスムは、理解されることも感知されることもないということだ」。まるでよそ者を排除するような口ぶりが気にならなくもないとはいえ、私もまた繙きながら、多くの情報を得た。

たとえば、シュルレアリスムの拠点となったブランシュ広場（ブルトンの住居もその近くにあった）はパリ十八区という右岸の場末のようなところにあるが、なぜそのような場所が拠点にえらばれたのか、長年私は不思議に思っていたが、本書によれば、「アンドレ・ブルトンが、モンパルナスやサン゠ジェルマン・デ・プレなど、いわゆるボヘミアンやインテリがたむろする左岸の文教地区を嫌い、しかもダダと訣別する時期に、ブ

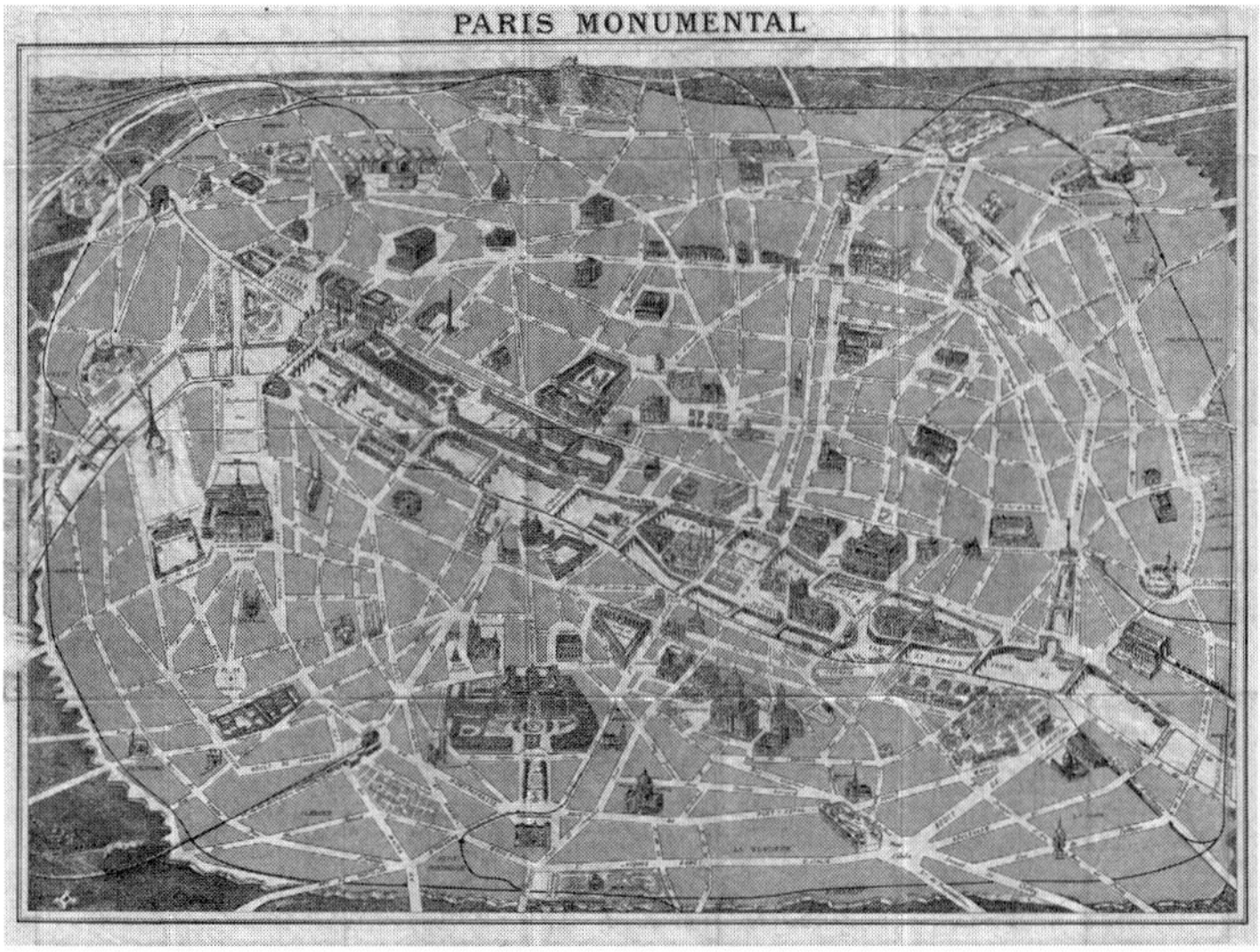

図4　パリ中心部の地図（1926年頃）

ランシュ広場からピガール地区にかけた、場末に近い歓楽街をシュルレアリスムの拠点に選んだことは、きわめて特筆すべきことだった。〔……〕今はないカフェ《シラノ》やカフェ《ブランシュ広場》などが、その界隈で半世紀近く運動の拠点となったことは、この運動がいかに過激で暴力的でアナーキーなエネルギーに満ちていたか、しかも猥雑な庶民の生活の場に根を下ろした『生き方に関わる革新運動』であったかが思い知らされるのである」。

なるほど、そういうことだったのか。もともと、シュルレアリストたちの多くが「父親の代でようやく中産階級にのし上がった、いわゆる下層中産階級の出身」だったことも指摘されている。ブルトンが、留保付きとはいえ左翼革命思想に共鳴したり、ブルジョア出身のコクトーを毛嫌いしたりしたのも、幾分かそういう階級意識がはたらいていたためかもしれない。

もうひとつ面白かったのは、パリという中心のさらに中心にあって、『ナジャ』でも印象深いトポスとして登場するシテ島ドーフィーヌ広場をめぐっての、ブルトンの象徴的解釈である。当該書からの孫引きだが、ブルトンはあるエッセイ（「ポン・ヌフ」、『失われた足跡』所収）でシテ島を「ひとりの女の姿」に見立て、さらにその末端にあるドーフィーヌ広場について、「その三角形でやや曲線を帯びた形状や、木の植わった広場を真っ二つに区切っている裂け目」から、「これら茂みの陰に浮き出ているのは、まさに見紛うばかりに、パリの女性器に他ならない」と断ずるのだ。エロティックパリ！　はたと私は思い出してしまった。私自身も、パリ滞在中のあるとき、シテ島のあたりをさまよいながら、パリという都市を女性器のイメージに重ねて書いたことがあるのだった（図4）。

巻き込まれてゆきます…　巻き込まれてゆきます…　地図を重ねるならば…　リュテシア…　中心にふたつの舟形の島…　それを包み込むようにして流れる川…　それをまたさらに外側から包み込むようにひろがる岸と岸…　それらが花の渦巻に重なり…　おや…　きみもいて…　少女だった（名は複数に香り出し）…　ましてや…　愛も憎悪も…　恋着も離反も…　巻き込まれてゆきます…　巻き込まれてゆきます…

詩画集『渦巻カフェあるいは地獄の一時間』（北川健次との共作、思潮社、二〇一三）から引いた。リュテシアとはパリ——とりわけシテ島——の古名、そして「花の渦巻」とは、いうまでもなく女性器の婉曲的なメタファーである。

無意識という穴

中心への旅を終え、周縁へと向かう——と書いて、なおしかし、私には後ろ髪を引かれる思いがあることに気づく。どこか肝心なところをめぐり損ねてはいないか。ブルトンにはかなりの時間をかけたし、エリュアール、アラゴン、デスノスと、中核的なメンバーのところも訪ねた。シュルレアリスム草創期の「三銃士」のひとりフィリップ・スーポーと、終始ブルトンと行動をともにした忠実な盟友バンジャマン・ペレについては独立した章を立てなかったが、それは当初からの予定であった。キーワード的にも、自動記述、客観的偶然、夢と狂気、黒いユーモア、至高点——とひと通りめぐり終えた。さきほどはシュルレアリスム発祥の地パリも視野に入れた。

ところで、ここまで書いたところで、読者も気づかれただろう。そう、無意識である。無意識をめぐり損ねてはいないか。自動記述も、夢の記述も、狂気のシミュレーションも、イメージの創出も、いや客観的偶然でさえも、すべては無意識なるものから出てきたはずなのに、つまりこのシュルレアリスムへの旅において、無意識こそすべての胎、中心のなかの中心であるはずなのに、私はまだそれについて何も語っていないのだ。いや、放っておいたのだ。おそらく旅の随所で無意識という言葉は使っているはずで、しかし無意識そのものついては、まるでそれを意識して遠ざけていたかのように、語り得ないものについて語るような億劫さを感じつつ、放っておいたのだ。

弁解めいたことを言うとすれば、私ならずとも無意識については語りにくいだろう。何しろそれには実体がない。自動記述として、あるいは夢の記述として言語化されることによって、初めてそれが存在するらしいことがわかるのであって、それそのものが姿をあらわすということはないのである。いや、ラカンによれば、無意識それ自体が言語として構造化されているというのだから、ことはますます厄介だ。不在の中心として、あるいは――たとえは悪いかもしれないが――「中心の空虚」としてやり過ごすのが無難であろう。幸い、そうしたからといってとくに都合の悪いことはない。たとえばコーヒーカップも、トポロジーとしてみるならばドーナツと相同的で、どちらも円柱状の物体を曲げて繋げて、どこかに空洞ができるように形作られていることに変わりはなく、コーヒーカップの場合はそれが把手の役割を果たす。無意識もその穴のようなものではないか。無用の用。そこに指を通すことはでき、それによって楽にコーヒーを飲むことができる。

しかし世の中にはどこまでも犀利な人がいて、たとえば松浦寿輝は、もうずいぶん前のことになるが、このように語りにくい無意識なるものを、ブルトンの場合に即して精緻に考察している。しかもその論考「ブルトンの『内部』――声はどこから来るのか」(『謎・死・閾』所収、筑摩書房、一九九七)は、無意識を「中心の空虚」としてやり過ごそうとしている私の旅にとって、ある意味で助け舟となるようなありがたい示唆にも富んでいる。それをかいつまんで紹介して、中心の中心は潜り抜けたということにしたい。

松浦氏はまず、ブルトンの「言葉の記述における視覚に対する聴覚の優位」つまり〈声〉に注目し、「この

〈声〉はいったいどこから来るのだろうか」と問いかける。普通に考えれば、もちろん「無意識」からである。しかし、松浦氏によれば、ブルトンの著作において、フロイト由来の精神分析的タームとしての「無意識」inconscientという語の使用例は意外なほど少ないと言う。この語とは別に、inconscienceというフランス語もあり、「無＝意識性」すなわち意識がない状態、意識のある種欠如した状態というほどの意味だが、ブルトンが使っているのはむしろこちらの方だと言うのである。これはすなわち、無意識は対象化できるとする精神分析的圏域からの遠ざかりを意味する。

松浦氏はつぎに、自動記述をもある種の欠如、つまり「何処にも実現されえぬ純白の言語的ユートピアへの白熱した夢想にブルトンが与えた仮の名称」にすぎないとして、そこにこの「無＝意識性」を結びつけ、つぎのように〈声〉の淵源を浮かび上がらせる。

自動記述の理論と実践を語るテクストにおいて、彼がつねに「影の口」「魔術的口述」「語られた思考」といった隠喩表現で口を濁しているかに見えるのは、明確な位置決定localisationを回避し拒否することで、〈声〉の淵源を「どこともしれぬどこか」として、何処でもない他処として、非在の無＝場に宙吊りにしておくことを望んだからなのだ。

そうしてさらに、「このときブルトンの『内部』は、interieur/exterieurの二元論を超越し、逆説的ながら或る絶対的な《dehors》（外）とでも名づけるべき場所に接近するように思える」と結論づけるのだ。手袋を裏返すような、見事な否定神学の手つきというべきか。ともあれこうして、無意識なるものが、非在の内なる外として回転しつつ、言語化する以外にはやはりとらえがたいものとして、ひとつの謎の天体のように私の旅の途次から遠ざかりつつあることを、いや、遠ざけておくほかないことを、私は確認する。

やり直そう。中心への旅を終え、周縁へと向かう。すると不思議な風景がひろがっている。中心と周縁というような二項対置的なものの考え方はあまり好きではないが、シュルレアリスムという運動体の変遷を私なりのイメージとして描くと、ドーナツ現象さながら、次第に中心がぼやけて希薄になる一方、逆に周縁は豊かに盛り上がってゆく。つまり中心より周縁の方が生産的で面白くなる印象があるのだ。前者をブルトン、スーポー、アラゴン、エリュアールに代表させ、後者をアルトー、バタイユ、ポンジュ、シャールに代表させると（もっとも、アルトーとシャールの場合は、一時的にせよ中心部で精力的に活動していた時期があり、ひとりで中心から周縁へと移動したということになる）、一九六〇年代以降、たとえば批評家ブランショやポスト構造主義のフーコー、デリダ、ドゥルーズらによって論じられるようになるのは、圧倒的に後者の方である。

それからまた時が流れたいま、ブルトンはともかく、アラゴンやエリュアールを読み直そうという機運はあるのだろうか。二人とも対独レジスタンスを詩に反映させ、戦後は国民的な詩人になるわけだが、その後は、マルクス主義の衰退とともに影が薄くなってしまう。またこの中心と周縁の力学は地理的にも言えることで、戦後のシュルレアリスムは、発祥の地パリで活動をつづけるブルトンやその若い仲間たちよりも、たとえばカリブ海マルティニック島のエメ・セゼール、メキシコのオクタビオ・パス、さらにはルーマニアのゲラシム・ルカといった周縁の詩人たちのほうがはるかにユニークかつ豊穣であるようにみえる。一九三八年、ブルトンらはパリで「シュルレアリスム国際展」を開くが、シュルレアリスムの「国際化」とは、このような中心と周縁の逆転現象を指して言っているのではないか、とさえ思いたくなってくるではないか。

同時に、周縁から中心へと、シュルレアリスム批判が始まった。皮肉にもそれは、多少ともシュルレアリスム運動に関わり、のちに離反していったポンジュ、シャール、バタイユらによって、それぞれの立場からそれぞれの主題に沿って行われたが（詳しくはそれらの詩人に当てられた章を参照されたい）、詩学的なレベルではとりわけポンジュであろう。ポンジュは要するに、シュルレアリストたちの意外に素朴な言語観――「夢」にせよ「無意識」にせよ、言語は内なる何かをそのまま外へと表現しうるという、言語の表現性への無反省的な信仰――を批判し、より根本的に、言語そのものの自律性や物質性に眼を向けようとしたのだった。ポンジュならずとも、シュルレアリスムの手法がある種のインフレーションともいうべきイメージの粗製濫造を引き起こしたことには気づいていたはずで、じっさい、戦後にあらわれた次世代の詩人たち、イヴ・ボンヌフォワやアンドレ・デュ・ブーシェといった詩人たちは、沈黙とバランスを測りあっているような、禁欲的な詩の空間の提示を自分たちの存在証明とした。これはある意味、「荒地」派と呼ばれた日本の戦後の詩人たちが、戦前のモダニズムを経験した反省の上に立ち、メタファーによる意味性の回復に詩の領土を局限したのに似てなくもない。

以上が、シュルレアリスムをめぐる中心と周縁のパラドックスである。もっとも、美術のシュルレアリスムに目を転じると、最初から周縁が盛り上がっていた。デ・キリコ（イタリア）、エルンスト（ドイツ）、ミロ（スペイン）、ダリ（スペイン）、マグリット（ベルギー）、マン・レイ（アメリカ）……生粋のフランス人は、イヴ・タンギーとアンドレ・マッソンぐらいではないだろうか。マルセル・デュシャンもノルマンディー出身のフランス人だが、彼はもちろん、シュルレアリスムの、というよりもダダの人である。

　また、二〇一〇年代に意欲的に刊行されつづけた水声社の「シュルレアリスムの25時」シリーズも、「25時」が示すように、周縁を盛り上げたシュルレアリストたちに光を当てて、このパラドックスを強調するかのようだ。ルネ・クルヴェル（この人物はシュルレアリスム草創期のメンバーのひとりであり、もちろん中心に位置するが、小説を書き、バイセクシュアルであったという意味においては周縁に位置するともいえよう）、ゲラシム・ルカ（ルーマニアのシュルレアリスムを主導した）、ヴィクトル・ブローネル（同じくルーマニア出身の画家である）、クロード・カーアン（フランス人ではあるが、トランスジェンダー系）……

ジャック・プレヴェールを読む楽しさ

周縁への旅は、ジャック・プレヴェール（一九〇〇〜一九七七）から始めよう。ここ二、三十年来思うのは、シュペルヴィエルやプレヴェールといった、二十世紀フランスを代表する詩人たちが、すくなくともこの日本ではあまり読まれなくなってしまったのではないかということだ。だとすればさみしい。彼らの作品は、かつては谷川俊太郎をはじめ日本の戦後現代詩にも大きな影響を与えたのだったし、それよりなにより、そこにはポエジーの何たるかがじつに端的に親しみやすいかたちで示されていて、詩に飢え渇いた者——巷の噂では意外にも近年増えているらしいのだが——には、いまなおとっておきの贈り物となるにちがいないのだ。

さて、プレヴェールの詩風を知る者には、この詩人を、たとえ周縁とはいえシュルレアリスムに関係のあるところに位置づけるのは奇異に思えるかもしれない。しかし経歴を調べてみると、一時期、彼はたしかにシュルレアリスムに近いところにいた。

これから先は、柏倉康夫の『思い出しておくれ、幸せだった日々を　評伝ジャック・プレヴェール』（左右社、二〇一一)を参照する。柏倉康夫はマラルメ研究で知られるとともに、メディア論の発信者でもある。この一人二役がこの評伝でも生かされている。柏倉氏によれば、ジャック・プレヴェールを語ることは、フランスを主舞台とする激動の二十世紀そのものを語ることだ。その結果この著作は、一詩人の評伝であるはずなのに、それがそのまま、二十世紀フランスの——とくにパリの、そして民衆の——歴史そのものになっているのである。帯にずらりと並んだ「主な登場人物」の名前だけでも壮観である。ルイ・アラゴン、マルセル・カルネ、ジャン・ギャバン、ジョセフ・コスマ、アンドレ・ジッド、ブラッサイ、アンドレ・ブルトン、パブロ・ピカソ、アーネスト・ヘミングウェイ、イヴ・モンタン……

なぜ、このようなことになるのか。その秘密は詩人ジャック・プレヴェールの特異な立ち位置にある。二十世紀をひとことでくくるなら、戦争と革命の世紀ということになろうが、プレヴェールもまた、戦場にこそ赴かなかったが、二度の世界大戦をくぐり抜け、また一時期シュルレアリスムの運動に参加することによって、いうところの革命と詩、行動と夢との一致を模索したのだった。だがそこまでなら、同時代の多くの作家詩人たちと異ならない。二十世紀を特徴づけるもうひとつの事象は、すでに私も「旅の準備」で問題にしたように、大衆文化と視聴覚芸術の興隆ということであろうが、そこでもプレヴェールは、というかひとりプレヴェールだけが、それとの接点を求めて獅子奮迅の活躍をしたのである。周知のように彼は、詩を書くのと同時に、同じ情熱と労力を注いで、芝居の台本を書き、映画のシナリオを書き、シャンソンの歌詞を書いた。驚くべきことに、なにを書こうと彼が民衆を離れることはなく、つねに反権力、反ブルジョワ、反教会の立場をつらぬきつつ、「庶民の言葉で物事の本質をあばきだす」ことをやめなかった。あるいは、私なりの言い方をすれば、民衆は民衆のまま、詩人プレヴェールによってポエジーにまで高められたのである。

そういうプレヴェールの詩の、私にとっての極めつけは、「鳥の肖像を描くために」である。安藤元雄訳で紹介しよう。

まず鳥籠をひとつ描くこと
ただし戸はあけておく
それから次に
何か綺麗な
何か簡単な
何か美しい
何か役に立つ
鳥にそう見えるものを描く
さてカンヴァスを木に立てかける
庭でも
林でも
森の中でもいい
その木のうしろに身をかくす
何も言わず
じっと動かず……
鳥はすぐ来ることもあるが
何年も何年もかけたあげくに

やっとその気になることもある
がっかりせずに
待つことさ
必要なら何年でも待つ
鳥がすぐさまやって来るか
ゆっくり来るかは
絵の出来ばえに関係ないんだ
いよいよ鳥がやって来たら
もし来たら
あくまでも息をひそめて
鳥が籠に入るまで待つ
入ったら
絵筆でそっと戸をしめる
それから
籠の棒を一本一本消して行く
鳥の羽根には絶対にさわらぬように気をつけて
さて次に木の肖像にとりかかる
枝も一番美しいのを選んでやるんだ
鳥のためにささらに描き足す　緑の葉むら　さわやかな風

舞い散る日ざし
夏の暑さの中で草にひそむ虫の音など
そうして鳥が歌う気になるまで待つんだ
もし鳥が歌わなかったら
よくないしるし
絵がよくないしるしだが
歌ってくれればしめたもの
名をしるしてもいいしるし
そこであなたはそっと
鳥の羽根を一枚ぬいて
絵のすみっこにあなたの名前を書くというわけ。

人によっては、だまし絵的なルネ・マグリットの絵画、キャンバスに描かれた木立がそのまま森の一部になっていたりする絵画を頭に思い浮かべるかもしれない。だが私は、詩とは何かと問われて、誰だったか、「なかに本物のヒキガエルがいる想像の庭」と答えた詩人がいたことを思い出した。こういう詩こそ、時代や地域を超えて読まれつづけるべきなのだろう。また、この詩を読んで何の感興も湧かないという人がいたら、それだけで私は心の底からその人を軽蔑してしまうにちがいない。

話を核心に戻して、プレヴェールとシュルレアリスムの関係である。そもそもの発端は、プレヴェールが兵役のおりに画家イヴ・タンギーと出会ったことだった。兵役を終えると、マルセル・デュアメルを加えた三人で、モンパルナスのシャトー通り五十四番地の粗末なアパルトマンで共同生活を始めた。そこにデスノスやペレらも遊びに来て、シュルレアリスムとの接点ができたというわけである。一方、ブルトンは、モンマルトルのフォンテーヌ通り四十二番地のアトリエに居を構え、アラゴン、エリュアールら主要メンバーも出入りして、そこがシュルレアリスムの拠点となっていた。

なお、プレヴェールをめぐる逸話でここに書き留めておくべきなのは、シュルレアリスムの遊戯として知られる「優美なる死体」の発案に、意外といえば意外だが、実はプレヴェールがからんでいたことであろうか。柏倉氏の前出の評伝から引く。

三人組はほとんど毎晩のように、モンマルトルのブランシュ広場にあったカフェ「シラノ」で食事をし、議論をたたかわせた。そんななかプレヴェールは「プティ・パピエ（小紙片）」と名づけた遊びに夢中だった。これはその呼び名の通り、小さく折った紙の上に、数人の参加者たちが、それぞれ一つの章句や言葉を書いてから、それを合成する遊びで、各人は前もって他人が何を書くかを知らない状態で、次々に連ねていくところに面白さがあった。プレヴェールたちが最初に試みると、「甘美な――屍体は――新しい酒を――飲むだろう」（le cadavre ―― exquis ―― boira ―― le vin nouveau）という文章ができあがった。これを見たブルトンは歓声をあげた。この遊びは自動記述の方法よりも優れているように思えた。さまざまな精神が偶然に出会い、そこから思いもかけない何かが生まれ出るのである。彼らはこの遊びに熱中し、やがて言葉や文章だけではなく、デッサンでも同じことをこころみた。遊びは最初に出現した文章をとって、「甘美な屍体（le cadavre exquis）」と呼ばれるようになった。

皮肉なことに、この同じ le cadavre という言葉が、プレヴェールのシュルレアリスムからの離反を示す徴になった。一九三〇年、反ブルトングループのパンフレット「死骸」――ブルトンによってシュルレアリスムを除名させられたデスノスらによって作成された――に、プレヴェールも署名し、「ある男の死」という文章を発表したからである。プレヴェールはデスノスのようにとくにブルトンに私怨をもっていたわけではなかった。ただ、その頃とみに顕著となったブルトンの原理主義者的な態度が、民衆派の自由人プレヴェールにとっては我慢の限界を超えたのだろう。上に紹介したようなプレヴェールの魅力的な詩は、すべてシュルレアリスムとの離反ののちに書かれたのだった。

《コメット通信》のこれまでの主な執筆者

浅沼圭司
石井洋二郎
伊藤亜紗
小田部胤久
金子遊
木下誠
アナイート・グリゴリャン
桑野隆
郷原佳以
小沼純一
小林康夫
佐々木敦
佐々木健一
沢山遼
管啓次郎
鈴木創士
筒井宏樹
イト・ナガ
中村邦生
野田研一
橋本陽介
エリック・ファーユ
星野太
堀千晶
ジェラール・マセ
南雄介
宮本隆司
毛利嘉孝
オラシオ・カステジャーノス・モヤ
安原伸一朗
山梨俊夫
結城正美

ルネ・シャールとシュルレアリスム

私の詩人人生のなかで、最も長く深く読み込んできたシュルレアリスム系の——と一応しておく——詩人、それがルネ・シャール（一九〇七〜一九八八）ということになる。二〇一九年には、「旅の準備」にも記したが、翻訳と評伝をひとつにした『ルネ・シャール詩集　評伝を添えて』を上梓することができた。そこにシャールへの傾倒のすべてを込めたので、ここに新たに書き加えるべきことはほとんどない。以下の文章は、おおむねその評伝から抜き出して再編集したものである。

シャールに与えられた一般的イメージとしては、フランス現代詩の最高峰のひとつとしてミシェル・フーコーら現代思想などにも大きな影響を及ぼしたが、その詩は難解をもって知られ、敬遠する向きもある。つまり秘教的な雰囲気があり、アポリネールはプレヴェールなどに比べれば、決して多くの読者を得たとはいえない詩人である。

それにしても、私はなぜそんなにもシャールに惹かれたのだろう。ランボーとの縁がその最大の理由だが、それ以外にも、たとえばシャールの詩を形式的に特徴づけているのは、何といってもそのアフォリズム的書法であるが、そこに私も惹かれたのだろうと思う。とにかく簡潔で、スタイリッシュで、そのうえ謎めいていて、読んでいるこちらも自然に生気づけられ、凛としてくるのだ。アフォリズムはフランスのモラリスト的伝統とつながっているけれど、シャールの場合、それよりもニーチェの影響が大きかったかもしれない。そして何よりもソクラテス以前のギリシャ哲学、とりわけヘラクレイトスへの憧憬が、彼にこのような形式を選ばせたのではないだろうか。閃光のように訪れる始原の言葉の本質的な断片性、それこそは余計な推論の手続きを免れて、ポエジーすなわち真実に近いと、あるとき――迫り来るファシズムの脅威のなかで――『眠りの神の手帖』の詩人は考えたにちがいない。

もしもわれわれが閃光に住まうなら、閃光こそは永遠なるものの心。

（「蛇の健康を祝して」）

閃光に住まう！　今宵、しばし夜の闇に身を沈め、閃光に住まうというこの不可能事を可能事として想像する忘我の喜びを得られるのなら、もう明日に予定されている出来事の帰趨なんかどうでもよくなってしまう、というような。

もうひとつは、プロヴァンスの風土に根ざしたその詩的大地性である。シャールはエリュアールの影響下に詩的出発を遂げたが、そこから脱することができたのも、エリュアール的なイメージの生成を、詩的大地としての故郷プロヴァンスの自然や風物に結びつけたからであった。そこに私は自分自身の詩作のヒントを汲んだ。若年の私もまた、自動記述を意識したようなかなり破天荒な詩を書いていたが、やがて、シャールを読むことを通じて、田舎に育った私にも、貧しいながらも詩的大地があることに気づかされたのである。こうして生まれたのが、第一詩集『川萎え』（一風堂、一九八七）であった。シャールのあの清冽なソルグ川には比べるべくもないが、私の詩にも「不老川」という実在の河川が登場する。詩集冒頭の「不老川」という詩は、それ自体シャール的な断章形式をとっていて、こんなふうに始まるのだ——

長いあいだ横たわることは、何かへとみちびく。そこへ、まだ明けやらぬうちから、砧骨の小舟をひきだして、川のように不老な、と読みくだして。

「長いあいだ横たわることは、何かへとみちびく」は、「長いあいだひとりで泣くことは、何かへとみちびく」（「痙攣した晴朗さのために」）というシャールのアフォリズムをふまえている。そこまでは意識したが、「砧骨の小舟」までシャールの圏域だったとは、書いた時点では気づかなかった。どころか、われながら気の利いたイメージを思いついたものだといい気にさえなっていたのだが、後年、そっくりの表現がシャールの詩のなかにもあることに気づき、耳が赤くなる思いをした。つまり無意識のうちに私はシャールの詩句を剽窃していたのである。それだけこのプロヴァンスの詩人の詩的世界にのめり込んでいたということでもあるので、いまとなってはなつかしい錯誤の思い出だ。

つぎに、シャールを読む今日的意味についても触れておこう。シャールの詩を別の角度からひとことで言うなら、危機を生きる言葉ということになろうか。危機を危機として十全に生きることができるならば、その絶望の総和は希望に反転しうる。そのことを、比類なく美しい詩的エクリチュールのうちに示しつづけること。「マキ」活動——対独レジスタンスのゲリラ的戦闘組織——のさなかに書き継がれ、戦後にレジスタンス文学の金字塔という評価を得た『眠りの神の手帖』は、まさにそのような危機を生きる言葉の結晶である。また、

「籠職人の恋人」という短い散文詩では、「ごく小さな籠」という隠喩のうちに、慎ましくもかけがえのない詩の行為が語られる。

ぼくはきみを愛していた。雷雨に穿たれた泉のようなきみの顔を、ぼくの接吻を取り囲むきみの領地のイニシャルを、ぼくは愛していた。まるくふくれた想像力をあてにしている者たちがいる。ぼくの場合はすすみゆくだけで十分だった。絶望から持ち帰ったのは、ごく小さな籠。恋人よ、柳の小枝で編むことができたほどの。

それゆえシャールの詩は、今日なお、いや今日だからこそ、読まれるに値するといえよう。なぜなら、シャールが抵抗し、乗り越えようとした歴史という悪しきシステムと現代文明の危機は、今日、強まりこそすれ、一向に収まる気配がないからである。

とはいえ、シュルレアリスムへの旅においてこの『激情と神秘』の詩人が視野に入ってくるのは、ほとんど束の間だ。ルネ・シャールがシュルレアリスムの運動と関わったのは、一九二九年から一九三二年までのわずか二、三年にすぎないのである。エリュアールに詩集『兵器庫』を送って激賞されたことが縁で、彼からブルトンらを紹介され、運動に参画した。一見、誰よりも熱心に、過激に。ところが、一九三四年に、シュルレアリスム時代の詩をまとめた総合詩集『ル・マルトー・サン・メートル』(「主なきハンマー」という意味)を出版すると、シャールは、それで区切りがついたというように、早々と南仏プロヴァンスの生まれ故郷の町リル＝シュル＝ラ＝ソルグに引きこもってしまう。

なぜだろう。「法王」の異名をもつアンドレ・ブルトンは、かつての盟友をつぎつぎとシュルレアリスム運動から除名していったのだが、シャールはブルトンとくに仲違いしたわけではなかった。いってみれば自然に、シャールのほうから離れていったのである。

では、何がシャールをシュルレアリスムから離脱させたのか。その前に、彼が書いたもっともシュルレアリスム的な詩に立ち寄っておこう。「アルティーヌ」と題された、超がつくほどの難解な作品であり、それゆえにまた、読み解きを超えた詩の魔力そのものが伝わってくるかのような作品である。少々長いが、全文を拙訳で紹介しよう。

アルティーヌ Artine

奔放な女の沈黙に

ぼくのために用意されたベッドのうえに、以下のものがあった。傷つき血に染まった獣、ブリオッシュぐらいの大きさの。鉛管。突風。凍った貝。発弾したあとの薬莢。手袋の二本の指。油の染み。牢獄の扉はなく、さらに以下のものがあった。苦味。ガラス屋のダイヤモンド。髪の毛。一日。壊れた椅子。蚕。盗品。外套の鎖。飼い慣らされた緑の蠅。珊瑚の枝。靴直しの鋲、普通列車の車輪。

観衆で埋め尽くされた競馬場を全速力で駆け抜けてゆくひとりの騎手がいるとして、通りすがりに、彼に一杯の水を差し出すとなれば、双方に器用さの絶対的欠如が必要だ。アルティーヌは、霊たちを訪ねては、あのすさまじい渇きを届けていた。

せっかちな男には、彼の脳、とりわけその愛の領域に今後つきまとうであろう夢の秩序というものがよくわかっていた。そこにおいて身を苛むような活動は、ふつう、性的な時間の外にあらわれる。消化は、あやめも分かたぬ夜、ぴったりと閉ざされた室で行われるのだし。

アルティーヌは、ひとつの都市の名を、やすやすとよぎる。眠りを解き放つのは静寂である。

実物という名のもとに指し示され集められる事物たちは、そこで宿命的な成り行きのエロティシズムの行為が、つまり日常久しい夜の叙事詩が繰り広げられる舞台装置の一部を成す。取り入れの時期の畑を休みなく循環する熱い想像の世界によって、攻撃的な眼と耐えがたい孤独とが、ふたたび、破壊する力を有する者のものとなる。尋常ならざる変動のためには、それでも、この想像の世界を全面的にあてにするほうがよい。

アルティーヌに先立つ昏睡状態は、漂う瓦礫の映写幕への、息を呑むような印象の投影に不可欠な諸要素をもたらしていた。永久運動のうちにある底知れぬ闇の深淵に投げ込まれた、炎ともえる羽毛布団。

アルティーヌは、動物たちや暴風雨につきまとわれながらも、尽きることのないさわやかさを保持していた。遊歩道では、完璧なまでの透明さ。

心が沈みきっているときに、アルティーヌの美の装置があらわれてもむなしい。好奇心旺盛な霊たちは激しやすいままだし、無関心な霊たちはとびきり好奇心の強いままだ。

アルティーヌの亡霊は、これら眠りの国々の枠を越えてあらわれた。その国々では、賛成また賛成の流れが、相も変わらぬ死をもたらすほどの暴力で活気づけられている。アルティーヌの亡霊は、灰の葉むらをもつ木々でいっぱいの、燃えるような絹の襞のなかを動き回るのだった。

終わりなき夜会のあいだ、多数のアルティーヌの宿敵を迎えなければならないおりには、硝酸塩のこびりついたアパルトマンよりは、洗われて新装された馬車のほうがまさった。枯木でできた顔は、とくにおぞましかった。愛し合う二人が、てんでに道をえらびながら、息せき切って走ってゆくさまは、突然、いま一度野外劇にでも仕立てたくなるほどの娯楽となる。

ときおり、ぎごちない操作のせいで、ぼくのではない頭部が、アルティーヌの乳房のうえにもたれかかった。すると巨大な硫黄のかたまりが、ゆっくりと燃え尽きてゆく、煙も立てずに、それ自身への現存のうちに、振動する不動性のうちに。

アルティーヌの膝のうえに開かれた本は、暗鬱な日々にだけ読むことができた。不規則な間をおいて、主人公たちはやって来る。そうして知ることになるのである。またも彼らに襲いかかろうとしている不幸の数々、彼らの非の打ちどころのない運命がまたも巻き込まれてゆくたくさんの恐るべき道々。

宿命だけに心をくだいて、おおむね彼らは、感じのよい姿かたちをしていた。身の移動はゆっくりとして、口数は少なかった。欲望を伝えるときは、頭を大きく、予測しがたく動かす。彼らはそのうえ、互いを全く知らないようだった。

詩人は、そのモデルを殺した。

原文冒頭のイタリック体部分は、アルティーヌがあらわれる以前の日常の混乱状態を書き記したふうに読めるが、同時に、あの「解剖台のうえのミシンと蝙蝠傘の偶然の出会い」（ロートレアモン）というシュルレアリスムの金科玉条を地でいくような、いかにもブルトンに忠実な新参のシュルレアリストの書法といった趣がある。しかし、それからあとの、いくつかの断章からなる本文部分は、むしろランボーの領分に近接していて、『イリュミナシオン』のもっとも謎めいたテクストのひとつ、「H」に通じるものがある。

H

ありとあらゆる怪物的なものがオルタンスの残忍な身振りを犯す。彼女の孤独はエロティックな機械仕掛け、彼女の倦怠は恋する動力学。幼年の監視にさらされながら、彼女は、幾時代にもわたって、諸種族の熱烈な衛生法であった。彼女の扉は悲惨へと開かれている。そこでは、今の人間たちの道徳など、彼女の情熱もしくはアクションのうちにぐずぐずに解体されてしまう。おお、血まみれの土の上、光きらめく水素を通しての、初心の愛の恐怖に充ちた戦慄！　オルタンスを見出せ。

あたかもシャールは、ランボーのこの最後のフレーズ「オルタンスを見出せ」と呼応するように、「H」と同様の奔放で錯綜にみちた詩的エクリチュールを通して、「アルティーヌを見出せ」と読者を誘っているかのようだ。

なお、この作品はそれだけで独立した詩集としてシュルレアリスム出版から刊行されており、サルバドール・ダリの版画が添えられている。異様に長く伸びたベッドと髪の毛があり、その下からは柩がのぞいているという版画だ。ダリもまた、シャールと同世代の新参のシュルレアリストであった。

さて、シャールがシュルレアリスムを離れた理由。ひとつには、一九三〇年代になって顕著になったシュルレアリスム内部での路線対立に嫌気がさしたということ。当時の文学者にとって最大の問題のひとつは、政治との関係、とくに共産主義や共産党との関係であった。シュルレアリスム内部でも、現実の「革命に奉仕」すべきだと主張するアラゴンらの立場と、むしろ芸術の自立性を守り、文化革命的な活動を優先させるべきだとするブルトンらの立場との対立が、もはや分裂するほかないほどに深まっていた（いわゆる「アラゴン事件」）。もともとシャールも左派的な人間ではあったが、それと路線対立の不毛さとは別問題であると考えたのだろう。

もうひとつには、いわば筋金入りの反抗児だったシャールの眼に、シュルレアリスム的反抗のひとつひとつが児戯にみえたということがある。シャールは後年、大著『詩におけるルネ・シャール』の著者ポール・ヴェーヌにこう回想している。「私はシュルレアリストたちをやや子供じみていると思っていた。私はさんざん不公平な目にあっていたから、自分が彼らより成熟していると感じていたのだ。」もっとも、かくいうシャール自身も児戯に加担したことはあって、一九三〇年二月、パリ十四区エドガー・キネ通りにあった「ル・マルドロール」という名のナイトクラブに、ブルトンの号令のもと、仲間のシュルレアリストたち数名とともに押し入り、乱闘騒ぎを起こして手に「名誉の傷」を負うという武勇伝が報告されている。この店が不遜にもマルドロールなる名前をつけたからというのがこの襲撃の理由だったが、いうまでもなくロートレアモンの『マルドロールの歌』は、シュルレアリストたちにとって、いわば神聖にして冒すべからざる聖典であった。

シャールがシュルレアリスムから離れたより深い理由をさぐるとすれば、それは結局、ブルトンの詩観や世界観に根本的な違和感をおぼえたからではないのか。文学・芸術の自律性・独立性を守ろうとするブルトンの立場は、しかし迫りくるファシズムと戦争の危機を前にしては、芸術至上主義的にすぎるとシャールには思えた。もう少し現実に、大地に根を下ろすべきではないか。それに、そもそも彼は、自動記述や夢の記述というシュルレアリスムの方法に疑義を抱いていたふしがある。夢の記述を試みた異色作「水＝母」においても、文中に夢の記述を相対化するようなメタ言語をイタリック体で織り交ぜている。言い換えれば、シャールはブルトンのようにはフロイト主義者ではなかったのだ。

ブルトンはまた、かなりのヘーゲル主義者でもあった。ブルトンもシャールも、世界の対立矛盾の相から出発し、遠いもの同士あるいは異質なもの同士を結合することにポエジーの働きをみる。しかしブルトンがそれを「至高点」という概念で文字通りヘーゲル的に「止揚」しようとするのに対して、シャールの「ともにあること」commune presence というキーコンセプトは、よりきびしく対立は対立のままに、差異は差異のままに息づかせようとするのだ。とはいえ、第一部の「至高点ツアー」でも見たように、ブルトンは「至高点」を必ずしも「止揚」による可能事とは捉えておらず、シャールの到達不可能な「ランプの金色の光」とどこかしら似通うところもあるのだった。

加えてさらに、ルネ・シャールの評伝を書くためにいろいろと調べていた私に、ひとつの面白いエピソードが飛び込んできた。紹介しておこう。シャール唯一の散文集『土台と頂点の探究』に、偏愛した画家ジョルジユ・ド・ラ・トゥールをめぐるエッセイ、「徹夜をするマドレーヌ」が収められているが、そこに以下のような、ほとんど微笑ましいというべき個人的体験が語られているのである。

一九四八年冬のことだった。ジョルジュ・ド・ラ・トゥールの「終夜灯のマドレーヌ」に想を得た同題の詩を書き終えたちょうどその夜、シャールはパリの街角で、偶然、その名もマドレーヌという「通りすがりの女」に出会ったというのである。例の「ひまわりの夜」の驚異を知る者なら、それとの類似を想起しないではいられないだろう。つまり、ブルトン言うところの「客観的偶然」だ。それをシャールは、私の「白鯨」事件のように、ひとつの神秘体験のように報告しているのである。すでに述べたように、シャールはブルトンの芸術至上主義的な路線に違和をおぼえてシュルレアリスムを離れたわけだが、根の部分ではずっとシュルレアリスム的な感性を保持していたのではないだろうか。もっとも、彼はこの偶然の出会いを「高貴な現実」と呼んで、あたかもブルトンの「客観的偶然」という用語は、どうあっても使いたくなかったかのようだ。

シュルレアリスムと戦争

本稿すなわち「周縁への旅」をつづけているさなかの二〇二二年早春、ロシアのウクライナ侵攻が始まった。まさか二十一世紀のヨーロッパに、砲撃で街の建物が崩れたり、耕作地を蹂躙するように戦車がすすんだりという、前世紀的な戦争の光景が現出することになろうとは——。

そこでふと、前世紀、シュルレアリスムと戦争との関係はどうなっていたのだろうと、旅の途次に気になり始めた。二十世紀とは、ひとことで言うなら革命と戦争の世紀だったが、シュルレアリスムもそのふたつと深く関わっている。

シュルレアリスムと私たちとのあいだの百年という隔たりは、とくに革命——といっても、社会主義革命のことだが——において著しい。日本の戦後現代詩の話になるけれど、革命を夢見た詩人黒田喜夫がその代表作「毒虫飼育」において、「おかあさん革命は遠く去りました」という一行を痛切に響かせたのは、あれは戦後のいつの頃だったか。それからまたたぶん時は流れて、一九六〇年代末から七〇年代初頭にかけて、大学では学生の反体制運動、いわゆる全共闘運動が盛り上り、高校生だった私もその真似事のような活動に首を突っ込んだりしたが、思えばあのあたりが、革命という幻想がかろうじて通用した最後の時代であった。

それよりさらに四十年以上もさかのぼるシュルレアリスムの時代には、ヨーロッパでも革命は幻想以上のものであった。いまでは想像することもむずかしいが、マルクス主義を思想的バックボーンとする共産党主導の革命遂行は、いわば現実的な政治日程にのぼっていたのである。シュルレアリスムが人間の生をその総体において変える試みである以上、そうした現実の革命をめざす左派勢力（とくに共産党）とどう連携するかは、避けては通れない問題であった。ターニングポイントは一九三〇年前後。革命勢力の側からの働きかけが強まり、シュルレアリストたちはある程度の譲歩をせざるを得なくなる。それは機関誌のタイトルの変遷に端的にあらわれている。一九二四年に創刊された『シュルレアリスム革命』は、一九三〇年、『革命に奉仕するシュルレアリスム』に誌名を変更して継続されることになった。字面だけ見れば、シュルレアリスムは、それ自体が革命であったはずなのに、いまや「革命に奉仕する」かぎりにおいてその存在を認められる地位に格下げされたのである。これは、ブルトンにとって不本意なことではなかったろうか。

ブルトンは、たとえば例の「客観的偶然」という、ある意味どのようにも還元不可能な「超現実」的にして詩的な真実を、『通底器』では、なんとマルクス・エンゲルスの理論と紐づけようと試みる。つまりエンゲルスの史的唯物論を説くテクストの中にも同じ「客観的偶然」なる言い方が登場しているとして、その箇所を引用するのだが、やや無理筋というものであろう。

だが、ここではとりわけ戦争をクローズアップしてみたい。シュルレアリスム運動は、戦争によって生み出され、戦争によって終焉あるいは少なくとも中断を余儀なくされたと言っても過言ではないからだ。

前者が第一次世界大戦である。この戦争は、ヨーロッパを主戦場に、人類がこれまで経験したことのない巨大な破壊と殺戮をもたらした。医学生アンドレ・ブルトンも動員され、野戦病院のようなところに配属されたが、そこに送られてくる傷病兵の中には、未曾有の破壊や殺戮に直面して精神に変調をきたした者も少なくなった。つまりブルトンは、無意識や夢の探究を云々する以前に、戦争を通じて、人間の精神がいかに深い闇を抱えうるのかを目の当たりにしたのであり、その闇を、芸術や思想の力でなんとか光明の方に——「超現実」の方に——連れ出すことはできないものかと、それこそ無意識のうちに考えはじめたとしても不思議ではないだろう。

後者の第二次世界大戦は、シュルレアリストたちに、皮肉にも「超現実」から現実への帰還を強制し、そこでの立場表明を促した。ナチス・ドイツに占領されたフランスにいた場合、選択肢は三つあった。ひとつは対独レジスタンス、ひとつは亡命、ひとつは沈黙である。レジスタンスに就いたのはエリュアール、アラゴン、デスノス、シャールらであるが、そのなかでも濃淡があり、すでに詩人として地歩を得ていたエリュアールとアラゴンの場合は、非合法とはいえ、いわば公的な立場から、ペンを武器にたたかうことができた。デスノスは活動中に秘密警察に捕まり、すでに見たように、強制収容所行きとなって悲劇的結末を迎える。そしてシャールは、これもすでにふれたように、対独ゲリラ組織「マキ」の一員として、生命を賭してまで戦った。アレクサンドル大尉という偽名を使ったので、部下は彼が詩人であるとは思わなかったという。それでも、ノートを携行して戦闘や移動の合間に思い浮かんだフレーズを書き留め、それが戦後の記念碑的な『眠りの神の手帖』に結実した。二百三十七の断章から成るが、いくつか紹介しよう。

46
行為は処女である、たとえ繰り返されても。

48　こわくはない。眩暈がするだけだ。敵と私との距離を縮めなければならない。敵と水平に向き合わなければならない。

58　言葉と雷雨と氷と血と、ついにそれらは共同の霧氷をかたちづくるだろう。

シャールのレジスタンスを特異なものにしているのは、ほかの抵抗詩人とはちがって、「祖国のために」というような言葉とかぎりなく無縁だったことだ。くまなく調べたわけではないが、たぶん「祖国」という言葉はシャールの詩のなかに一度も使われていないと思う。では、何のために命を賭してまで戦ったのか。私は『ルネ・シャール詩集　評伝を添えて』につぎのように書いた。「一九三〇年代後半を通してシャールは、危機の時代における詩と詩人について熟考し、迫り来るレジスタンスへの予感と待機の時間をたっぷりと生きていた。行動の地平は、その果てに、いわば自然にひらかれたのだ。ナチスという怪物によって、人間を人間たらしめる条件であるところの自由そのものが、いやそれだけではない、人間が拠って立つ共生の大地性そのものが危険に晒されている。もしそうなら、ほかの人間とともにその危険に立ち向かうのは、ソルグの流れに沿うように自然なのである。その途上で死に倒れることがあっても、それは雷に撃たれて命を落とすより不条理というわけではないだろう。」国家や民族には決して回収されない本質的な意味でのアナーキーな大地的生――「共同の霧氷」――の真実、それにシャールは殉じようとしたのだ。

画家のマックス・エルンストらとともに、アメリカへの亡命を選んだのがブルトンだった。心底シュルレアリスムのために生きていた彼にとって、当然といえば当然の選択で、非難には当たらないと私は考えるが、つまりアメリカを仮設の拠点としてシュルレアリスム運動をつづけることが、彼なりの「抵抗」であったはずだが、戦後パリに戻ってきたときのブルトンへの風当たりは、やはり強かったようだ。また、フィリップ・スーポーとバンジャマン・ペレはメキシコに難を逃れた。

フランスに居残って沈黙を選んだのは、精神病院に入っていたアルトーぐらいであろうか。対独協力者はさすがにいなかったようだ。ダリは一時的にヒトラーへの共感を表明したそうだが、彼一流のスキャンダラスな身振りの一環だったのだろう。プレヴェールは、戦時下にもかかわらずつづけられた名匠マルセル・カルネ監督の『天井桟敷の人々』の制作に、シナリオライターとして参画した。それが民衆の側に立ついかにも彼らしいレジスタンスの姿勢であった。

つまりほとんどのシュルレアリストたちや元シュルレアリストたちが反戦反ファシズムの側についたわけだが、驚くべきことに、塚原史は、遠隔のもの、意想外のものを出会わせるシュルレアリスムの詩学そのものは、意外にもファシズムの政治的言語運用と通じ合うところがあると指摘する。今回、塚原氏の旧著『プレイバック・ダダ』のちくま学芸文庫版『ダダ・シュルレアリスムの時代』を繙読していて、その「シュルレアリスムと全体主義的言語」という章にそういう指摘があることを発見した。

塚原氏は、「レジスタンス」の詩としてあまりにも有名なエリュアールの「自由」の結句、「そしてひとつの言葉の力によって／ぼくは人生をふたたび始める／ぼくは生まれた　きみを知るために／きみを名づけるために／／自由と」を例に取り上げる。というのも、エリュアールは、「名づける」の目的語を、もともとは彼の二番目の妻の名「ニュッシュ」にするつもりだったのを、不意に思いついて「自由」に変えたのである。そうすることによってこの詩は一気に「レジスタンス」という政治的意味を獲得することになった。このメカニズムが、たとえばムッソリーニが「全体的な」という語と「国家」という語を結びつけて「全体主義的国家」というイデオロギーの言葉を作り出したのと、少なくとも言語操作的には似ていると、そう塚原氏は言うのである。この文脈のなかで、塚原氏はまた、社会学者ピエール・ブルデューの以下のような文章を引用している。

言語活動は、その生成能力に限界をもたない最初の形式的機構である。語ることのできないものなど何ひとつありはしないし、またどんな取るに足らないことでも語ることができる。言語のなかでは、すなわち文法性の範囲内では、あらゆる発話行為が可能だ。言語の生成能力は直観や経験的確認の限界を超えて、形式的には正しいが意味論的には空虚な言表を生産することができる。

「言語はシュルレアリスム的に使用するようにできている」とブルトンは高々と自らの旗を掲げたが、そういうダダやシュルレアリスムの反抗的な記号実践の裏側を冷静に暴いてみせたような言説である。身も蓋もないといえばそれまでだが……

反論になるかどうか、しかし付言しておくとすれば、以下のようになろうか。こうした言語の生成能力の悪しき無限性、いやニヒリズムを克服することもまた、シュルレアリスムがシュルレアリスムとして自らを在らしめるための、いわば倫理的要請になっていた。ブルトンやエリュアールが執拗なまでに、あるいは滑稽なまでに「愛」という事象にこだわった理由もそこにある。「言語はシュルレアリスム的に使用するようにできている」が、無制限にというわけではない。それはあくまでも発話主体のそのつどの還元不可能な身体性、つまりエロス的な愛にもとづくかぎりにおいてなのだ。では、それはテクスト表層にあらわれうるのか。あらわれうる。エリュアールのこの「自由」という詩は、最後の最後で「ニュッシュ」が「自由」に置き換えられなければたんなる恋愛詩として終わっていたわけだが、逆にいえば、たんなる恋愛詩として二十詩節にも及ぶ「ぼくはきみの名を書く」という行為の身体性が積み上げられなければ、最後に行われたどんでん返し的な政治性もその詩的リアリティを獲得できなかったのである。

学校のノートの上に
勉強机や木立の上に
砂の上　雪の上に
ぼくはきみの名を書く

読まれたすべてのページの上に
白いすべてのページの上に
石　血　紙　あるいは灰に
ぼくはきみの名を書く

〔以下十八詩節略〕

そしてひとつの言葉の力によって
ぼくは人生をふたたび始める

ぼくは生まれた　きみを知るために
きみを名づけるために

自由と

アントナン・アルトーの痛ましい脳

シュルレアリスムに何らかのかたちでかかわった詩人や作家のうち、シュルレアリスム以後の思想界の「スター」となったのは、何といってもバタイユとアルトーであろう。フーコーやデリダやドゥルーズやその他のポストモダンの思想家たちによって、彼らはさかんに論じられた。それと引き換えに、ブルトンはほぼ無視されたような流れになったのではあるまいか。時の変遷というのは恐ろしい。その後、シュルレアリスム研究が進むと、ブルトンも主としてアカデミックな場でさまざまに論じられるようになった。それはそれで喜ばしいことであろうと私は思う。

さて、アントナン・アルトー(一八九六〜一九四八)。私が若年の頃、邦訳の『アルトー全集1』が現代思潮社というところから出て、わくわくしながら買い求めた記憶がある。たとえばそこに所収の『神経の秤』のなかに、「わが絶対の自由を許されよ。私は私自身のいずれの一秒をも区別することをみずからに禁じる。私は精神に局面というものを認めない」というようなフレーズを見出した私は、何かいたく共感するものを覚えたのだろう、それをそのままノートに書き写したりした。しかし、その後何があったのか、『アルトー全集』の続刊は立ち消えになってしまった。

実はガリマール版の正真正銘の全集も私の蔵書にあるのだが、こちらはほとんど読めていない。アルトーへの道は、したがって誰彼の思想的文脈を経由するほかなく、私の場合、やはり何といってもドゥルーズであろうか。フーコーやデリダは、当然のことながらアルトーの狂気を正面に据える。ところが、ドゥルーズはその狂気をも飛び越えて、「器官なき身体」という概念を提示するわけで、なんともイメージ化できないその概念を追って私は、『千のプラトー』などのドゥルーズの著作はもとより、アルトーにもドゥルーズにも通じた宇野邦一の労作『アルトー　思考と身体』（白水社、一九九七）に理解の助けを求めたりもした。

もとよりそれは私の手に負える問題ではなかった。アルトーは詩人という枠に収まらない。西欧演劇の破壊的な革新者であり、俳優であり、狂気に囚われながらも、思考不可能を思考しつづけた広義の思想家である。しかし、原点に帰ろうと思う。詩の実作者としての私にとって、アルトーとは何か、何であったかということだ。

アントナン・アルトー。この固有名を発するだけで、何かただならぬ粟粒のざわつきのようなものが私の内部に生じる。それについて書くまえに、ひとつの疑問を片付けておこう。シュルレアリスムの草創期には機関誌『シュルレアリスム革命』の編集を担当するほどだったアルトーが運動から離れたのは、直接には、ブルトンらが共産党に接近し、「精神の価値を否定するもう一つの革命に身を投げ出してしまった」からであるが、それなら、彼にとってシュルレアリスムとは何であったのか。この問いについては、宇野氏の前出『アルトー　思考と身体』にアルトー自身の言葉が引用されているので、紹介しておこう。

シュルレアリスムは、生が私をすっかり飽きさせ、絶望させてしまい、私にとってもはや狂気と死しか出口がなかったとき私にやってきた。シュルレアリスムは、あの潜在的でとらえがたく、たぶん他のものと同じように欺瞞的な希望であったが、意に反してわれわれはこれにそそのかされ、最後の機会を試み、少しでも精神を欺くことに成功しようとどんな幽霊たちにでもしがみついたのだ。シュルレアリスムは失ったものを返してはくれなかったが、思考の仕事において私に不可能となった連続性をもはや求めないこと、私の脳が私の前にうろつかせる蛆虫で満足することを私は学んだ。それ以上に、シュルレアリスムは、これらの蛆虫に明白で辛辣な一つの意味、一つの生を与え、それによって私は再び自分の思考を信じることができるようになったのだ。

「私の脳が私の前にうろつかせる蛆虫」とはすごいメタファーだが、それ自体言語としての限界をもちながらも、既成の言語秩序という死骸に噛みつくところの、「言語のシュルレアリスム的使用」（ブルトン）のことをさすのだろう（フランス語で「蛆虫」ver は「韻文詩句」vers と同音である）。つまりシュルレアリスムは、その本質においてアルトーに肯定されている。アルトーの側からすれば、シュルレアリスムを潜ったことで、彼の精神はいわば成長し、強くなったのだ。

そういうアントナン・アルトーのテクストが私に与える衝撃、それは昔もいまも変わらない。自身の内なる狂気を、ほとんど表象不可能な狂気を、それでもきわめてマテリアルに、精神科医というよりは解剖医の手つきで言語化してみせたというところに、私のアルトーの本領はあるだろう。それをしもポエジーと言えるかどうか。私はただ、私なりの下手な「舌語り」もどきによって――貧しいテクスト間交流として――この詩人に向き合えるだけである。

あ、うら、たたかえ、

ここに、

アウラ、阿呆ら、
亡き、アウラ、阿呆ら、
皮っ巣、照るや、
あ、うら、うらら、たたかえ、

ここに、ひとりの男がいる、

亡き、アウラ、
阿呆ら、皮っ巣、照るや、あ、
うら、うらうら、待て、
ま、地下、待て、ま、ティッカ、いっかな、
笑い、わめき、泣き、たたかえ、

ここに、ひとりの男がいる、精神のなかの、いかなる場所も柔軟さを失わず、

亡き、アウラ、阿呆ら、
皮っ巣、照るや、あ、うら、
うらうら、待て、ま、
地下、待て、ま、ティッカ、いっかな、
青ら、やおら、おれら、
めざめ、笑い、わめき、泣き、たたかえ、

ここに、ひとりの男がいる、精神のなかの、いかなる場所も柔軟さを失わず、突然、身体の左側、心臓のあるほうに、

亡き、アウラ、阿呆ら、皮っ巣、
照るや、あ、うら、うらうら、待て、ま、
地下、待て、ま、ティッカ、
いっかな、青ら、やおら、皮っ巣、テルル、
火っ素、うるるや、あ、うら、
あ、ほら、やおら、おれら、めざめ、笑い、
わめき、泣き、たたかえ、

ここに、ひとりの男がいる、精神のなかの、いかなる場所も柔軟さを失わず、突然、身体の左側、心臓のあるほうに、自分の魂を感じるということもない男が、

亡き、アウラ、阿呆ら、
皮っ巣、照るや、あ、うら、うらうら、
待て、ま、地下、待て、ま、
ティッカ、いっかな、青ら、やおら、皮っ巣、
テルル、火っ素、うるるや、あ、
うら、あ、ほら、ほらほら、きみの骨か、アルゴンか、
あ、ほら、たたかえ、やおら、
おれら、めざめ、笑い、わめき、泣き、たたかえ、

私の詩「あ、うら、たたかえ」(詩集未収録)の前半部分から引いた。ゴシック体の部分がアルトーの『神経の秤』からの引用である。アルトーが思想的に注目されるようになったのは、二十世紀中葉以降、身体という問題系が浮かび上がってきたためであろうが、それとは裏腹に、私が読んだかぎり、アルトーのテクストに頻出するのは「精神」という語だ。裏腹に? そうではないだろう。ここでデリダの『エクリチュールと差異』を参照すれば、アルトーが探究しようとしたのは、「存在を生として、精神を固有の身体として、分離されない思考として、《混沌とした》精神として規定する肉体の形而上学」である、ということになる。

詩作品ではないが、アルトーがジャック・リヴィエールとの間に交わした往復書簡(飯島耕一訳では『思考

の腐蝕について』というタイトルがついている）も劣らず衝撃的だ。若年の頃私はそれを読んで、すでに述べた脳内に何か粟粒が立つような感覚を覚えたはずだが、テクスト間交流としては、比較的最近の『久美泥日誌』（書肆山田、二〇一五）という断章形式の詩集のテクストにそれは溶け込んでいる。詩集は、以下のように、ひとつの幻覚の報告から始まるが、そこに早くもアルトー的なものがはたらいているのだ。

1

思考の腐蝕について、という古い本が一冊、アントナン・アルトーとジャック・リヴィエールの往復書簡をまとめた薄い本だが、研究棟地下の遠心装置あたりから蝶のように飛び立ち、私の網膜のおもてに、ひりひりと黒雲母のような斑を残す。魂の中心にぽっかりあいた穴？　私の思考よりもはるか遠くに、たぶん別のあり方で到達する思考があるということ？

「魂の中心に」以下が『思考の腐蝕について』からの引喩である。この書簡集からはまだいくらでもインパクトのある章句を引けそうなのだが、無名といっていい、しかも精神に問題を抱えているらしい詩人志望の青年と、フランスを代表する文芸誌の大編集長とが往復書簡を交わしてしまう。後者の懐の深さもあるが、ほとんど奇跡といってもよい事例であろう。

アンリ・ミショーあるいは遠い内部

若年の頃、私はシャールやエリュアールの詩とともに、それとはあまりクロスするところのないアンリ・ミショー（一八九九〜一九八四）の作品も愛読した。というのも、自分が社会的不適応者なのではないかということにひどく悩んでいて、そんなとき、ミショーの『プリューム』という詩集に出会って、詩人の分身とも思われるそのプリュームという男がまさに社会的不適応の塊のような存在なのだった。彼はあまり人から丁寧に扱われたということがない。ある者は警告なしに彼のうえをずかずかと踏んで通るし、またある者は彼の背広で平然と手を拭いたりする。しまいにはそういう扱いにも慣れてしまった。プリュームは目立たぬように旅するのが好きだし、つまらぬ揉め事なんか起こしたくないからである。たとえばあるとき、泊まろうと思ってホテルに入っていったが、フロント係から、「おいおい、そんな遠いところからわざわざ眠りにきたっていうのか、さあトランクと荷物をもって、どこかに行っちまいな、いまが一日のうちでいちばん歩きやすい時刻だぜ」と言われると、「ごもっとも、ごもっともです、もちろんこれは冗談でして、ええ、ほんの冗談のつもりで泊まろうとしただけでして」、そう言って、彼はまた暗い夜道に出て、とぼとぼと歩いていく。これでもまあ、旅ができない人たちよりはましだろう、そう彼は思うのである。

そう、そんなプリュームよりは自分の方がましだろうと私も思って、とても慰められたのである。そのうちにしかし、さらにミショーを読み込むと、この詩人がある種とんでもない幻視者であることに気づかされて、まさに私は「ミショーを発見」したのだった（無名のミショーが世に出たきっかけは、アンドレ・ジッドが「アンリ・ミショーを発見しよう」というオマージュの文章を書いたことだった）。

だが、シュルレアリスムへの旅の訪問先にミショーを加えるのは、ひとによっては奇異に思われるかもしれない。ミショーは、ただの一度もシュルレアリスムに参加しなかった。接近すらしなかった。それなのになぜ？　しかしながら、私の見るところ、このベルギー生まれの孤独な詩人は、ある意味ではほかのどんなシュルレアリスムの詩人たちにもましてシュルレアリスム的なのである。

運び去ってくれこの俺を、とミショー的主体は叫ぶ。快速帆船に乗せて、なんなら泡に浸けてでもいい、遠く、遠く、見せかけの雪のビロードに包んで、壊さないように、接吻に包んで、さらに遠く、長い骨と関節の回廊を通って。これがミショーの詩的世界である。主体が運ばれてゆくのは、ミショーの書物のタイトル名を借りれば、つまり「遠い内部」とでも呼ぶべきところだ。架空の旅行記『グランド・ガラパーニュへの旅』にしても、「遠い内部」への旅であり、メスカリンの実験がもたらす『みじめな奇蹟』にしても、「遠い内部」の出来事である。

この「遠い内部」こそ、ほかのどんなシュルレアリスム的概念にもまして、それこそ無意識という穴にもまして、シュルレアリスム的なものの実質を成すであろうと思われるのに、なぜミショーはシュルレアリスムに参加しなかったのだろう。久しぶりにミショーの作品を読み直して、そのような問いが自然と浮かび上がってきた。しかし、とすぐに思い直す。どう考えても、『プリューム』の詩人がブルトンたちの溜まり場だったフォンテーヌ通りのカフェ「シラノ」に出入りする姿を想像するのはむずかしい。察するに、人見知りだったのではないか。人と交わることが苦手で、ベルギー出身ということも相まって、中心より周縁にいるほうが自分にはふさわしい、居心地がいいと思っていたのではないか。

より深くその理由をたずねるなら、以下のようになろう。シュルレアリスムの詩は、とくに一九二〇年代の草創期におけるそれは、おおむね、恣意的な語の組み合わせによるイメージの偶成という印象が強く、想像的なるものの内実が乏しいような気がしてならない。アンリ・ミショーが言語化すべく努めたのは、まさにこの内実、イメージのこの内的必然性なのである。たとえばミショーが「わが領土」というときの領土は、

わが領土ではすべてが平たい、何ひとつ動かない。ここかあそこに何かかたちがあるにしても、いった い光はどこからやってくるのか。影すらもない。

ときおり暇ができると、私はじっと見つめる。息をひそめて。待ち伏せするように。何かがあらわれ出るのが見えると、私は弾丸のように飛び出し、当たりをつけて飛びかかるが、頭は、というのも、たいていは頭だからだが、泥沼にまたもぐってしまう。私は激しく掘りまくるが、出てくるのは泥だ、全くありふれた泥、あるいは砂だ、砂……

と、きわめて貧しい。しかしその貧しさこそが、想像的なるものの内実としてはリアリティにあふれ、むしろ豊かなのだ。それはやはり、孤高の位置からしか発信し得ないものだったのかもしれない。極論すれば、シュルレアリストたちにとってイメージとは遊びの結果であるのに対して、ミショーにとっては遊びの理由なの

である。

さて、かつて愛読したミショーから「この一篇」ということで作品を選ぶとすれば、『試練・悪魔払い』に所収の「アルファベット」ということになろうか。ミショーの日本語訳としては、小海永二の個人訳による『アンリ・ミショー全集』全三巻があるが、訳があまり私好みではない。ここでは拙訳で掲げよう。

アルファベット

死の一歩手前の冷気のなかにいたとき、私は見納めのように存在するものたちを眺めた。深く深く。この氷のまなざしとの致命的なふれあいにおいて、本質的でないものはすべて消え去った。

そのあいだにも私は、存在するものたちを鞭打ち、彼らから、死でさえも解体しえぬ何かを留めおこうとした。

彼らは小さくなり、ついにはある種のアルファベットに還元されてしまった。しかし、もうひとつの世界でも、つまりどんな世界でも使用できるようなアルファベットだ。

そこで私は、これまで生きてきた世界をそっくり奪い取られるという恐れからは解放されたというわけだ。

この好転に気を取り直して、私は打ち負かされなかったアルファベットをじっと眺めていた。すると血が満足げに、わが細動脈と動脈に戻ってきて、ゆっくりと私は、生へと開かれた斜面を、再びよじ登っていった。

通俗的レベルで言えば、ある種の臨死体験を書いたということになるのだろうが、何度読んでもインパクトを覚える詩篇である。死の冷気を感じながら、なおも「存在するものたち」を生の側に引き留めるべく鞭打っていると、「存在するものたち」はアルファベットに還元されてしまう。しかもそれはふつうのアルファベットではなく、あの世を含めたどんな世界でも通用してしまうという摩訶不思議なアルファベットである。しかし、アルファベットであるかぎりは、文字の始まり、ひいては言語活動の核でもあろう。「私」はそれを通して、それを力に、生という斜面をふたたび登ることができたのである。とすれば、このアルファベットはやはり、詩集タイトルにかこつけていうなら、何かしら「悪魔払い」の働きを成したということになる。

図5　アンリ・ミショー「グアッシュ」(1983年)

ミショーの画業を知る者なら、このアルファベットをあの「糸人間」に結びつけたくなるだろう。それは前衛的に崩した書字のようにも見え、ヒトの染色体のようにもみえる。いずれにしても、生の原形質のような何か、まさに「本質的なもの」だけになってしまったような、ある意味では貧しい、しかしどこか踊っているようにも見える生の根源の何かである。

わが詩作にもミショーは反映している。「デジャヴュ街道」という、私の代表作のひとつとされる詩の結尾部分を書いていたとき、おそらくこの「糸人間」のイメージが記憶のどこかにあったにちがいない(**図5**)。

おお、いったい何のための、
誰のための、これは通い道、
と問いかけたそのときだった、まさにそのとき、

空の奥のその街道のうえを、
ひとの痕跡を運び、
また食らう微細な生き物の列らしき影が、
さながらひとの染色体のように
ひとしきり激しく昇り降りするのを、
なすすべもなく私たちは眼に、
デジャヴュ、
したのだった——

神経の蟻が行く、
また錆と苔が行く、

その昇降管のなかを、　その昇降管のなかを——

ジョルジュ・バタイユあるいは詩への憎悪

シュルレアリスム、というかアンドレ・ブルトンに対する同時代のもっとも苛烈な批判者は、いうまでもなくジョルジュ・バタイユ（一八九七〜一九六二）である。経緯を記しておけば、のちの『ゲームの規則』の詩人ミシェル・レリス（一九〇一〜一九九〇）を介して、一九二四年頃、バタイユはブルトンと出会った。このシュルレアリスムの「法王」に対する違和感は最初からあったようだが、仲違いが決定的になるのは、一九二九年、ブルトンが呼びかけた政治的集会をボイコットし、さらに、レリス、マッソン、デスノス、プレヴェールらとともに反ブルトン・グループを結成し、プレヴェールの章でもふれたように、「死骸」というブルトン弾劾のパンフレットを作成したことによる。これに対してブルトンは、同年末に刊行された『シュルレアリスム第二宣言』においてバタイユを激しく攻撃し、「ジョルジュ・バタイユ氏はもっとも卑俗なもの、もっとも堕落したものしか認めようとしない」と決めつけた。

このように二人は、のちに多少歩み寄ったとはいえ、まさに水と油の関係にあったといえる。よく知られている娼館にまつわるエピソードが全てを物語っているだろう。ブルトンは、ピューリタンのごとく生真面目な恋愛主義者で、娼館には足を運んだことがないと明言する。ところがバタイユは、破戒僧のごとく、娼館こそ自分にとっては教会にほかならないと嘯くのだ。バタイユがブルトンを批判した文書のタイトルは「《老練なもぐら》と超人および超現実主義者なる語に含まれる超という接頭辞について」という奇妙奇天烈なものだが、そこでは、光と太陽に向かって飛翔する鷲（＝ブルトン）に、地を這い夜の闇に潜るもぐら（＝バタイユ）が対置されている。古くからの西洋の知の対立パターンに当てはめれば、まさにブルトンがアポロン、バタイユがディオニュソスということになる。

実生活という面ではどうだったか。ブルトンは、労働の拒否というランボーの「教え」を忠実に守るかのように、生涯定職につかないフリーターのような生活を貫いた。一方のバタイユは、あれほどの過激な思想を提唱したのにもかかわらず、意外にも昼間は国立図書館に勤める地味な俸給生活者であった。

いや、それ以上に二人を隔てるのは、それぞれの人格形成に関わるバックボーン的な何かであろう。私が読み得たかぎり、破戒僧とはいえ、バタイユの思想の根底には、消しようもなくカトリック的なものがあるような気がしてならない。原罪なるものをそのまま受け入れてはいないにしても、いわば裏返しにされた原罪のようなものが、蕩尽を提唱したり、エロティシズムの破壊的性格を強調したりという、この思想家の独自性をもたらしているように思える。人間の自然状態は悪であるとするボードレールのカトリシズム的な悲観論が、バタイユにもトラウマのように刻み込まれていたのではないだろうか。『眼球譚』は、精神科医に勧められて、自己治癒のために書かれた。ちなみに日本でもバタイユの人気は高く、かつてはスノッブな女子大生がその『眼球譚』を小脇に抱えたりしていたが、このような「無神学大全」の宗教的背景を果たしてどれだけ理解できただろう。

一方のブルトンは、その伝でいけば、ピューリタンから遠く、むしろルソーの直系である。まるで原初の無垢への信仰表明のように、詩と愛と自由という「三極の星」を、何のてらいもなく希望の原理として結びつけるのだ。それがバタイユには、あまりにも無邪気にみえたのであろう。

バタイユのブルトン批判の思想的意味については、しかし、誰か専門家に任せよう。私が思うのは、詩への憎悪がその批判の根底にあったのではないかということだ。「詩の非意味にまで自らを高めない詩は、虚しい詩、きれいごとの詩にすぎない」というようなことをバタイユは言った。私もそれには同意する。そこには、言語の表現性を案外素朴に信じていたブルトンらシュルレアリストたちへの正当な当てこすりがある。だがさらにその裏には、詩へのコンプレックスのようなものも潜んでいたのではないだろうか。ちょうど、サルトルのシュルレアリスム批判が、自分には詩はわからないとする散文家の立場からのものだったように。じっさい、バタイユのたとえば『大天使のように』という詩集を読んでみると、お世辞にも詩がうまいとはいえない。あるいは、こう言ったほうが正確かもしれないが、本気で詩作に取り組んでいるようには思えない。

墓4

宇宙が私には閉じられ
その中で私は視力を失ったままだ
虚無とひとつになって
虚無は私自身にほかならず

宇宙は私の墓にほかならず
太陽は死にほかならない

私の両目は盲目の雷
私の心臓は
嵐の吹き荒れる空

私自身の内側の
深い闇の底で
果てしない宇宙は死そのものだ
（塚原史訳）

読まれる通り、思想が、とくに死へのオブセッションが、イメージ喚起力に乏しい観念的な詩行に言語化されているだけで、そこに詩的感興を覚えることはむずかしい。さきにアポロンとディオニュソスの喩えを出したが、奇妙なねじれというべきか、バタイユの思想のキーコンセプトは小暗い「非 - 知」であり、そこからブルトンの明るい「知」への違和や疑念を表明したわけだが、作品の表層つまり言語化という面だけでみれば、バタイユの方がはるかに明晰であり、アポロン的なのである。

バタイユはやはり、大思想家として、『内的体験』や『エロティシズム』、そして『呪われた部分』といった著作が最高に意味深く刺激的で、つぎに『眼球譚』などの小説、ということになろうか。あえていうなら、ポエジーはそれらのなかにこそ息づいている。私も若年の頃、その思想的著作にふれて、深奥の意味内容は把握しがたいながらも、かなりの詩的興奮を覚えたことがある。とりわけ『内的体験』に記された忘我体験だ。それは詩人たちとの通路を作る。たとえばルネ・シャールも忘我の瞬間を重視した詩人で、その後期の詩集『川上への回帰』の初版には、エピグラフとして、友人だったバタイユの『内的体験』から、「頂上（それは帝国そのものを支配するところの、知による構成である）に向かうこの逃走は、迷宮の踏破のひとつにすぎない。だが、存在をもとめて擬餌から擬餌へと辿らなければならぬこの踏破を、われわれはどのようにも避けることができない」という一節が掲げられている。

フランシス・ポンジュにおける「言葉と物」

若気の至り、あるいは出会い頭、というべきだろうか、『物の味方』の詩人であり、反省的な言語運用を詩作のベースとしたフランシス・ポンジュ（一八九九〜一九八八）が、一時的にせよ、シュルレアリスムに参加したことがあるとは。正確には、『シュルレアリスム第二宣言』の頃、何度か集会に出たことがある程度で、運動自体からは距離を置いていたらしい。そしてその頃は、ポンジュはまだほとんど無名の詩の書き手にすぎなかった。

ポンジュが詩人としての地歩を得るのは、ようやく一九四〇年代に入って、『物の味方』を刊行してからである。以後、『物の味方』と並行するように書かれたメタ詩的な『前詩』や『表現への熱狂』『大選集』などをつぎつぎと発表し、一九六〇年代の、言語やエクリチュールを前面に押し出す「テル・ケル」派ら前衛文学のバックボーン的な存在となってゆく。それはまた、皮肉にも、かつてはその一端を掠めたこともあるシュルレアリスムの、ある意味素朴すぎる言語観への根底的な批判の道を開くということでもあった。

したがって私の再訪の目的は、ポンジュとシュルレアリスムのあいだにはほんとうに何の共通点もないのか、何か少しでも共通点があればそれを無理にでも探してみることにあるはずだが、果たしてそれが見つかるだろうか、自信がない。ともあれ、『物の味方』を再読してみよう。若年の私は、この問題作を一通り読んではみたものの、とくにこれといった影響は受けなかった。

「物の味方」の「物」は原語では chose であって、フーコーの『言葉と物』ではないが、言語との関わりにおいて捉えられた事物、たとえば「言葉とその意味」というときのその意味に近いやや抽象的な概念である。一方シュルレアリスムにおける「物」は objet、文字通りの物体であり、主体とその対象というときのその対象でもある。この chose と objet の違いが、そのまま、ポンジュからシュルレアリスムへの距離を示しているような気がする。

さて、どの作品を引用しようか。『物の味方』は、蠟燭とか雨とか小石とか、ありふれた身近な事物を取り上げて記述した散文詩群から成るが、たとえば「牡蠣」という作品はこんなふうだ——

牡蠣は、普通の小石ぐらいの大きさだが、外観はもっとざらざらしており、色はそれほど一様ではなく、輝かしくも白っぽい。これは、頑固に閉ざされた一世界だ。けれどもそれを開けることはできる——その時はふきんのくぼみに牡蠣をつかんで、ぎざぎざのついた狡猾なナイフを使って、何度も繰り返し試みなければならない。そこでもの好きな指が切れたり、爪が割れたりする——これは荒仕事だ。牡蠣に加えられる打撃は、その殻に、暈みたいな、白い輪をつける。

内部に見出すものは、飲み物と食べ物との一壺天だ——真珠母の蒼穹（文字通りの意味での）の下で、上部の天が下部の天の上に垂れ落ちて、ただ一つのぬるぬるして緑っぽい小袋をなしていて、それは、へりを黒っぽいレースに縁どられて、匂いにも見た目にも、潮のように満ち引きしているのだ。時たま稀に彼らの真珠母の喉に小さな形が珠と結ばれ、そこでたちまちわれわれは身を飾るすべを見出す。
（阿部良雄訳）

一般にポンジュは、シュルレアリスム的テクストに顕著な「イメージのインフレ」から物を客観的に記述する非隠喩的な書法へと、詩をいわば洗浄したとされるが、こうして読んでみると、けっこう隠喩が、それも濫喩（「椅子の脚」のような、無自覚な隠喩使用）の方向で使われていて、ある種の驚きを私にもたらす。なんだ、ポンジュだって、隠喩に取り憑かれているではないか。

いや、そういうことではないのだろう。物の観察に、むしろ積極的に言語の働きを介入させているのだ。それだけではない。原文にあたってみると、牡蠣 huitre の -itre という語尾が、後続の「白っぽい」「頑固に」「緑っぽい」「黒っぽい」と言った語に散種されていることに気づく。こうして、いささか乱暴に結論を言ってしまえば、語と物とのあいだに、ひそやかな、だが十分に詩的な出会いの場を作り出すこと、それがポンジュの書法である。

たとえば「茨の実」というべつの詩篇では、「物の外にも精神にも通じない道筋に詩篇で作られた活字印刷のやぶでは、ある種の果実は一滴のインクが満たす球体の集まりからできている」と書き出され、「茨の実」の博物誌的記述とメタポエティック（詩についての詩）とが、あからさまなまでに重ね合わされている。詩は「物の外」には存在しないし、ましてや「精神」という怪しげな代物によって書かれるわけでもない。語＝物の織りなす道筋を辿るうちに、詩＝「ある種の果実」は自ずから熟してゆく、なぜなら、「茨の実」mures は「熟した」mur と同音なのだから……

このようにポンジュの作品は、フランス語の語彙や音韻の体系と密接に絡み合っており、原語で読まないと面白味もわからないように出来ている。また、ますますシュルレアリスムとも遠ざかってゆくようで、マラルメ直系ともいうべきこの詩人は、やはり出会い頭的にブルトンらのグループを掠めたにすぎなかったのかもしれない。しかしそのブルトンも、詩を書き始めた十代の頃にはマラルメを愛読していたというのだから、フランス詩の道筋はそれこそ茨の茂みのように複雑に入り組んでいるというべきだろう。

目を転じて、ポンジュは日本の現代詩にもかなりの影響を与えたと私はみている。一九七〇年代、散文詩がブームになったことがあるが、そのブームの担い手となった詩人の多くが『物の味方』を参照したのではないだろうか。私はとくに谷川俊太郎の『定義』という詩集を思い浮かべている。そこで今度の旅では、両者を引き比べて読むことにした。『定義』もまた、ありふれた事物を記述の対象にするが、書き方は一八〇度ほどにもちがう。

コップへの不可能な接近

それは底面はもつけれど頂面をもたない一個の円筒状をしていることが多い。それは直立している凹みである。重力の中心へと閉じている限定された空間である。それは或る一定量の液体を拡散させることなく地球の引力圏内に保持し得る。その内部に空気のみが充満している時、我々はそれを空と呼ぶのだが、その場合でもその輪郭は光によって明瞭に示され、その質量の実存は計器によるまでもなく、冷静な一瞥によって確認し得る。

指ではじく時それは振動しひとつの音源を成す。時に合図として用いられ、稀に音楽の一単位としても用いられるけれど、その響きは用を超えた一種かたくなな自己充足感を有していて、耳を脅かす。それは食卓の上に置かれる。また、人の手につかまれる。しばしば人の手からすべり落ちる。事実それはたやすく故意に破壊することができ、破片と化することによって、凶器となる可能性をかくしている。だが砕かれたあともそれは存在することをやめない。この瞬間地球上のそれらのすべてが粉微塵に破壊しつくされたとしても、我々はそれから逃れ去ることはできない。それぞれの文化圏においてさまざまに異なる表記法によって名を与えられているけれど、それはすでに我々にとって共通なひとつの固定観念として存在し、それを実際に（硝子で、木で、鉄で、土で）製作することが極刑を伴う罰則によって禁じられたとしても、それが存在するという悪夢から我々は自由ではないにちがいない。

それは主として渇きをいやすために使用される一個の道具であり、極限の状況下にあっては互いに合わされくぼめられたふたつの掌以上の機能をもつものではないにもかかわらず、現在の多様化された人間生活の文脈の中で、時に朝の陽差のもとで、時に人工的な照明のもとで、それは疑いもなくひとつの美として沈黙している。

我々の知性、我々の経験、我々の技術がそれをこの地上に生み出し、我々はそれを名づけ、きわめて当然のようにひとつながりの音声で指示するけれど、それが本当は何なのか――誰も正確な知識を持っているとは限らないのである。

結論はこうである。ポンジュは言葉の隠喩的な力に信を置いている。一方、『定義』の谷川氏は、言葉の無力さに逆説的な信を置いているようなところがある。ポンジュは、言ってみればハイデガーに近く、谷川俊太郎はヴィトゲンシュタインに近い。

また近年、二十一世紀になってからの現代思想の新潮流、思弁的実在論のひとつに数えられるハーマンのオブジェクト指向存在論を詩作に応用しようという試みもあらわれているようだが、この文脈にポンジュを浮かび上がらせることもできるのではないか。ハイデガーから決定的な影響を受けたというハーマンによれば、あらゆる対象は本来、意識に決してあらわれることのない、いわば隠れた状態で存在している、そしてそうした実在的対象へのアプローチを可能にするのは、科学的な認識というよりもむしろ、魅惑と呼ばれる美的経験である。そのようなオブジェクト指向存在論が、ポンジュの事物へのまなざしと親和性があることは明らかであり、これまでテクスト中心主義的に読まれてきたポンジュを「ポストヒューマン」の方向へと読み直すことも、あるいは面白いかもしれないと思われるのである。

エメ・セゼールの衝撃

エメ・セゼール（一九一三〜二〇〇八）は、カリブ海に浮かぶ、フランスの植民地支配による搾取と抑圧の島マルティニックに生まれた黒人である。その苛烈な人種差別の現実を嫌悪し、そこからの脱出を願った彼は、さいわい俊秀の誉れ高く、エリートコースに乗るべく宗主国フランスに渡り、高等師範学校に入学する。しかしやがて、かの地でも黒人の地位は変わらないことに絶望し、同時にアフリカというおのれのルーツ、すなわち抵抗の武器としての「黒人性（ネグリチュード）」にめざめるのだ。彼は決然とエリートコースを放棄し、故郷の島に逆戻りして、そこでこそ詩人としての生を全うしようとする。こうして生まれたのが、反植民地文学の金字塔とされる長篇詩作品『帰郷ノート』である。

エメ・セゼールをいつ私は発見したのだろう。砂野幸稔訳で『帰郷ノート』を読み、衝撃を受けたのだが、奥付をみると一九九八年とあるから、そんなに大昔でもない。しかし何ごとについても情報に疎い私だから、翻訳刊行直後に読んだとも思えず、おそらくは二十一世紀に入ってからのどこかで入手し、繙いたのではないだろうか。読みながら私は、これは二十世紀の『地獄の季節』ではないかと、発見の喜びに打ち震えた。暴力的なイメージの組成にはロートレアモンの影響が見られるが、書く主体のスタンスと情動はなんといっても『地獄の季節』のそれである。

といっても、方向は違う。ランボーの『地獄の季節』は、書き始めの頃は「黒人の書」と題されていた。つまり自己を「白い黒人」と見立てての、激越なヨーロッパ（キリスト教世界）脱出の企てであり、そんな「地獄」で詩を書いていた自己からも、同じように激しく脱しようとするが、行き先はない。それに対して、セゼールの『帰郷ノート』は、「黒い白人」として身を立てようとしたパリ時代の自己を精算し、ランボーと同じように激越な、しかし脱出ではなく回帰、カリブ海への回帰を企てようとする。もとより「地獄」への帰還である。それが比類のない呪詛と啓示の言語を産んだのだ。「暁の果てに」という――それ自体『地獄の季節』末尾の章句、「そうして暁には、熱烈な忍耐に身を鎧い、壮麗な街々に入場しよう」に呼応するような――リフレインが延々とつづくテクストの、その冒頭の数節を引用しておこう。

暁の果てに……

行ってしまえ、とぼくは奴に言っていた。ポリ公面め、イヌ面め、行ってしまえ、ぼくは秩序の下僕と希望のコガネムシが大嫌いだ。行ってしまえ、悪しき魔除よ、ゴキブリ坊主よ。それからぼくは嘘をつく女の顔よりも平静に、奴とその一族には失われた天国の方に向き直っていた、そしてそこで、疲れを知らぬある思想の香気に育まれて、ぼくは風を養っていた、ぼくは怪物どもを解き放っていた、そしてぼくは、災厄の向こう側から、豪壮な家々の二十階の逆向きの高さのぼくの深みに、性病病みの腐れ太陽が夜昼となく闊歩する夕暮れの雰囲気の腐食力に備えて、ぼくが常にもっている、キジバトとサバンナのクローヴァーの流れが昇ってくるのを聞いていた。

暁の果てに、脆い入江から芽生える、腹を空かしたアンティル諸島、疱瘡であばただらけのアンティル諸島、アルコールに爆砕され、この湾の泥の中に座礁し、この不吉に座礁した町の埃の中に座礁したアンティル諸島。

暁の果てに、海原の傷の上の、きわめつけの、まやかしの、荒涼たるかさぶた。証言しない殉教者たち。しおれ、おしゃべりオウムの鳴き声のように無益な風の中に散る、血の花。ひからびた苦悩に唇を開き、偽りの微笑みを浮かべる古い人生。静かに、太陽の下で腐敗していく古い悲惨。生温い膿胞ではちきれんばかりの古い沈黙、われわれの存在理由の恐るべき空虚さ。

暁の果てに、その壮大な未来が屈辱的に凌駕する、このきわめて脆い大地の膨らみの上で――火山は爆発するだろう、むき出しの波が太陽の膿みきった黒点を流し去るだろう、そしてあとには海鳥のあさる生温い泡立ちのみが残るだろう――夢想の海辺と途方もない目覚め。

（砂野幸稔訳）

ところで、このカリブ海の大詩人の才能を最初に見出したのは、誰あろう、アンドレ・ブルトンである。ブルトンはアメリカへの亡命の旅の途次、マルティニック島に寄り、偶然エメ・セゼールと邂逅したのだが、何の先入見もなしに、無名の、しかも黒人の作品を読み、たちまち魅了されたのだった。ブルトンというと、行動をともにした仲間をつぎつぎとシュルレアリスムの運動から除名していったその「法王」ぶりばかりが強調されがちだけれど、こういう驚くべき炯眼も発揮していたということ、いやそれ以上に、相手が誰であれシュルレアリスムの理念に叶う場合は公平無私であったということは、銘記されてしかるべきだろう。

ブルトンはおそらく、この黒人詩人に、出自的に自分ではあるいは不可能かもしれない絶対的反抗の具現を見ていたのだろう。しかしエメ・セゼールには、もっと単純に荒々しく、アフリカという自身のルーツへのやみがたい郷愁の思いと、父祖たちの受難の歴史を忘れまいとするこれまたやみがたい怒りの感情と、ふたつながらタムタムを思わせる独特の詩的リズムのうちに浮かび上がらせようとする佳篇もある。拙訳で示そう。

ある郷愁の夜曲

　　　　　　　　うろつくよ
おお　うろつくよ
ふさがりきらぬ傷痕の小刻みな足どりで
こぶ牛の背中のうえ
不安げな鳥の小刻みな休止に合わせ

夜が　袋が　返す波が
帆船の小刻みな滑走に合わせ

丸木舟の小刻みなギクシャクに合わせ
私の黒い牽引のもと　ひとしずくの乳の小刻みな足どりで

袋が　穴倉の盗人が
返す波が　子供を拐う盗人が

沼のちっぽけなランプに照らされ

そうだ夜という夜を　夜という夜を
アシニーの岸辺から　アシニーの岸辺から
潮流が連れ戻すんだ　ぶっきらぼうに

いつだって

そして荒々しく

翻訳には生かせないが、原文四行目の nuit sac et ressac の名詞並置がなんとも印象的である。「夜」nuit の同格 sac は、「袋」のほかに「略奪」という意味ももつ。それと韻を踏む ressac は「返し波」「引き波」という意味だ。アフリカからの寄せては返す波に、消しようのない母なる大地への憧れと、奴隷貿易で連れてこられた父祖たちの忌まわしい記憶とが重なるのである。

エメ・セゼールの「黒人性」も、もちろん時代性の刻印を受けていた。自らも組み込まれている西欧という支配的精神に、アフリカという母なる大地の根源を対置する。それだけでは、結局のところ後ろ向きの反抗に帰結するほかはなく、現実の、もっと複雑かつ混淆的になっているカリブ海の言語文化的状況に目を向けるべきだ。こうして「黒人性」は、エドゥアール・グリッサンら後続世代のいわゆる「クレオール性」によって批判的に乗り越えられてゆくのだが、例によってそのあたりの深掘りは誰か専門家に任せよう。思想やイデオロギーは古びたり乗り越えられたりするが、詩としての作品の輝きは不滅である。『帰郷ノート』を幾たびも読み返したい。

総合の人オクタビオ・パス

中心から周縁へと辿ってきた今度の旅で、最後に立ち寄る予定の日本の詩人たちを除けば、これから再訪するメキシコのノーベル文学賞詩人オクタビオ・パス（一九一四～一九九八）だけが、フランス語以外の言語で詩を書いた詩人である。どの国どの言語にも、ひとりやふたり、シュルレアリスム的な詩を書いた詩人はいるだろうが、そのいわば代表格としてパスに登場してもらうということになる。もっとも、スペイン語が読めない私には、昔も今もパスは日本語訳で読むしかなく（『言葉のもとの自由』という詩集の仏訳は持っていて、かつてそれをぱらぱらとめくってみたことはある）、やや距離を隔てたままの再訪となるかもしれない。

ここでふと疑念が頭をよぎる。どの国どの言語にも、といま書いたが、果たしてそうか。これまでもこれからも、英米系の詩人がこの旅の訪問先になることはないのだが、それは私がたんに英米の詩の歴史をあまりよく知らないからなのか、それとも、そもそも英米にはこれといったシュルレアリスム系の詩人がいないためなのか。どうも後者のような気がする。ヘンリー・ミラーだったか、もともと英米文学には非合理的なものやナンセンスへの親和性があり、アンチ合理精神としてのシュルレアリスムをそれほど必要とはしていなかったのだ、というような主旨のことを述べていたのは。

実はオクタビオ・パスも似たような逆説的見解を示している。マラルメやランボーやロートレアモン、そして二十世紀のシュルレアリスムといった過激な詩的言語の革命がフランスにおいて行われたのは、ベースになるフランス語がもともと理性のための言語であって、あまり詩的な運用には向いていなかったため、詩人たちはそれを壊す必要があったからだと、たしか詩論『泥の子供たち』のなかで述べていたと記憶する。

伝統との向き合い方も、シュルレアリストたちと英米のモダニズム系詩人、たとえばT・S・エリオットやエズラ・パウンドとではかなり違う。フランスのシュルレアリストたちが隠秘的なものを除いておおむね伝統を否定し、あるいは無視するのに対して、エリオットは何と保守主義とキリスト教に回帰してしまうし、パウンドも、忘れられて久しい中世プロヴァンスの詩人たちを発掘したり、ダンテの蘇りをもって自任したりする。シュルレアリストたちが捨てた西洋の伝統を、英米系は拾うのだ。そこには、「新大陸」への移民をルーツとするヨーロッパ系アメリカ人ならではの、「旧大陸」へのはるかな郷愁のようなものもあったかもしれない。そもそも、エリオットもパウンドも、ブルトンらとほぼ同時代人であり、シュルレアリスムの草創期にパリに滞在したことまであるのに、ブルトンらとの交流はほとんどなく、シュルレアリスム運動それ自体にもあまり関心がなかったかのようなのだ。

こうした言語圏の関係性から見れば、スペイン語はフランス語と同じロマンス語系だから、それだけでもメキシコをはじめとする中南米にはシュルレアリスムを生みやすい言語的土壌があったといえる。しかしそれだけではない。メキシコは、シュルレアリストたちにことのほか愛された国だった。バンジャマン・ペレはメキシコに亡命してフランスとの橋渡し的な役割を果たし、ルイス・ブニュエルはメキシコでドキュメンタリー映画『忘れられた人々』を撮り、アントナン・アルトーもメキシコ奥地のインディオ、タラウマラ族を訪れて、非西欧的な思考と身体の可能性を追い求めてゆく。そしてアンドレ・ブルトン。彼が一九三八年にメキシコを訪れたのは、亡命中のロシアの革命家トロツキーに会って共同声明を出すためだったが、当地で講演もし、「すぐれてシュルレアリスム的である国」とメキシコをたたえた。

ところが、この一九三八年の時点では、若きオクタビオ・パスはブルトンに会おうとしなかった。政治的立場の違いから（パスは当時共産党員だった）、むしろブルトンを批判する側にまわったほどである。そもそも、パスは直接シュルレアリスムの運動に参加したわけではない。いわば遅れてきたシュルレアリストであって、第二次大戦後のある時期、メキシコ大使館の文化参事官としてフランスに滞在中に、ペレを介してようやくブルトンの知遇を得、運動にも協力したというにすぎない。それでも、炯眼のブルトンはこのメキシコの詩人を高く評価し、パスもまた、かつての自分の過ちを認め、ブルトンの著作を通して、また自身のメキシコ性という「孤独の迷宮」（同題のパスのエッセイ集がある）を通して、シュルレアリスムとは何かという根本的な問いを深めてゆくのである。

ここで私の個人的エピソードに急旋回するが、一九九八年四月、私は、パリからの帰国便の機中で手にした新聞で、オクタビオ・パスの訃報に接した。一面識もないのに、何かしら深い悲しみの感情に襲われたのを憶えている。パスは私にとって、詩論の先生のような存在だったからである。一九九〇年代に入って、詩作だけではなく批評も書くようになった私は、日本語訳されているパスの二つの詩論集、『弓と竪琴』と『泥の子供たち』を貪るように読んだ。前者は詩の原理の書で、詩とは何か、リズムとは何か、イメージとは何か、インスピレーションとは何か、さらには詩と神話や宗教との関係はどうなっているのか、などを考えるうえで、ページごとにたくさんのヒントが詰まっている感じだった。後者は、欧米とスペイン語圏中心ながら、近代以降の世界の詩の歴史が「モダンとは何か」という視点のもとに一望されるなんとも壮大な詩論で、私も、日本の戦後現代詩の流れを再検討するなかで（城戸朱理との共著『討議戦後詩』参照）、大いに参考にさせてもらった。

そこで今回も、『弓と竪琴』（牛島信明訳、国書刊行会、一九八〇）から読み直してみることにした。すると、パスがシュルレアリスムをどう捉えていたのかを示す、興味深い記述があることを発見した。虚を突かれるといったらいいのか、パスはなんと、インスピレーションという古臭い概念がシュルレアリスムによってその今日的意味へと更新されたとみて、つぎのように書くのだ。

シュルレアリスムは、インスピレーションをひとつの世界観と断言し、それの外的要因――神、自然、歴史、人種、等々――への依存を否定することによって、対立と追放を解消させる。インスピレーションとは、人間の裡に与えられ、人間の存在自体と混同され、そして人間によって初めて説明されうるような何かである。これが『シュルレアリスム第一宣言』の出発点である。そしてこの点にこそ、これまであまり指摘されることのなかった、ブルトンとその仲間たちの独創性があるのだ。

そして、パス自身の立脚点につなげながら、「インスピレーションは、人間の構成要素たる〈他者性〉の発現である」と結論づけている。そうか、これまで私は、インスピレーションという言葉を、人を煙に巻くような、何か後ろめたい気持ちとともに使っていたのだが、そんな遠慮はいらないのだ。他者性の悦ばしき発現の証として、堂々と使えばいいのである。あ、いまインスピレーションがやってきました、私は他者になりました、私という管を他者の声が通ってゆきます。

パスの詩作品としては、『言葉のもとの自由』が代表的な詩集だが、日本語で読むとなると、同詩集に所収の、近年邦訳が刊行された長篇詩『太陽の石』ということになろうか。そこでは、シュルレアリスムの手法とエロス的想像力、そしてメキシコの土着的な大地性とが、見事に混淆し、融合を果たしている。冒頭、「水晶の柳、水のポプラ」と書き出されると、すぐさまそれが「君の水晶のスカート、君の水のスカート」と変奏されて、作品は早くも大地的女性性というテーマをあらわにしてゆくが、そのあとの展開の一部を引用しよう。

僕は小鳥のような一瞬の生を探す
そしてテソントレ石の壁で和らいだ
夕方五時の太陽を僕は求める
時がぶどうの実を熟させて
そして弾けるとその果実の中から
娘たちが飛び出して
石畳の校庭に散らばった
秋のように背の高い娘が歩いていた
アーケードの下を光に包まれて
空間が彼女を抱きしめると、その肌は
ひときわ黄金色で、ひときわ透き通っていた

光の色をした虎、褐色の鹿

夜の町のはずれ
雨に濡れた緑のバルコニーに
寄りかかる娘が垣間見える
青春の数えきれない顔の数々
僕は君の名を忘れた、メルシーナ
ラウラ、イサベル、ペルセフォネ、マリア
君の顔はあらゆる顔、だが誰の顔でもない
君はすべての時間、だがどの時間でもない
君は樹のようで、雲のようだ
君はすべての鳥であり、一つの星だ

（阿波弓夫ほかの共同訳）

今回あらためてフランス語訳（バンジャマン・ペレ訳）にも当たってみた。すると原語に近いだけにいっそうはっきりするのだが、大地的始原的な事象を意味する基本語彙だけで書かれたような印象があり、絵画でいえば、そう、キューバのシュルレアリスム系のウィフレード・ラムのような、あるいはアメリカのデ・クーニングのような、野太い描線を思わせる。そしてそういう語彙に運ばれて、ちょうどデ・クーニングの画面が女体を躍動的に風景に紛れ込ませているのにも似て、男女の性愛というミクロコスモスとメキシコの大地や空というマクロコスモスとがひとつのことのように語られてゆくのだ。まさに、「詩は愛のようにベッドで作られる／その乱れたシーツは物たちの参加である／詩は森の奥で作られる」というブルトンの教えの忠実な実践である。しかし同時に、パスは明らかにエリュアールを、とりわけその『愛すなわち詩』を意識している。この愛の詩の傑作に範を取ろうとした、あるいはその向こうを張ろうとしたにちがいないと私はみる。エリュアールとの相違点は、『太陽の石』の「君」がよりいっそう大地的なことで、読者はふと、パスはメキシコの大地そのものを女性と見立てて、なんとも壮大な愛の行為を繰り返しているのではあるまいかと思いたくなるほどだ。

結論として、オクタビオ・パスという多様体をひとことで括るなら、総合の人ということになろうか。感性と知性、詩と詩論、夢と現実、神話と歴史、西洋と東洋、男性的なものと女性的なもの、シュルレアリスムという普遍とメキシコという土着、それらがパスにおいてひとつに結び合わされるのである。強調したいのは、日本やメキシコという非西欧的な文化圏におけるシュルレアリスム受容を考えるうえで、パスの詩学はひとつの範例になりうるということだ。もちろん、スペイン語と日本語では言語環境にあまりにも違いがあり、一概に非西欧という枠ではくくりきれないにしても、である。

なお、パスには『三極の星　アンドレ・ブルトンとシュルレアリスム』（青土社、一九九八）と題された本もある。私の蔵書にもあるが、未読だったので、今回初めて繙いてみた。シュルレアリスムについての見解は『弓と竪琴』や『泥の子供たち』とほぼ変わらず、そのさらなる敷衍という感じだが、注目すべきなのは、収録された論考「物言わぬ詩と物言うオブジェ」において、ブルトンのいわゆる「オブジェ＝詩」を、「記号とイメージ、視覚芸術と言葉の芸術という二つの要素の間に生きる両棲動物」として積極的に評価していることであろうか。また、「アンドレ・ブルトン――霧と稲妻」という短いエッセイには、ブルトンの人となりを描いている興味深いくだりがあるので、引用しておこう。

わたしにとっては（ブルトンとシュルレアリスムの）魅力は、情熱の三角形――ブルトン自身の言葉にあるとおり、詩と愛と自由という、三極の星——に凝縮されていた。美学の理論は消え、作品は残る。かて加えて、ブルトンの場合には人物が、人格が残る。彼は、今世紀に大きな痕跡を残した、いや〈刺青を施した〉とむしろ言うべき何冊もの書物、電気的と呼んでも誇張にはならない——振動させ、照明する——書物の著者であっただけではなく、その生涯がつねに彼自身が書くものと共振していた。矛盾や一時的な誤りを犯しても、自分を裏切ることは絶対になかった。他人は彼の不寛容と厳格さを非難した。しかし、その厳格さが誰よりも彼自身に向けられていたことを忘れがちである。

そして『ナジャ』の著者を「何にもまして、都会の人間であり、パリの人間であった」としながら、「彼は、自分の運命はある川——セーヌ川——に結びついていると告白している」とパスは書く。あたかもそのセーヌ川と呼応するように、『太陽の石』も川のイメージで締めくくられるのだ。

太陽がにわかに僕の額から入ってきた
それは僕の閉じた瞼を引き剝がし
僕の存在をその覆いから切り離した
そして僕を僕自身からもぎ取り、僕を
幾世紀にも及んだ無感覚な石の眠りから解き放った
そうして太陽の鏡の魔力が蘇った
水晶の柳、水のポプラ
風で弓なりになる背の高い噴水

しっかりと根を下ろし揺れる水
うねうねと、行きつ、戻りつ
迂回する河の蛇行
それでもかならず辿り着く——

「うねうねと、行きつ、戻りつ」とあるけれど、パスを読んでいて気持ちがいいのは、その思考やイメージが野太くストレートだということだ。西欧と非西欧との交差点に立って、自らその対立や矛盾や混交を体現しながら、パスは逡巡しない。ブルトンのようにまわりくどくもない。シュルレアリスムへのこの旅においても、私の視界にあまりにも多くの事象が入り乱れて収拾がつかなくなると、私はパスに立ち戻る。

ゲラシム・ルカとは？

二〇一一年三月十一日のカタストロフィーをあいだに挟んで書き継がれた私の詩集『ヌードな日』（思潮社、二〇一二）は、一〇一の〈肉〉の行列からなる「パレード」と、それに〈ポエジー〉を対峙させた「防柵」からなる実験的な長篇詩作品だが、そのエピグラフに、ゲラシム・ルカの「現在の世界にはもはや詩人の居場所はない」というフレーズを置いている。つまり私はその年には、ゲラシム・ルカ（一九一三〜一九九四）というルーマニア出身の特異な詩人の存在を知っていたということになる。

それもそのはず、二〇〇九年に、水声社の「シュルレアリスムの25時」シリーズの一冊として、鈴木雅雄著『ゲラシム・ルカ　ノン゠オイディプスの戦略』が刊行されていたからだ。これが出色の評伝で、私はたちまち引き込まれたが、それまで私は、御多分に漏れず、ドゥルーズを通してこの「ノン゠オイディプス」の詩人の名前を知っていたにすぎず（ドゥルーズはゲラシム・ルカを、「もっとも偉大な詩人のひとり」と称揚したのだった）、ほかに得た情報としては、これも有名な話だが、同郷のパウル・ツェランの後を追うように、パリのセーヌ川に投身自殺したことぐらいだった。

ゲラシム・ルカは、一九四〇年代のルーマニアのシュルレアリスムを主導したひとりであり、詩作のほかに、理論家として、造形芸術家として、はたまた朗読のパフォーマーとして、多角的に活動した詩人だった。謎も多い。そうしたなかで、たとえば『アンチ・オイディプス』の著者ドゥルーズ＝ガタリの共感を呼んだ「ノン＝オイディプスの戦略」がいかなるものであったか、などなどは、鈴木氏による評伝を読むにしくはないので、ぜひそちらを参照してほしいと思うが、要約的かつわかりやすい箇所を抜き書きすれば、「母胎内の生活からの失墜、母を愛する可能性からの追放、それらの受け入れとしての人格形成といった物語を、蝶が幼虫からさなぎになり、やがて成虫になるような、あらかじめ定められたプロセスとして表象してはならない。たどるべき道程はすでに定められていると考えさせる力に対して『ノン』を突きつけようと決断することができるなら、この力と闘うことは必ずや可能なはずだと、詩人はあくことなく繰り返すのである」。

つまり「ノン＝オイディプスとは、失われたものによって構造化されない欲望を作り出すもののことである」ということになる。しかしここでは、詩人としてのルカに焦点を絞ろう。一九四〇年代のシュルレアリストは、当然、それまでの世代のシュルレアリストと同じではない。鈴木氏は、シュルレアリスムの歴史のなかに、ゲラシム・ルカの詩的実践の意味をつぎのように位置づける。

他方、周知の通り運動の発足時点においてはほとんどシュルレアリスムという言葉と等価でさえあったオートマティスム（＝自動記述）についても、この世代の書き手たちは先行世代の議論にはさほど囚われず、大胆に作り変えてしまったように見える。〔……〕なんといっても重要なのはデュプレーとゲラシム・ルカである。二人の書き方は必ずしもスピードを利用したものとはいえないが、仮にオートマティスムを、予測不可能な何らかの要因を導き入れることで言語に圧力をかける作業であると考えるなら、彼らの位置はここでもまた独特なものだ。二〇年代のオートマティスムが少なくとも一見したところ、たいていは言語の生産性に信頼を置いた楽観的なものに見えるとするなら、ここにあるのはむしろ言語を徹底的に痛めつけ、言語の解体のうちにこそ可能性を見出そうとする冷徹なものである。

デュプレーとはジャン゠ピエール・デュプレーのこと。戦後のシュルレアリスムを代表する詩人のひとりと言っていいが、一九五九年、わずか二十九歳で自ら命を絶った。ランボーを髣髴させるほど早熟だったようで、ブルトン編の『黒いユーモア選集』に「瀆聖の森」という作品が収録されている。残念ながら今度の旅では訪れるいとまがなかったが、「シュルレアリスムの25時」シリーズの星埜守之著『ジャン゠ピエール・デュプレー　黒い太陽』でその短い生涯と作品にふれることができる。

さて、こうしてルカが発明（?）した驚異の「吃音」言語の一端を、評伝に付された「ゲラシム・ルカの詩と散文」から引き写してみよう。

パ　パ　パパパ　パ
パッパ　ッパ　パ　パパ
イッパ　パ　シッパイッパ　イッパ
パパパ　イッパ　イダ　ダ
〔……〕
パパ　あパ　パス　パッショパッション　あ　あや

あパ　あや　あやつるな　パシッ　つ　つるな
あやつるな　あなたのパッション　アクションのない
パッションを　あやつるな　あな　アナ　あなたの
パッショ　あやつ　つつ　つるつるな
つるつるなやつ

（「パッションでイッパイで」部分）

吃音の起点となっている「パ」は、「パパ＝父親」のほかに、フランス語では否定表現を作る副詞であり、同時に「歩」「歩調」を意味する名詞であり、さらには「パス＝通過」や「パープ＝法王」へと語形成を広げてゆく音でもある。また、「あやつる」から「つるつる」への類音連鎖には、原文に対応した日本語の等価物を与えようという鈴木氏の創意が関与しているのだろう。なお、この作品の朗読パフォーマンスの模様は、いまやユーチューブで視聴することができるが、ゲラシム・ルカの朗読は思いのほかパワフルで、「吃音」言語という以上の音韻の爆発的増殖が繰り広げられるという印象だ。ところで、あろうことか私も、ある日気まぐれを起こして、この詩的どもりを模倣したことがある。これも紹介しておこう。詩集『デジャヴュ街道』（思潮社、二〇一七）に所収の「オルガスムス屋、かく語りき」という詩で、作中主体が「オルガスムス」という語を果てしもなく吃ってゆくという設定である。

お、尾、緒、
おる、おれの尾、
斧、おのおの、

オルガ、るが、うるる、
がる、ガルル、ルルッ、
〔……〕
おれが、ここにおるよ、
おれが織るよ、折るよ、
織るよ蛾、折るよ牙、
おれが、おるが、がが、
蛾が、ガス、ガスッ、ガッス、
織るガス、織るガス、すか、すが、
すが、かす、スカスカ、滓、
すがすがしい、巣、織る蛾、
織るよおれが、
澄む巣、住む巣、
〔……〕

ゲラシム・ルカの「詩的どもり」に関して、鈴木氏は、「一つの意志がある外的な力（たとえば身体的障害）によって妨害されているというよりも、一人の人物の頭のなかを去来する複数の思考が、互いに押し合いへし合いしながら中心となる軸を持てないままにテクストを通過してゆく、そうしたプロセスに読者は立ち会っているのではないか」という。私の下手な模倣も、多少はそのようなプロセスのあらわれになっているだろうか。

いや、模倣ではなく、反復になっているようにと願うばかりだ。鈴木氏は『ゲラシム・ルカ』というすばらしい評伝を、こんなふうに締めくくっているのであるから――「スフィンクスとオイディプス、それは問いかけと答えである。答えは悲壮な叫びとなり、偉大さを作り出す。だがノン＝オイディプスは問いと答えの忘却であり、愚かさである。その声が送り届けられるとき、宛先は必ず間違っている。そしてあなたに届けられる、差し出し人のわからない、慌てふためいた、どもった言葉、それこそがあなた自身にも取り乱した反復を命じ続ける、ノン＝オイディプスの誘惑である」。

この「詩的どもり」も、広くシュルレアリスム的言語遊戯のひとつではあろう。同じく鈴木氏によれば、それには二つの傾向があって、ひとつは音と意味とのまさしく恣意性を逆手にとる言語遊戯、具体的にはデスノスの「ローズ・セラヴィ」やレーモン・ルーセルの「ロクス・ソルス」などがそれにあたり、もうひとつは、音と意味とのクラチュロス的な有縁性を懐かしむ傾向、具体的にはミシェル・レリスの『語彙集』などであり、ゲラシム・ルカの戦略は、「クラチュロス的な言語幻想に巻き込まれずに、むしろ言語の恣意性という観念を一気に突き抜けてしまおうとした」ものということになる。

実を言えば、私の詩作にはレリスの模倣例もある。レリスの『語彙集』は、たとえば「Pere（父）」という語に「Perpetuel pet de reptile（絶え間ない爬虫類の屁）」という類音を駆使した「註解」を与えるアナグラム的な言語遊戯で、そこに思わぬ音と意味の癒合が生じたりするわけだが、それを真似て、あろうことか、音韻体系も文字表記もまるで違う日本語で、私なりの「語彙集」を編もうとしたことがあるのだ。「小言海――美しい人生のための」と名づけたそれは、たとえば、

（苦悩）
ひとの脳のなかにごろごろしている
暗い眼のような瑪瑙

（人間）
妊娠から
忍苦へ
ぷるん
元気に
放出
されるもの

という具合に、われながら無謀と言おうか愚挙と言おうか……

ジュリアン・グラックあるいは小説のシュルレアリスム

ブルトンの「教義」によれば、小説のシュルレアリスムという言い方は語義矛盾である。ブルトンは小説を好まなかった。というか、認めなかった。なぜ？　それは小説の言語が、生の至高点をめざす「言語のシュルレアリスム的使用」から遠く離れて、もっぱら伝達のためだけの透明な道具として扱われるからである。言語の世俗的使用。ブルトンはどこかで、ドストエフスキーの『罪と罰』の一場面を取り上げ、「くだらない描写だ」と、小説家にとってはおよそ不当あるいは迷惑な言いがかりをつけてはいなかっただろうか。だから自分は描写などしない、もしそれが必要な場合は、写真を添える、と。じっさい、そのようにして『ナジャ』の各所に挿入された写真群は、しかし、多くの者が感じるように、描写の代用という以上の、おそらくブルトン自身も予期していなかったような不思議な存在感を醸し出している。まるでパリが時間の襞に折り込まれ閉じ込められて、うっすらと死の都の雰囲気を帯び、いまにもそこから幽霊がさまよい出てきそうな。

ところまで書いて、ブルトンのこの描写蔑視があらわれる正確な箇所を確認したくなった。記憶を頼りに

『シュルレアリスム宣言・溶ける魚』（巖谷國士訳、岩波文庫）をぱらぱらとめくってみる。するとすぐに行き当たった。その一四ページから一五ページにかけてである。ただし、写真を添える、とは書かれていなかった。

また、シュルレアリスムの歴史を多少とも知る者にとっては、なぜドストエフスキーが貶められなければならないのか、怪訝に思えるのではないだろうか。というのも、マックス・エルンストが一九二二年に描いた有名な『友人たちのつどい』という群像画には、ブルトン、アラゴン、エリュアール、デスノスといった未来のシュルレアリストたちのあいだに、友人としてドストエフスキーの肖像もまぎれ込んでいるからである。そういえば、アラゴンの章で参照したベンヤミンの論考にも、『悪霊』の登場人物スタヴローギンこそ「シュルレアリストという名称が生まれる以前のシュルレアリストである」とあった。

それにしても、ブルトンが吹っかけた議論は乱暴といえば乱暴である。描写には描写の詩学的機能があるのであって、それは小説全体の構成や事物の隠喩的ネットワークと密接に絡んでいる。部分だけ取り出して「意味がない」と難癖をつけても、それこそ意味がないのだ。ブルトンという潔癖主義者は、おそらく、小説が一般大衆にも受け入れられる、つまり流通しうる文芸ジャンルであり、芸術の目的とは関係のない不純な利益をもたらしうるという、そのことに我慢がならなかったのではあるまいか。何しろ、デスノスに対して、ジャーナリズム的な場所で活動し始めたというそのことだけで非難し、シュルレアリスム運動から除名してしまったくらいなのだから。

こうした事情を考えると、ブルトンの弟子といってもよいジュリアン・グラック（一九一〇〜二〇〇七）が、詩集は散文詩を集めた『大いなる自由』一冊だけで、圧倒的に小説というジャンルで成功を収めていったことは、なんとも不思議な、いや皮肉なシュルレアリスムの帰結のひとつ、ということになるだろうか。いったいブルトンは、「両次大戦間のシュルレアリスムの状況」において、「シュルレアリスムの始まりは、一九一九年、雑誌『文学』に『磁場』の最初の部分が発表されたときであり、〔……〕その帰結は、二十年後、ジュリアン・グラックの『アルゴールの城にて』が現れたことにある」とまでグラックを称揚したとき、かつて言明した小説へのあのように激しい拒絶をどう総括していたのだろう、などと思ってもみたくなる。実はシュルレアリスムの草創期から、ブルトンの「教義」に反して、その仲間たちのあいだで、アラゴンの『パリの農夫』をはじめとして、デスノスの『自由か愛か』やクルヴェルの『ぼくの肉体とぼく』など、小説あるいは小説もどきのような散文作品が結構書かれてはいたのであった。

ともあれ、グラックの小説はすばらしい。『アルゴールの城にて』『憂鬱な美青年』『シルトの岸辺』『半島』——邦訳されている作品のほとんどを私は読んだと思う。もうひとり、シュルレアリスム系の小説家としてピエール・ド・マンディアルグが挙げられるが、私にとってはグラックの方が上だ。

わけても『シルトの岸辺』。あれはいつのことだったろうか、二十世紀に特化した編集で話題を呼んだ集英社の『世界文学全集』に、安藤元雄訳で収められたこの小説を読んだのは。原文の香気を十二分に伝える安藤氏の麗筆の効果もあって、たちまち引き込まれた。分類すれば、架空の土地を舞台にした歴史小説ということになるのだろうが、そんなレベルでは全くない。ひとことで言うなら、出来事そのものよりも、出来事への予感が言いようのない期待と不安をもたらしてゆくそのプロセスが描かれる。それこそが物語の主人公という感じで、それを運ぶ文体も、内容にふさわしく美しく揺動し屈曲し、とくに「のように」の多用——すぐさまロートレアモンの「ミシンと蝙蝠傘の偶然の出会いのように美しい」が想い起こされるが、もちろんあれほど恣意的ではない——が世界全体を類比のネットワークに巻き込んでゆく。そうした様相が、あえていうならシュルレアリスム的なのだろう。

今回、『シルトの岸辺』を再読しようかどうか迷ったが、というのも、そうした文体的特徴から、グラックの小説は——くだらない描写は読み飛ばすと豪語するブルトンでさえもおそらく——読み飛ばせない小説であって、読了するのにひどく時間がかかるからなのだが、思い切って再読した結果、至福の読書の時間をふたたびもつことができた。ちくま文庫版（安藤元雄訳、二〇〇三）の帯の言葉をそのまま書き写そう。物語の舞台は、中世の都市国家ヴェネツィアを思わせる架空の国オルセンナ。その東方に広がるシルト海を隔てて、敵国ファルゲスタンとは無為・無策・安逸のうちに三百年間も対峙しつづけている。物語は、そのシルト海に臨む城砦に「私」が監察将校として赴任するところから、おもむろに始まる。しかし、いつしか物語は緊張をはらみ、密度と速度を増し、安穏と倦怠の日常は、破局の予感へと高まっていく……

さてどこを引用しようか。「私」の赴任からまもなく、予感と期待というテーマがはじめてそれらしく現れる場面が、やはりいいだろう。

〔……〕私は大砲の砲尾のあたりに腰をおろす。私の目は青銅の巨大な砲身を滑り、宙に突き出すその赤裸々な姿と一つになって、金属の凝固した飛躍を延長し、砲身もろとも水平線にじっと狙いを定めるのだ。そのうつろな海に目をこらすと、波の一つ一つが舌のように音もなく滑りながら、ひたすら消え去ろうとして果たせないしぐさの中に、なおも執拗に、あらゆる航跡の不在を刻みつけようとしているかに見える。その途方もない期待の中に一つの奇蹟の裏づけを汲み取るような、そういう合図が現れはしないかと、私はわれ知らず待ち受けていたのだ。一枚の帆がこの海のうつろから湧き出るのを夢みていたのだ。その待望の帆を何の名で呼べばよいかとたずねていたのだ。いや、ことによると、私はすでにその名を知っていたのかもしれない。

すべての物語は時代を反映する。この『シルトの岸辺』も、架空の歴史を語りながら、シュペングラーの『西洋の没落』を踏まえているようなところもあり、また、第二次大戦後に新たに始まった東西の「冷たい戦争」の影を読み取る向きもあるようだ。しかし、反映は反映である。この小説の魅力は、世界そのものが徴候化してゆくさまを、息詰まるように織り成してゆく魔術的な文学性のうちにある。

予感と現在。期待と不安。宿命と自由。そうしたテーマを通じて、グラックは、シュルレアリスムという混沌とした想像力のエネルギーを、いわば文学的主題に縮減してしまったと、言えば言えるのかもしれない。しかし同時に、むしろシュルレアリスムをあるひとつの隠秘的な伝統に結びつけたのだとも言えるのではないだろうか。ほかでもない、遠く中世に淵源し、場所的にはケルトの地ブルターニュと縁が深いアーサー王と円卓の騎士の伝説、とりわけその聖杯探求の物語群に、である。グラックはブルターニュの出身で、ブルトンと同じだ。謎と神秘に包まれた「辺境」の地にともに生を享けたというそのことが、「教義」より何より、グラックをブルトンに近づけたのではないだろうか。

ついでながら、『シルトの岸辺』の最後の最後において、オルセンナの宿命の化身のような人物、老ダニエロから発せられる「誰だ?」という誰何の言葉も、ブルトンへの応答を端的に示しているようで印象深い。思い出すまでもなく、『ナジャ』もまた、「そこにいるのは誰か」という問いで締めくくられていたのであるから。

グラックにはブルトン論もあるが、私は未読である。その代わりに今度、「シュルレアリスムと現代文学」という、おそらくは一九五〇年代、サルトルらの実存主義が全盛の頃に書かれた長めのエッセイ(『ユリイカ臨時増刊・総特集シュルレアリスム』所収)を参照し、グラック自身がシュルレアリスムをどう捉えていたのか、多少は理解することができた。もちろん彼は、後継者として最大限その可能性に賭け、そこから一つの希望の原理を引き出しているのであるが、伝統への、いや始原のほうへのまなざしも働かせている。

至高の目標として抱懐された、対立をたち超える超人間的次元に対するこのような決意ゆえに、シュルレアリスムには、失われた、そして予感のなかにある楽園への、一種哀切なあのノスタルジーの調子が生まれるのです。この音調は、シュルレアリスムの作品のいかにも風変わりな表題のなかだけであるにせよ、はしからはしまでこだましており、その表題たるや、世界誕生の状態、自然のままの楽園的無垢の状態、言いがたくすばらしい混沌の状態をわれわれに語りかけているのです。すなわち、『直接の生』（エリュアール）、『処女懐胎』（ブルトン＋エリュアール）、『豊饒の眼』（エリュアール）、『夜明け』（ブルトン）、『狂気の愛』（ブルトン）、『開かれた書物』（エリュアール）と。

なるほど、このラインならよくわかるような気がする。私がシュルレアリスムに惹かれていった根本的な動機もそこから引き出されるように思われる。私もまたそうしたタイトルに、まだ見ぬ「世界誕生の状態、自然のままの楽園的無垢の状態、言いがたくすばらしい混沌の状態」への予感と期待を掻き立てられて、それらの書物にアプローチしていったのではなかったかと、いまにして思うのである。そう、対岸の謎へと止むに止まれず引き込まれてゆく『シルトの岸辺』の登場人物たちのように。

シュルレアリスムと女性

シュルレアリスム系の詩人や画家は、そのほとんどが男性である。これは時代的に、ある程度仕方のないことだった。そしてもちろんブルトンは、シュルレアリスムの精神に身を捧げた、ある意味公平無私の人で、意図的確信犯的な女性蔑視とは全く無縁だった。どころか、前出の塚原史・後藤美和子編訳『ダダ・シュルレアリスム新訳詩集』のあとがきによれば、ブルトンは『秘法十七番』に「女性の体系に属するあらゆるものを、男性の体系に対して最大限に優先させること」と書いている。西欧キリスト教社会の父性的秩序に反抗するという意味でも、女性原理の称揚は当然といえば当然であった。

ただ、それとは矛盾しないあり方で、シュルレアリスムは、そもそもが無意識的にファロス中心主義的ではなかったかと思うのである。ブルトンにしてもエリュアールにしてもシャールにしても、女性はあくまでも詩的な性愛の対象、つまりよく言えば詩人にインスピレーションを与えるミューズ的存在であって、中世の騎士道的な女性崇拝やダンテにおけるベアトリーチェとあまり変わっていないような気がするのだ。

そういえば、と思いついて書斎を探し回ると、アンドレ・ブルトン編『性に関する探究』（野崎歓訳、白水社）という本が出てきた。ブルトンが残した草稿中から発見されたシュルレアリスムの第一級といっていい資料で、ブルトン、アラゴン、エリュアール、アルトー、プレヴェールらが、性について赤裸々に語り合った討議録――というと堅苦しい印象を与えてしまうが、要するに、名だたるシュルレアリストたちが延々と真面目くさって猥談を繰り広げているという趣の本である。そのかぎりではすこぶる面白いのだが（たとえば一晩に何回性交したかを自慢し合う場面があって、私は思わず、再婚相手との夜の営みを「二交」「三交」などと克明に記した小林一茶の日記を思い出したりした）、ここにおいても、ファロス中心主義はあきらかなのだ。「訳者あとがき」での野崎氏のアイロニカルな言葉を借りれば、「時代の刻印と限界とが、各自の発言のうちにはっきりと印されている点に、この記録の大きな価値の一つがあるとも言えるのだが、その意味で、シュルレアリスムの英雄たちの、いわば『意識の低さ』といったものにいささかがっかりさせられる瞬間があることも確かだ。女性の側の快感などかまっていられないと言い捨てるブルトンの態度をはじめとして、ここには『シュルレアリスムと性』の問題を、徹底して批判的な角度から洗い直すための材料が揃っているとも言えるだろう」。

それでもブルトンが、運命によって結び付けられた女性とこの世で必ず出会うはずだと頑強に主張しているのは、やはり印象深いと言わなければならないだろう。それだけではない。この、ある意味ではきわめてストイックな詩人は、ひとりの女性との偶然にして運命的な出会いをきっかけにシュルレアリスム的な思想を錬成し更新する、ということを繰り返した。こうして、『ナジャ』におけるナジャが、『狂気の愛』におけるジャクリーヌが、『秘法十七番』におけるエリザが、いわばそれぞれに聖別されていったのである。

エリュアールはエリュアールで、『性に関する探究』において、いかにも彼らしく単純素直な官能性礼賛を披歴しているのだが、それを実証するように、彼にあっては女性を愛することがすなわち詩を書くことであったと言っても過言ではない。最初の妻ガラへの愛（ただし、破局の予感を孕んだ愛）が『愛すなわち詩』をもたらし、二番目の妻ニュッシュへの愛があの「自由」という名詩をもたらし、ニュッシュの死後に結婚したドミニックからは『フェニックス』という詩集が生まれた、というふうに。

シャールの場合は、やや様相を異にする。詩壇のカサノヴァと呼ばれるほど多数の女性と性的交渉をもったが、「詩人はそのモデルを殺した」と自ら書いたように、現実に愛した女性がそのまま詩に登場するということはなかった。アルティーヌやマルトといった女性の名前が登場することはあっても、それらは架空の名前なのだ。唯一の例外は、「ソルグ川」という詩篇に「イヴォンヌのための歌」という副題がついていることだが、このイヴォンヌは、シャールの愛人のひとりで画廊主でもあったイヴォンヌ・ゼルヴォスのことである。

いずれにしても、このように愛が詩に結びつく次元こそ、〈超現実〉なのではあるまいか。ここからは告白的な文脈になるが、若年の頃の私はどうもそのように思っていたふしがある。そして、あろうことか、自分に豊饒な詩の世界をもたらしてくれそうな女性を求めて、いわば詩作のための恋愛を実践しようとしたのだったが、そんな女性がそう簡単にあらわれてくれるはずもなく、騎士道物語を読みすぎたあまり、ただの風車を敵とみて突撃するに至るドン・キホーテ的愚行というほかなかった。いや、いまなら身勝手なファルス信仰という烙印を押されかねないだろう。

シュルレアリストたちの性的放縦についてさらに言うなら、自由恋愛という名のもとに、あたかも文化人類学的現象のように、彼らにとって女性とは交換の対象であったのかと思えるほどである。ガラという女性はいわゆる恋多き女だったが、見方を変えれば、魔性のガラはエルンストとエリュアールとダリとのあいだで共有された、美貌のグレタ・クヌトソンは、ツァラとシャールとによって共有された……　もっとも、これはシュルレアリストたちにかぎったことではなく、わが日本近現代詩史にあっても、たとえば金子光晴とその周辺において、また戦後の「荒地」派の詩人たちのあいだにおいて、複数の男性によるひとりの女性の共有というスキャンダラスな事例が陰に陽にあらわれていたのだった。

話を戻す。ブルトンはまた、売春や同性愛者を嫌悪していたと言われる。エロスの発現はあくまでも（男性の）ひとりの女性への愛を通じてのみ、世界を〈超現実〉へと開く。こうしたセクシュアリティの偏りは、性の多様性やジェンダー横断性が謳われる今日にあっては、いかにも分が悪いと言わざるを得ないだろう。一方では精神の自由を何よりも重んじ、想像力の解放を説くブルトンともあろう者が、同性愛そのほかについては、それを非生産的な性の逸脱として排除する近代的な資本・労働のシステムにいともたやすく同調してしまう、というのでは、ブルトン評価になんともいやな影がさすというほかない。いや、そもそも、私のこの「シュルレアリスムと女性」という章の立て方自体にも、性差別的というクレームがつきそうである。

そうしたなかで、二〇一六年に刊行された前出『ダダ・シュルレアリスム新訳詩集』は、さすがに時代を反映して、数少ないシュルレアリスム系の女性詩人を網羅的に紹介している。リーズ・ドゥアルム、ヴァランティーヌ・ペンローズ、クロード・カーアン、ジゼル・プラシノス、ジョイス・マンスール、アニー・ル・ブラン。

読み比べてみたかぎりでは、飯島耕一もその『現代詩が若かった頃』というシュルレアリスム詩アンソロジーに取り上げているエジプト出身のジョイス・マンスール（一九二八〜一九八六）に、いちばんポエジーを感じた。マンスールは両大戦間の生まれだから、遅れてきたシュルレアリストもいいところだが、このアンソロジーでは、戦後のブルトンに認められ、個人的にも親しかったからか、なんとブルトンの前に作品が置かれている。その飯島耕一訳で彼女の詩を一篇紹介しよう。

食べてはいけない……

他人の子供たちを食べてはいけない
なぜって彼らの肉はあなた方のとても美しい歯のある口のなかで腐るだろうから
夏の赤い花々を食べてはいけない
なぜって花の汁ははりつけにされた子供たちの血なのだから
貧しい人々の黒パンを食べてはいけない
なぜってそのパンは彼らの酸の涙で肥やされているのだから
あなた方の長い長い肉体のなかに根をもっているはずだから
食べてはいけない　あなた方の肉体が喪の大地の上に
秋をつくって
自らはしぼみ死ぬためにこそ

ジゼル・プラシノス（一九二〇～二〇一五）の詩も面白い。マンスール同様、彼女も遅れてきたシュルレアリストだが、ブルトンからその詩の自動記述性を高く評価され、『黒いユーモア選集』にも作品が収められている。『関節炎のバッタ』という代表詩集のタイトル自体が、何となく面白そうではないか。表題作はこんな感じだ。

私は方々に休む場所を探した
　いいですとも
肌の上の円をつかまえることもできずに
　それよりも
私はタールを塗った線路を見つけた
　こう言わなくちゃ
私の花は最初の蕾をなくした
　けれども笑って
私はボンボンで雌牛を突いた
　そのための物じゃないよ
それは栗色の紙のブラウスだと言った
　私は持っていない
私はフライパンの中にインクを吐いた
　もしも私の心が
書くための消しゴムを味わいながら
　何という苦しみだろう
私は麻疹の持つ麩を食べた
　叫ばずに
それからお腹が一杯で私はパイプを詰めた

靴の紐がほどけているよ　　（後藤美和子訳）

バッタはただでさえ不規則な動きをするだろうが、行から行へ、関節炎を起こした言葉のバッタはさらに奇妙な跳躍を繰り返しているかのようだ。詩集の刊行は一九三五年。プラシノスは一九二〇年の生まれだから、なんと十五歳のときである。今日の日本現代詩でいえば、さしずめ「高校生詩人」として注目された文月悠光といったところか。プラシノスは、十四歳のときに書いた詩が画家の兄マリオからブルトンの手に渡ったことから、例のカフェ「シラノ」に呼ばれて、ブルトン、エリュアール、ペレ、シャールらの前で自作の詩を朗読した。その様子をマン・レイが撮影した写真が残っている。

ユニークという点では、何といってもクロード・カーアン（一八九四〜一九五四）か。ゲラシム・ルカ同様、水声社の「シュルレアリスムの25時」シリーズの一冊で、私ははじめてカーアンのことを知った。永井敦子著『クロード・カーアン　鏡のなかのあなた』（二〇一〇）がそれである。ここでその内容を詳しく紹介する余裕はないが、帯文には「一九八〇年代後半に再発見され、一躍世界的評価を得た写真家・作家・思想家クロード・カーアン。先駆的な作品によってジェンダー・アイデンティティを問い、クィア的視点からもアプローチされている」とある。とりわけ、図版で紹介されている「男装」のセルフポートレートがかなり異様で、私はとっさに森村泰昌を連想したりしたが、手法的にとくにシュルレアリスム的とは思えない。むしろやはり、男でもなく女でもないゾーンに自らを置き、その特異性によって現実の社会規範やアイデンティティの虚妄を撃とうとしたその行為の反抗性が、すぐれてシュルレアリスム的だったのだろう。

そういうカーアンがブルトンらに同調してシュルレアリスム運動に参加したのは、一九三〇年代に入ってからだった。その間の経緯を紹介しながら、永井氏は、カーアンの立ち位置を以下のように総括している。「こうしたカーアンの運動への参加方法に、時代的な要因が働いていたことはもちろんである。しかしながら、パートナーの男性を介してシュルレアリスム・グループと接触を持つ場合の多かった女性シュルレアリストたちとは、かなり異質な参加方法であったことも確かである。」

詩はあまり書かなかったようだが、代表的著作の「賭けは始まっている」は一種の詩論として読める論考で、そこには、「私たちのなかには、詩的活動は実用的な有用性を欠くがゆえに、今後壊滅の方向にしかゆきえず、来るべき社会にはその場所がないと考える者もあるだろう。〔……〕私はこう答えよう、詩は、歴史的にどの時代にもどの場所にもあったのであり、それが人間の本性、さらに動物の本性にも本質的に存在する欲求、おそらく性的な本能に結びついた欲求であることはおそらく否定できない」というような、詩に関わる者にとってたいへん勇気づけられる予言的マニフェストも含まれている。

西脇順三郎『超現実主義詩論』

シュルレアリスムへの旅も終わりに近づいた。帰路に就くまえに、日本のシュルレアリスムにも立ち寄ろうと思うが（私の私塾での「ダダ・シュルレアリスムの百年」でも、毎回日本のシュルレアリスム系の詩人たちを取り上げた）、それにはまず、パイオニア的存在の大詩人、西脇順三郎（一八九四〜一九八二）を訪ねなければならない。

いや、パイオニアと決めつけてしまっていいものかどうか。というのも、西脇自身は自分をシュルレアリストであるとは少しも思っていなかったようなのだ。なるほど西脇は、シュルレアリスムの日本移入に大きく貢献した。一九二二年から二五年にかけてイギリスに留学し、エリオットの『荒地』刊行（一九二四）やブルトンらの『シュルレアリスム革命』誌発刊（一九二四）というモダニズムの最先端に身近に接したあと、帰朝して最初に世に問うた著作は一九二九年の『超現実主義詩論』であり、翌年には『シュルレアリスム文学論』という本も刊行している。だが、驚くべきことに、『超現実主義詩論』を端から端まで辿っても、その題名に反して、シュルレアリスムについてほとんど何も書かれていないのだ。西脇にとって「超現実主義」とは詩の近代性一般であり、とくにボードレールに端を発する超自然主義とアイロニーであり、その系に沿ってポエジーとは何かを包括的に論じた西脇詩学の開陳、それが『超現実主義詩論』にほかならない。新倉俊一の『評伝西脇順三郎』によれば、「厚生閣書店から『超現実主義詩論』を出したときも、西脇は誤解を恐れて「超自然主義」という題名にこだわったが、編集者の春山行夫に「超現実主義」のほうが売れるからと変更を余儀なくされたらしい」。おまけに、「Baudelaire の Surnaturalisme に関連して、二十世紀の Surrealisme に及んだ。けれども最近の発展変化の事状は本書に付加した瀧口修造氏の論文を有益なものと信ずる」と序に記して、シュルレアリスムについては瀧口修造に任せたと言わんばかりである。

つづく『シュルレアリスム文学論』も同様で、冒頭に「文学運動としてのシュルレアリスム」を置くものの、あとは「一般超現実的思考」以下、例によって西脇独自の包括的な詩論の展開となり、最後には何と「シュルレアリスム批判」で締めくくっている。

だが、この『シュルレアリスム文学論』の真に驚くべきところは、巻末に長大な散文詩風のテクスト「トリトンの噴水」を付したことであろう。ブルトンが『シュルレアリスム宣言』にその実践例として自作の散文詩群『溶ける魚』を付したことと似てなくもない。じっさい、「トリトンの噴水」も、一見途方もない自動記述風である。

　サピアンス夫人を初め、もろもろの女が Toilette に行つてゐる間に私は考へた。人間はナタ豆のように青くなつた。
　ネプチユンの涙は薔薇と百合の間に落ちて貝殻のほがらかなる偶像を蹴つて水晶の如き昼を呼ばん。我が天主の頭は夜の露の宝石に濡れ我が天主の指輪は張らみてエスポロニアの上に全体なる豊かなる修辞学を弾ず。輝きたる休息は再び休息の中に入り。我が天主は再び起きて世界と彼自身を思考する。このところは河畔であるが故に緑の野および牧場を眺めることは困難ではない。或はまた雛菊と青き菫菜と赤きヒアキントスと黄色なる水仙の上をふみて自由に足を振動させ朝の光の如きナシサスや青白きアヒル草或は碧天の如き桔梗を食ふこともできる。天空のコムパスを廻りて永遠の光はステラ夫人の唇を流してマルタ島の記念塔の如く海洋に送り出す。彼女の瞳子の中にセラフィムが飛び廻るその水晶の栗を見よ。

きりがないので、このあたりで引用を打ち切るが、以下、全集版で三十ページ以上にわたって、しかも段落なしに、延々とこのようなエクリチュールが繰り広げられるのである。三二ページ目でようやく段落が終わり、コーダとなる——

修辞学は終つた。修辞学は噴水学に過ぎない。サピアンス夫人等は噴水である。その時電燈が再びつけられた。是等の男の頭は影を失って、子宮の形態を回復した。

余談だが、西脇の詩的世界を知る者にとっては、この「是等の男の頭は影を失って、子宮の形態を回復した」という最終フレーズがなんとも意味深い。サピアンス夫人ら女たちがトイレットから戻ってきたということの修辞的な書き換えなのだろうが、のちに西脇が、『旅人かへらず』の「はしがき」に、「幻影の人と女」と題して以下のように書いたことが思い出されるのである。

自然界としての人間の存在の目的は人間の種の存続である。随つてめしべは女であり、種を育てる果実も女であるから、この意味で人間の自然界では女が中心であるべきである。男は単にをしべであり、蜂であり、恋風にすぎない。この意味での女は「幻影の人」に男よりも近い関係を示してゐる。

これ等の説は「超人」や「女の機関説」に正反対なものとなる。

この詩集はさうした「幻影の人」、さうした女の立場から集めた生命の記録である。

西脇の詩的世界を貫いてゆくこの「幻影の人」や「はてしない女」(「無常」)、老子の「玄牝」にも比すべきこの永遠の女性存在――その最初のあらわれこそ、「男の頭」に取ってかわる「子宮の形態」というイメージではないか。どうもそのように思えてならない。しかも、「男の頭」が「子宮の形態」に取って代わられるというのは、エロティックなおかしみにも溢れていて、詩には諧謔が何よりも肝要だとしたこの大詩人の面目躍如ではないか。

閑話休題。「トリトンの噴水」という驚くべきテクストを精査してゆくと、しかし、シュルレアリスム的な書法とは違った様相が浮かび上がってくるらしい。西脇の高弟で西脇詩の生成に詳しい新倉俊一は、その『詩人たちの世紀　西脇順三郎とエズラ・パウンド』において、この作品は「ペトロニウスの有名な『サチュリコン』を典拠として書き上げたもので、自動記述的なテクストの部分と豊富なパロディから成り立っている。一応のプロットはマダム・サピアンスの晩餐に招かれた客が、『サピアンス夫人をはじめ、もろもろの女がトイレットに行つてゐる間に』考えたことを、意識の流れの手法で記述したものである」としたうえで、さらにつぎのように書く。「この作品は、原作の特に『トリマルキオーの饗宴』の部分をかなり借用しているが、西脇の文体にかかると、たちまち諧謔にあふれたものに変わってしまう。そして、古今のヨーロッパ文学へのさまざまなアリュージョンとパロディが噴水のように意識の流れに浮かび上がってくるさまは、まさにエリオットのいう『ホメロスから現代文学まで』を含んでいる。」

なるほどそういうことなのか。ここで言われている「意識の流れ」は、ジョイスやエリオットら、おもに英米のモダニストたちが試みた手法で、「無意識」を引出そうとしたシュルレアリスムの自動記述とは違う。西脇順三郎が詩作において意識していたのは、まさにこの「意識の流れ」であって、「無意識」ではなかった。「無意識」に対してはむしろ批判的懐疑的である。『超現実主義詩論』でランボーについてふれながら、西脇は言う、「Rimbaud の詩の解説者の多くは彼の詩は無意識であるとか夢であるとか力説する。併しこれは非常なる誤解であると思ふ。なる程 idées の連結方法は超自然主義に於ては異状なるものであって、その形態は夢に多くみる如き無意識なるものである。然し詩は夢でない。全然有意識の心像の連結である。詩は esprit で考へることであると言はれてゐる」。

ここにシュルレアリスムへの、したがってまたブルトンへの西脇の距離が端的にあらわれていると思う。日本におけるシュルレアリスムの未来は、『超現実主義詩論』の序に記された通り、この西脇順三郎という大詩人から、弟子筋の瀧口修造へと託された。言い換えれば、西脇が遠ざけたブルトンに、あえて瀧口は近づこうと試みる。

瀧口修造と左川ちか

必要があって日本におけるランボー受容の歴史を調べているうちに、唖然としたことがある。小林秀雄がそのランボー論で、アンドレ・ブルトンとシュルレアリスムを「ランボーの亜流」と決めつけて、全く評価していないのである。小林がブルトンを読み込んでいるとは思えないので、おそらくジャック・リヴィエールか、当時の反シュルレアリスム的な批評家を参照したのだろうが、それ以上に驚きなのは、シュルレアリスムを受け入れられないこの近代批評の泰斗と、シュルレアリスムの紹介と受容に大きな役割を果たした瀧口修造（一九〇三〜一九七九）とが、全くの同世代（生まれ年は小林が一歳上）だったということかもしれない。

ふたりの距離は、私見によれば、ランボーをどう読んだかに端的にあらわれている。小林秀雄のランボーは、やはり何といっても『地獄の季節』のランボーであって、「吾々は彼の絶作『地獄の季節』の魔力が、この作品後、彼が若し一行でも書く事をしたらこの作は諒解出来ないものとなると言ふ事実にある事を忘れてはならない」という有名な台詞を小林に吐かせたのだった。これに対して瀧口は、『地獄の季節』よりも『イリュミナシオン』（『地獄の季節』のあともなお書き継がれたとされる）のランボーに惹かれたのであろう、「物質狂」というなかなか含蓄のある形容を、この「ざらざらした現実」に引き戻された天才少年詩人に与えるのだ。

しかしいずれにしても、小林によるランボーの、瀧口によるシュルレアリスムの、西欧では考えられないような同時的受容。つまりそこには、日本近代特有の問題が隠れてもいる。明治以降、西洋の文物の移入に急なあまり、摩訶不思議な時代の圧縮が見られた。たとえば、いかにもハイカラな雰囲気の漂うキリスト教が多くの文学者を魅了するのとほぼ時を同じくして、激越なキリスト教否定のニーチェも一部知識人のあいだでブームとなる。西欧では、千年にもおよぶキリスト教支配の果てに、ようやく「アンチ・キリスト」のニーチェが登場するというのに。そういう土台のないところで、果たしてニーチェの真の理解が可能だろうか。たとえば萩原朔太郎は、「つみとがのしるし天にあらわれ、／ふりつむ雪のうへにあらわれ、」などと書く一方で、ニーチェにも熱い関心を寄せる。ただ、朔太郎は正直といえば正直で、自分は思想面でのニーチェにはついていけないところがある、自分が学んだのは、もっぱら人間の心理の先生という意味でのニーチェだ、というような主旨のことを書いている。

シュルレアリスムの場合も同様で、一九二〇年代後半、小林秀雄、冨永太郎、中原中也らによる日本で初めての本格的なランボー受容が行われる一方で、ほかの先端的なグループは海外のアヴァンギャルドの動向に関心を寄せ、シュルレアリスムの移入が早くも試みられたが、その多くは誤解や混同や無理解の所産であった。

だが、そうしたなかから、一頭地を抜くように、「真正のシュルレアリスト」瀧口修造があらわれてくるのである。すでに戦前において瀧口は、この「旅の準備」でも言及しためざましい詩作を展開したほか、シュルレアリスム系の美術にもいち早い反応と深い理解を示し、『近代芸術』というすぐれた先駆的評論やブルトンの『シュルレアリスムと絵画』の翻訳を発表したりした。

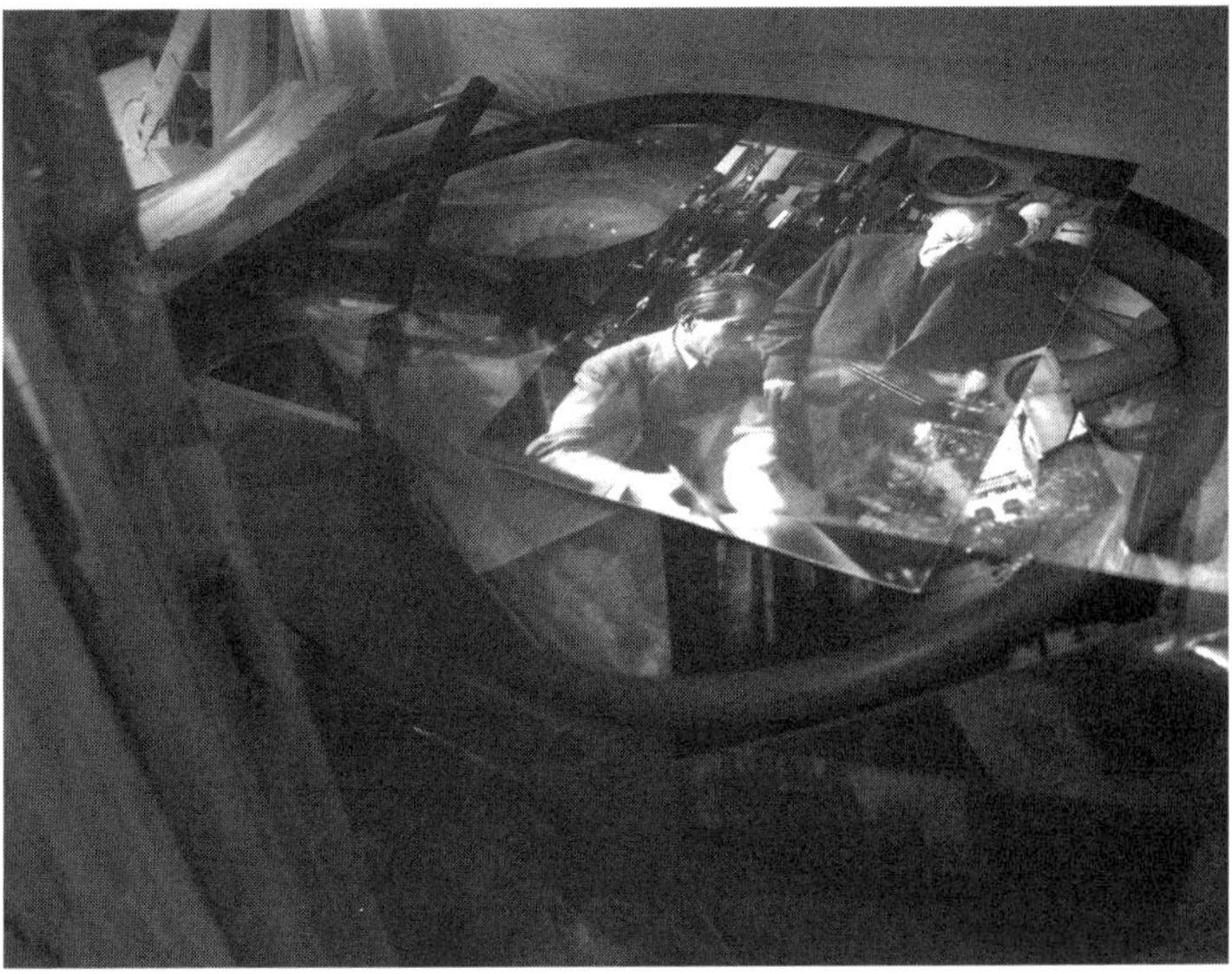

図6　北川健次「硝子戸の中〈瀧口とブルトンのいる〉」(筆者蔵)

一枚の写真がある。戦後になって瀧口修造が渡仏し、敬愛するブルトンのかの名高い書斎を訪ねたときの写真である。椅子に座った瀧口が何か本を開いて説明し、それをブルトンが立ったまま聴いている。弟子と師匠のような雰囲気だ。実はこの写真を硝子戸の向こうに置き、何やら聴診器のようなオブジェや青い板などとともに、さらに一枚の写真に撮った写真作品を私は所蔵している。北川健次の『硝子戸の中〈瀧口とブルトンのいる〉』という作品だ。この一種の嵌め込みによって、瀧口とブルトンとの記念すべき邂逅は、しかしまるで遠い夢のなかに封印されてしまったかのようで印象深い(**図6**)。

戦後の瀧口修造は、前衛美術を主導した詩人として各方面から絶大な尊崇を集めていたが、詩はほとんど書かなかった。もちろん、たとえば種々の美術家の個展カタログに寄せた文自体が詩的と言えば詩的であり、それは『余白に書く』という大冊にまとめられた。また、夢という領域に焦点を定めて、夢の記述や夢についてのエッセイを集めた『寸秒夢』というユニークな本も、広い意味でのポエジーの探究ではあるだろう。本書第二部冒頭の「旅のつづき」で紹介したように、ミロと組んだ『手づくり諺』および『ミロの星のために』という詩画集もある。しかし単独の詩集としては、戦前の詩の集成である『瀧口修造の詩的実験 1927～1937』一冊を残したのみである。

瀧口修造はなぜ詩を書かなくなってしまったのだろう。それはやはり、自分で自分の詩の限界を知ってしまったから、ではないだろうか。『瀧口修造の詩的実験』が私の青春のバイブルのひとつだったことは「旅の準備」で述べた。そこにはつぎのような詩のテクストが置かれていた。まぶしかったのは言葉だったか、余白だったか。代表作の一つとされる「絶対への接吻」から引いてみる。

ぼくの黄金の爪の内部の瀧の飛沫に濡れた客間に襲来するひとりの純粋直観の女性。彼女の指の上に光った金剛石が狩猟者に踏みこまれていたか否かをぼくは問わない。彼女の水平であり同時に垂直である乳房は飽和した秤器のような衣服に包まれている。蠟の国の天災を、彼女の仄かな髭が物語る。彼女は時間を燃焼しつつある口紅の鏡玉の前後左右を動いている。人称の秘密。時の感覚。おお時間の痕跡はぼくの正六面体の室内を雪のように激変せしめる。すべり落された貂の毛皮のなかに発生する光の寝台。彼女の気絶は永遠の卵形をなしている。水陸混同の美しい遊戯は間もなく終焉に近づくだろう。乾燥した星が朝食の皿で轟々と音を立てているだろう。海の要素等がやがて本棚のなかへ忍びこんでしまうだろう。やがて三直線からなる海が、ぼくの掌のなかで疾駆するだろう。彼女の総体は、賽の目のように、あるときは白に、あるときは紫に変化する。〔……〕

意想外な語の衝突が引き起こす眩暈的なイメージの生成と、そこにみえかくれするさわやかなエロティシズム……　詩を書き始めてまもない私は、そうした見慣れぬまぶしい詩の空間に、すっかりやられてしまったのだった。あるいは、「地上の星」と題されたエリュアール風のこんな詩――

耳のなかの空の
ぼくは星の俘虜のように
女の膝に
狂った星を埋めた。

忘れられた星
ぼくはそれを呼ぶことができない
或る晴れた日に
ぼくは女にそれをたずねるだろう
闇のなかから新しい星が
ぼくにそれを約束する。

美しい地球儀の子供のように
女は唇の鏡で
ぼくを　ぼくの唇の星を捕える

ぼくたちはすべてを失う
樹がすべてを失うように
星がすべてを失うように
歌がすべてを失うように。

ぼくは左手で詩を書いた
ぼくは雷のように女の上に落ちた。
手の無数の雪が
二人の孤独を
手の無数の噴水が
二人の歓喜を
無限の野のなかで
頬の花束は
船出する。

ところが、いま再読してみると、もちろん十分に魅力的ではあるけれど、同時に、まさに実験室で培養された詩的言語という感じで（「実験室における太陽氏への公開状」というタイトルの作品もある）、ひとたび外の空気に触れると、たちまち蒸発してしまうような脆さ、あえかさがあるように思われてならない。詩はそれでいいという人もいるかもしれない。しかし、何かが決定的に欠けているのだ。同じモダニズム系なら、たとえば左川ちか（一九一一～一九三六）の詩のほうが、より大きな可能性を感じさせる。そこには、瀧口作品にはない不気味さ、不穏さが感じられ、つまり「外」への通路がある。

左川ちかはその才能を早くから注目されたが、一九三六年に二十四歳で早世した。アメリカ人の日本文学翻訳家によれば、アメリカでは、日本のモダニズム系詩人といえば、数年前、その英訳詩集が翻訳賞を獲得したこともあって、いまや左川ちかに一番フォーカスが当てられているという。富岡多恵子はかつて、「おそらく左川ちかの生きていた時代には、女の詩人はひたすら女をうたうことに於てのみ評価された。また左川ちかの才能は詩を書く男たちに珍重されたとしても、それはあくまで珍重されただけで、その詩の新しさを詩の歴史の中の出来事のひとつとして受け止め得る男の詩人はいなかった」と書いたが、この早世の女性詩人がようやく「詩の歴史の中の出来事のひとつ」として位置づけられつつあるということだろう。「雲のやうに」という詩はつぎのように展開する。

果樹園を昆虫が緑色に貫き
葉裏をはひ
たえず繁殖している。
鼻孔から吐きだす粘液、
それは青い霧がふつてゐるやうに思はれる。
時々、彼らは
音もなく羽搏きをして空へ消える。
婦人らはいつもただれた目付で

未熟な実を拾つてゆく。
空には無数の瘡痕がついてゐる。
肘のやうにぶらさがつて。
そして私は見る、
果樹園がまん中から裂けてしまふのを。
そこから雲のやうにもえてゐる地肌が現はれる。

一読、何かしら異常になまなましく、そして不穏である。そこに、戦前のモダニズムの限界を越え、戦後のたとえば吉岡実の詩的世界に直通するようなイメージの衝迫力を感じるのは、果たして私だけだろうか。

瀧口修造に戻って、師というべき西脇順三郎は、瀧口とは逆に、戦後になっても旺盛な詩作を展開し、あの融通無碍な驚異の詩的世界を作り上げた。それを西脇に可能にしたのも、戦後の起点となった『旅人かへらず』において、詩を外気——日本の風土や風俗——に晒したからではなかったか。瀧口自身そのことがわかっていて、だからこそ、戦後に戦前の作品をまとめるにあたって、詩集とは銘打たずに「詩的実験」としたのではないか。このタイトルには、詩人の矜持と卑下とが微妙に入り混じっているように思われる。

もうひとつ、私の念頭を去らない疑念は、日本におけるシュルレアリスムは、ただひとりの、「真正のシュルレアリスト」瀧口修造と言えども、表層的な技法のレベルにとどまったのではないかということだ。それは瀧口修造の才能が不十分だったからではない。西洋的な合理精神への反抗であるシュルレアリスムを知れば知るほど、同時にそれが西洋の伝統と深く結びついているという逆説を思い知らされる。オクタビオ・パスも指摘するように、「シュルレアリスムは一個の伝統であった。〔……〕運動がもはや末期に入りつつあったパリでわたしは、西暦初めの数世紀におけるグノーシス派や、ルネサンス期の新プラトン主義的な秘儀や、十八、九世紀にかけての照明派《イルミナーティ》の錯綜した堅固な地下の迷路などを結び付けている一切のものをはっきりと見た。シュルレアリスムの二つの顔。それは革新、すなわち始まりつつある何かであり、そして伝統、すなわち再び始まる何かである」。

要するに、反抗には反抗する対象がなければならず、またそれを通して回帰する何かがなければならないが、それが日本にあったのかということだ。この点については、ジャック・ラカンのひとつの見解が象徴的な意味をもっているように思われる。ラカンが、たしか『エクリ』の日本語版への序文においてだったか、言語構造や声／文字の関係が根本的に違う以上、日本人には精神分析を適用できないかもしれないとした説は有名である。その当否はともかく、シュルレアリスムが精神分析と深く関係していることはまぎれもない事実であろう。そして精神分析における患者／分析者の関係は、キリスト教における告解者／聴聞僧の関係に似ている、というか、その近代的なヴァリエーションのように見えなくもない。そうした消しえない西洋文化の伝統を、その否定ないしはそれへの反抗というかたちで、シュルレアリスムは背負っていた。そのいわば厚みのようなものが、日本のシュルレアリスムには欠けていたのではないかと、私には思われてならないのである。ちなみにラカンはシュルレアリスムとも無関係ではなく、「偏執狂的－批判的方法」を打ち出したダリと交流があり、また『ミノトール』という一九三〇年代のシュルレアリスム系の豪華雑誌に論文を寄稿したこともあった。

私が言いたいのはつまり、精神分析に馴染まない日本のような地域では、シュルレアリスムを支える根幹である無意識なるものへの信もあまり育たないのではないかということだ。そしてもうひとつ、世界の無意識ともいうべき客観的偶然についても、検証したわけではないが、日本のシュルレアリスムは、「真正のシュルレアリスト」瀧口修造においてさえ、あまり関心がなかったのではあるまいか。こうした厚みのなさは、つぎにみる戦後のシュルレアリスム系の詩人たちにも、そう、その末端の私自身にも、多少とも及んでいるのではないかと思えるのである。

「シュルレアリスム研究会」

戦後の日本のある時期、「シュルレアリスム研究会」なるものが存在した。学者の集まりではない。詩人や美術批評家の集まりである。飯島耕一、大岡信、東野芳明、江原順といった仏文系主体の錚々たる顔ぶれだった。飯島耕一の弁によれば、ほとんど何の研究もしなかったというが、それぞれの詩作や批評にそれなりの成果は出たのだろう。

飯島耕一（一九三〇〜二〇一三）はシュルレアリスムと最も情熱的に、かつまた、最も忍耐強くつきあった詩人だった。シュルレアリスムをテーマに据えた著作にかぎっても、『悪魔払いの芸術論』『日本のシュールレアリスム』『シュルレアリスムの彼方へ』『シュルレアリスムという伝説』と四冊も書き、それぞれが飯島自身の青年期から円熟期に至る各段階に応じており、同時に、日本におけるシュルレアリスム受容の変遷の各時期を反映してもいる。驚くべき年代記と言っていいだろう。ほかに『現代詩が若かったころ』というシュルレアリスム詩の翻訳アンソロジーも編んだ。

実作ではどうだったか。それがいまひとつピンと来ない。初期の名高い詩篇「他人の空」は、シュルレアリスム的というより象徴主義風で、また壮年期の、飯島氏の代表詩集のひとつとされる『ゴヤのファーストネームは』も、躁鬱病、いまで言う双極性障害に苦しんでいた詩人の、その回復期への過程が真率かつリアルに語られていて感動的だが、シュルレアリスム的要素は希薄である。この詩集の前の、一九六〇年代に書かれた『私有制に関するエスキス』あたりが最もシュルレアリスム的ということになるが、テクストの様相は意外につつましい。

私有性に関するエスキス

I

きみのものがある
きみのものはない
水にくぐると他人の妻の
脚も　きみの
妻の脚も見分けがつかない
きみが私有を主張しても
四本の脚は切れ目のない水に所属し
きみ以外の
逆進してくる誰か

の眼にもとらえられている
いや　水のなかに揺れている影
が脚なのか
傾く火のバーナーなのか
もわからない
この水が誰のものなのか
きみは言うことができない
あるいは言うことができる
きみは可能なかぎり
見えるものを私有せよ
〔……〕

飯島耕一は元来がおおらかな詩人であり、シュルレアリスムとは笑いとエロスと叫びだ、と断言してはばからなかったような人だったから、「水にくぐると他人の妻の／脚も　きみの／妻の脚も見分けがつかない／きみが私有を主張しても／四本の脚は切れ目のない水に所属し」というような明るくエロティックなユーモアが自作に表現できていれば、それでよしとしたのかもしれない。

私の見るところ、研究会メンバーの仕事で最もシュルレアリスム的だったのは、同じ一九六〇年代の大岡信（一九三一〜二〇一七）の実験的な作品である。それ以前にも大岡氏は、とくにエリュアールの影響を色濃く受けていたが、それは詩的感性のレベルにおいてだった。六〇年代の実験は、言語の問題も絡めて、はるかに方法的にシュルレアリスムに近接する。具体的には、詩篇「わが夜のいきものたち」からエッセイ「言葉の出現」を経て詩篇「告知」へといたる一連のテクストだが、そのベースに、明らかに自動記述を意識したエクリチュールの実践があるのだ。

ことの発端は、エッセイ「言葉の出現」によれば、「一九六六年晩夏のある夕刻、ぼくは薄暗くなってゆく部屋の中で一冊の古ぼけた写真集を見ていた」ときにさかのぼる。「ぼく」すなわち大岡氏は、「この写真集からよび起されるイメジに、言葉で形を与えたいという欲求」に突き動かされ、記述を試みる。数カ月後、ノートに定着されたその言葉の群れをもとに、それを解体し再構築するかたちで、詩篇「わが夜のいきものたち」が書かれ、発表された。ところが大岡氏は、それから二年後、エッセイ「言葉の出現」を書き、そこにおいて、「自分の詩に言葉がどんな風に出現し、それをどんな風に文字という記号の中に定着したか」を示すために、「わが夜のいきものたち」という作品を例に、その制作のプロセスをみずから明らかにしようとする。そのさい大岡氏は、もとになった例の自動記述的な記録と、決定稿ともいうべき「わが夜のいきものたち」と、その両方を全行掲げている。そして、さらに数年後の一九七二年、詩集『透視図法—夏のための』において、今度はその記録を、ほとんどそのまま、詩篇「告知」として収録するにいたるのである。つまり記録はそのままで作品に昇格したことになる。

訪問者は問う
礫死体のありかはどの海かと
太陽は白亜の円形劇場のうしろ　藁屋根の中にあり
一匹のハイエナの摩滅した歯が回想する

弦は匍フク運動を繰返し
古典的な唸り声が美声を深める
ささの葉さらさら　夏の氷の欲しさよ
みごとな落石は氷河を薫らす
旗よ　血よ　城よ　したたれ
通信は今　咆哮する森を通過する
信仰は未来にある影のごときもの
女の心臓の音ほどには私は笑わない
川が切断されるのはやさしい歌によってではない
ライフはイフによってつながれた騒音
沈黙は空にのぼる
吐息は地上に横たわる
子供は恐れる　水洗便所を
アネモネよ　秋をひろげよ
森よ　市街に鼓動を与えよ
私はやってくる過去の轟き
歯痛は全身に
古典的死人の威厳
断腸のくさりの空

雑音は動物の咆哮にも金管楽器にもある
キラキラと輝く死体が歴史のいらかをつくる
だが腐敗こそ地の豊かさのあかし
祈りはわが手の中にない
時計はめぐる星晨に支配されよ
この時　唄だけが貫流する
〔……〕

何が起こっているのか。私なりに敷衍すれば、以下のようになる。「告知」は決定稿「わが夜のいきものたち」の草稿ないしは初期形であって、時系列的には逆の順序でそれが発表された、というようなことではもちろんない。ある意味で「告知」は、作品として認知されたその瞬間から、「わが夜のいきものたち」の否定となり批評となったのだ。「告知」は、擬人法的にいうなら、選択され構成された言葉の結晶体としての「わが夜のいきものたち」よりも、ふつうにいえば混沌として作品のていをなしていない、つまり意味以前の言葉の蝟集にすぎない自分のほうが、よりすぐれた——というか、より根源的な——作品だとみずから主張しているようなものである。なぜなら、意味以前の言葉の蝟集状態から意味のレベルへと言葉を選び取り構成するよりも、そのように築かれた言語秩序をもとの生成状態へと、そう、いわば原初のカオスへと引き戻すことこそ、シュルレアリスティックな詩人のいさおしではないか。

吉岡実と土方巽

ここで戦後現代詩のひとつの皮肉を述べておく。飯島耕一と大岡信は、「シュルレアリスム研究会」とほぼ同時期に『鰐』という同人誌を作って活動したが、その同人であり、しかし「学がない」(吉岡は下町のまぎれもない庶民の出で、高等小学校卒だった)ゆえに(?)「シュルレアリスム研究会」には加わらなかった吉岡実(一九一九〜一九九〇)が、大方の見るところ、もっとも濃密にシュルレアリスムを具現した詩人であった。吉岡の武勲は、シュルレアリスム的技法に、瀧口修造や飯島耕一には見られなかった独特の土俗性やエロティックにしてグロテスクな身体性を結びつけたところにある。

さて、吉岡作品から何を引用しようか。戦前からすでにモダニズムの影響下に詩を書き始めていた吉岡実だが、私の印象では、戦後になって最初の詩集『静物』の掉尾に置かれた「過去」という詩が、もっとも強くシュルレアリスム的な何かを感じさせる。全行を引こう。

過去

その男はまずほそい首から料理衣を垂らす
その男には意志がないように過去もない
鋭利な刃物を片手にさげて歩き出す
その男のみひらかれた眼の隅へ走りすぎる蟻の一列
刃物の両面で照らされては床の塵の類はざわざわし始める
もし料理されるものが
一個の便器であっても恐らく
その物体は絶叫するだろう
ただちに窓から太陽へ血を流すだろう
いまその男をしずかに待受けるもの
その男に欠けた
過去を与えるもの
台のうえにうごかぬ赤えいが置かれて在る
斑のある大きなぬるぬるの背中
尾は深く地階へまで垂れているようだ
その向うは冬の雨の屋根ばかり
その男はすばやく料理衣のうでをまくり

赤えいの生身の腹へ刃物を突き入れる
手応えがない
殺戮において
反応のないことは
手がよごれないということは恐しいことなのだ
だがその男は少しずつ力を入れて膜のような空間をひき裂いてゆく
吐きだされるもののない暗い深度
ときどきあらわれてはうすれゆく星
仕事が終わるとその男はかべから帽子をはずし
戸口から出る
今まで帽子でかくされた部分
恐怖からまもられた釘の箇所
そこから充分な時の重さと円みをもった血がおもむろにながれだす

吉岡実は絵が好きで、絵を見ながら詩を書くということも多かったようだが、ここではむしろブニュエルの『黄金時代』や『アンダルシアの犬』とか、シュルレアリスム系の映画を見ているようなイメージの動性が感じられる。それは恐怖のモチーフに結びついているが、恐怖のモチーフはさらに、戦争体験という強烈な実存的リアリティとも無縁ではない。いくぶんか吉岡実の分身的存在であろう「その男」は、過去に殺戮にかかわったことがあるが、それを思い出さないようにして生きている。しかしそれでは現在を十全に生きていることにはならないのだ。過去の時間をイメージのレベルに移し替えて追体験するということなしには、現在という時間も豊かなものとはならないのである。それが「赤えい」を調理するということであり、その行為を経てはじめて、「充分な時の重さと円みをもった血がおもむろにながれだす」のである。

このいわば、負の戦争体験という実存の深みをイメージへと解き放つ力学は、本場フランスのシュルレアリスムにはあまり見られなかった現象ではないだろうか。多くの場合、抵抗の証として詩は書かれた。それらが十分に感動的ではあるものの、シャールの『眠りの神の手帖』などを除いて、死の近傍を潜ってきたという実存的リアリティーに欠ける憾みがあると思うのは、果たして私だけだろうか。

こうなるともう一篇取り上げたくなる。吉岡作品においてのみならず、戦後現代詩にとってもきわめつけの代表作、「僧侶」だ。全体は九つのパートからなるが、その冒頭と中間と結尾の部分を引く。

1

四人の僧侶
庭園をそぞろ歩き
ときに黒い布を巻きあげる
棒の形
憎しみもなしに
若い女を叩く
こうもりが叫ぶまで

一人は食事をつくる
一人は罪人を探しにゆく
一人は自瀆
一人は女に殺される

〔……〕

5

四人の僧侶
畑で種子を播く
中の一人が誤って
子供の臀に蕪を供える
驚愕した陶器の顔の母親の口が
赭い泥の太陽を沈めた
非常に高いブランコに乗り
三人が合唱している
死んだ一人は
巣のからすの深い咽喉の中で声を出す

〔……〕

9

四人の僧侶
固い胸当のとりでを出る
生涯収穫がないので
世界より一段高い所で
首をつり共に嗤う
されば
四人の骨は冬の木の太さのまま
縄のきれる時代まで死んでいる

日本におけるシュルレアリスムの厚みあるいは深みのなさについてはすでに述べた。それを補ってあまりある突破口は、本源的な戦争体験につづいて、まさにこの瀆神的にしてグロテスクな身体イメージの土俗性、土着性にあるのではないか。西欧的理念と非西欧的地域性という、いわば異種間の混淆である。私見によれば、ブルトンらのシュルレアリスムの中心が次第に痩せ細っていったのは、この混淆のなさのゆえであり、逆に周縁部が豊かに盛り上がっていったのは、この混淆のゆえであった。エメ・セゼールしかり、オクタビオ・パスしかり。この意味で示唆的と思われるのが、飯島耕一の展望だ。飯島氏は、その『シュルレアリスムという伝説』のなかで、破天荒にも、あの暗黒舞踏の創始者土方巽を、詩人や画家ではないけれど、しかし吉岡実ととともに最良のシュルレアリストのひとりに挙げていて（ちなみに吉岡と土方は、肝胆相照らすような仲だった）、読んだ当初は唖然とした記憶があるのだが、土着性の導入がシュルレアリスムに活を入れるという意味では、あながち見当違いともいえないのである。いやむしろ、すごい炯眼というべきだろう。

私は学生の頃に、土方巽の最後期の舞台に立ち会うという幸運に恵まれている。忘れもしない一九七二年秋、新宿文化アートシアターでの、『四季のための二十七晩』のうちの「疱瘡譚」。私の眼のまえに、噂にだけ聞いていた「肉体の叛乱」が現出していた。それはもちろん、身体を捨象してとりすました近代的知に対する「叛乱」であったが、同時に、飛翔や回転によっていわば身体の身体性を超越しようとする西洋的な舞踊のイメージに対する「叛乱」でもあった。そう、まさに反抗としてのシュルレアリスムだ。私たち日本人の記憶の古層に――こう言ってよければ私たちの無意識に――しまい込まれていた、どちらかといえば直視したくない負のアジア的身体性が、そのままのかたちで肯定されていたのである。そして、エロスの始原と死への欲動と、ともどもに胎児状の肉と化してうごめくさまは、吉岡実という特異な詩人の想像力をもいたく刺激し、「聖あんま語彙篇」ほかの、土方へのオマージュ的な詩を吉岡に書かせたが、あるいはそれ以前に、「僧侶」や「死児」などの吉岡の詩が、土方のいわゆる暗黒舞踏のイメージ化に少なからず作用したのかもしれず、ひっくるめて、まさに詩とダンスとのあらまほしきコラボレーションというべきものであった。そして、この複数性もまたシュルレアリスム的である。

ただ、私は思うのだが、もしもブルトンがこの「僧侶」をはじめとする吉岡実の詩的世界を知ったら、一瞬、称賛よりも嫌悪の情を示したかもしれない。ブルトンは愛の行為と詩の行為とを至高のレベルで一致させることを夢見た詩人だが、一方の吉岡は、残念ながらそのように晴朗に愛を位置づけることはしなかった。むしろ愛の不毛が主戦場である。彼のまなざしは窃視症の、あるいはフェティッシュのそれであり、そうしたエクセントリックな——それこそ脱中心的な——イメージ創出を通して、人間存在の猥褻にして聖なる根源を探ろうとした。そう、むしろバタイユの感性に近いのだ。

しかし、そもそもの視点を変える必要があるのかもしれない。西欧の伝統文化に抱えられつつも、その激越な否定的乗り越え、それがシュルレアリスムだとばかり私は思っていたのだが、それだけでは自らを袋小路に追い込みかねず、むしろ異質にして特殊な地域性（風土）に接木されてはじめて普遍性を帯びるのではないか、あるいはさらに想像をたくましくして、むしろもともと非西欧的な「野生の思考」の、西欧における突然変異的なひとつのヴァリエーション、それがすなわちシュルレアリスムだったのではあるまいか、と。その意味でも、戦後すぐのブルトンが、アメリカ先住民の土地から「フーリエへのオード」を語り出したのは、すぐれて象徴的な意味をもつ詩の行為だったといえる。

間欠泉

日本のシュルレアリスムを語るうえで欠かせないのが、飯島耕一や大岡信とほぼ同世代の鶴岡善久（一九三六〜）という詩人の存在だ。瀧口修造を中心とするモダニズム研究で地道な探究をつづけ、『日本超現実主義論』などの著作に結実させた。鶴岡氏はアンリ・ミショーの絵のコレクションでも知られ、自宅をミニ美術館にして一般にも公開していたほどだった。ミショーの詩も絵も愛する私は、はるか昔のある日、当然のことながらそこを訪れて、この「遠い内部」の詩人の絵のコレクションを見せてもらったことがある。残念ながら、老齢になって鶴岡氏はこの私設美術館を閉じ、ミショーのコレクションも処分することになったが、フランスかベルギーのどこかの美術館関係者がそれを買い戻しにきたとのことである。

歴史を先にすすめよう。「シュルレアリスム研究会」以降の日本現代詩にも、シュルレアリスム的な傾向は間欠泉のように噴き上がった。一九六〇年代は「六〇年代ラディカリズム」とも呼ばれ、同人誌『凶区』に拠った天沢退二郎、鈴木志郎康、『ドラムカン』に拠った岡田隆彦、吉増剛造などがそれぞれに過激な書法を追求したが、なかでも天沢退二郎（一九三六〜）は、仏文系ということもあって（天沢氏の卒論はたしかジュリアン・グラックについてのものだった）、シュルレアリスムの発展形といってもよいアナーキーな詩的言語態と、それによって運ばれるイメージの非連続的連続を現出せしめた。

旗にうごめく子供たちを裏がえす者は死刑
回転する銃身の希薄なソースを吐き戻す者は死刑
海でめざめる者は死刑
胃から下を失って黒い坂をすべるもの死刑
いきなり鼻血出して突き刺さる者は死刑
はじめに名乗るもの死刑
夜を嚥下し唾で空をつくるもの死刑
ひとりだけ逆立ちする者を死刑にする者死刑
翼がないので歩く鳥は死刑
鳥の死をよろこばぬもの死刑
死者を死刑にする者とともに歩かぬもの死刑
めざめぬ者は死刑
めざめても青いまぶたのへりを旅する者死刑
死刑にならぬというものら
死刑を行うものら

死刑を知らぬものら
を除くすべてのもの死刑

詩集『夜中から朝まで』に所収の詩「死刑執行官」の前半部。天沢氏自身は、かつて「現代詩とエテロトピー構造」(『紙の鏡』所収、山梨シルクセンター、一九六七)というエッセイでこの自作詩を取り上げ、フーコーの『言葉と物』序文(そこではエテロトピーという概念が提示され、その例としてボルヘスの「ある中国の百科辞典」の奇怪な分類法が挙げられている)を援用しつつ、「乗り越えられたシュルレアリスム」を強調した。すなわち、例の「手術台の上でのミシンと蝙蝠傘との偶然の出会いのように美しい」では、異物の衝突にも「手術台」という共通の出会いの場所があったのに対して、自作の「死刑執行官」での「秩序の無秩序さ」は、「言語という非在の場」(フーコー)以外に出会いの場所を持たない「不可能性の突出」によるとした。しかし私には、全行を貫く「死刑」という語の意味作用が依然としてイメージ生成のいわば支持体として働いており、その意味では「手術台」とそれほどの違いはないようにも思える。やはりシュルレアリスムの発展形という理解でよいのではないだろうか。

いずれにしても、このようなめざましい詩的冒険は、それを身近に見ていた先輩格の入澤康夫をして、「天沢退二郎について語ることは、日本の詩の未来について語ることだ」とまで言わしめたのだった。ところが、七〇年代以降の天沢氏は、夢の記述そのままとも思える散文形のテクストを延々と発表しつづけて、出口のない夢魔の迷宮の虜になってしまった感がある。

それに歩調を合わせるように、シュルレアリスム系はその後しばらく影を潜めたが、一九八〇年代に入って、もう一度、そしておそらくは最後になるであろうクライマックスを築いた。八〇年代を代表する同人誌『麒麟』に拠った若き詩人たちの活動がそれである。なかでも、朝吹亮二（一九五二〜）と松浦寿輝（一九五四〜）は、期せずしてふたりともアンドレ・ブルトンを専門とする仏文系であり、したがって両者の作品にシュルレアリスム的な傾向が最も色濃くあらわれた。また、『レッスン』および『記号論』という、あきらかにブルトンらの共同制作を意識したと思われる共作詩集も刊行された。しかし、そこはさすがにポストモダンの時代の申し子である。彼らのシュルレアリスム的な詩的実践は、きわめて精緻かつソフィストケートされたものであり、シュルレアリスムの可能性も限界もともに見極めたうえでの、いわば冷めた熱狂とでもいうべきものであった。

たとえば松浦寿輝は、自動記述に対しても、すでに引用したように（「無意識という穴」の章参照）、ある種の欠如、つまり「何処にも実現されえぬ純白の言語的ユートピアへの白熱した夢想にブルトンが与えた仮の名称」として捉え、方法的に真正面から自動記述を試みるようなことはほとんどしない。彼が一時期試みた残闕書法は、テクストを空白で虫食い状態にするというものだが、そのようにしてむしろ自動記述の不可能性をあからさまにしているようにもみえる。

　　　　　　までを消す。ほこ　　て剝が
　あの晩夏の日々。水のような夕暮れ。　　　　　　　　かな
部屋のなかで止まったままの地球儀の半球はまだ、昼。そのつややかな局面に睡っている
地名。
　　　　　　臥せ

わらずゆ
切る、　　配り直す。　やまぬ　。感情の
を切り直す。　　　　そこに見　断面　ら、移る　あざやか
な浅い水の表面へ。　　　　り
らしい　　　の
ら縫合されると
い古した研革
枯草の匂い。おととい誰かが死んだ。

い息づか　でむすび

（「とぎれとぎれの午睡を　が浸しにやってくる」）

また、朝吹亮二は、松浦氏に比べると抵抗なく伸びやかにシュルレアリスム的な書法を実践したようにみえるが、それでも、代表的な詩集『Opus』において、「ひとつの名を抹消する」ことからエクリチュールを開始したり、「老詩人」と「筆写生」とを登場させて書く主体を奇妙に分裂させたりと、言語の表現性へのポストモダン的なアイロニーをも十分に滲ませているかのようだ。『Opus』の「00」番から引く。

ここにひとつの名を抹消することから始まる
それはひとの名であるか　物語の名であるか

夏の樹
朝の果実のための
その枝のわかれひとつひとつに沿ってここの視線を贈る
うすい爪で皮をむきくだものを砂糖で煮る
空白
書物を叩く音、埃がたって
光に揺れる
夏の樹
その枝のわかれひとつひとつに沿って贈られてくるだろう空気の管、水の逆流に化粧され、いつまでも乾かない沼の眼、湖の身体をおこし、いつも欲するのはきりのない奢侈だが、城の跡ものこらず、アニスやハッカが強く匂う丘をゆるゆるとゆく黒い牛のように、この歩行も進め

ちなみに私は、『麒麟』の詩人たちと完全に同世代である。彼らのまぶしい活躍を横目で見ながら、彼らにおけるシュルレアリスムという間欠泉が、つくづく都市的な感性に基づくものであることを感じ取っていた。そもそもの始まりからして、シュルレアリスムとは、パリという都市と切っても切れないようなところがあり、そういう意味では、朝吹氏や松浦氏は、まさに間欠泉となるにふさわしい都市的な出自をもっていたのだった。それに比べると、シュルレアリスムに影響を受けつつも、農民の出自をもつ私は、自分はあのようにはできないだろう、もっと地表に近いレベルで、泥臭くやるしかないな、と思っていた。つまり、いうところの土着性、

大地性である。一九八〇年代を通して私は、少年の頃の自分の身体のまさしく近傍でせせらぎ歌っていた自然のままの不老川や、土地の精神病者の行き着く病院があることで知られていた毛呂山という実在のトポスに必要以上にこだわり、そこになんとか私なりのポエジーの源泉を汲もうとしていたのだった（『麒麟』の詩人たちでは、詩集『花輪線へ』でデビューした秋田出身の吉田文憲がそうしたトポスを共有したかもしれない）。

帰途

こうして、シュルレアリスムへの旅をひとまず終え、帰途についたいま、私は以下のような旅の見聞もしくは成果を報告することができる。

シュルレアリスムは二十世紀最大の文学・芸術運動であり、その中心に、あるいはその原点に、詩があった。忘れられかけていることだが、それがシュルレアリスムの真実である。シュルレアリスムといえばダリのあの溶ける時計や、マグリットのあの宙に浮かぶ岩石を連想する向きが多いと思われるが、誤解を恐れずにいえば、それは通俗化といっていい。他方、シュルレアリスムが時間的に遠ざかり、歴史化されるにつれて、さまざまな分野・文脈でのシュルレアリスム研究がすすんでいることは、私とて知っている。つまり専門化、アカデミズム化である。しかし今回の旅では、通俗化と専門化と、そのどちらにも寄らず、ひたすら中心である詩を、詩人を訪ねた。シュルレアリスムの視覚芸術への広がりを追ったり、シュルレアリスムの美学的哲学的思想的意味を考察したりは、もとより私の任でもないので、必要最小限にとどめ、虚心に詩を読むことを旅の主たる目的とした。

その結果、なつかしい未知ともいうべきいくつかのことを再発見ないし再認識することができた。まず、自動記述が、たんなる無意識の表出というだけではなく、表出を担う言語の自己運動ともいうべき面ももつことが明らかになった。客観的偶然については、それが詩的真実として還元不可能であり、他方、偶然と必然、世界と世界の外という今日的な哲学――いわゆる思弁的実在論や新しい実在論――のテーマとも関連づけられるのではないかとまで予感された。

その哲学とは、すなわち、カンタン・メイヤスーの『有限性の後で』とマルクス・ガブリエルの『なぜ世界は存在しないのか』に代表されるような二十一世紀の思潮である。いずれの場合も、哲学史的文脈で言うなら、カントの「もの自体」がふたたびクローズアップされているらしく、メイヤスーでいえば、偶有性――起こってしまった現実と起こらなかった可能世界とは等価である――という考え、ガブリエルでいえば、「世界」とは人間と相関的な意味の場のひとつというにすぎず、その外に人間とは関係のない、あるいは世界が終わったあとの「現実」が広がっているという考えだ。いずれにしても、人類が自らをここまで危地に陥れてしまった人間中心主義は、そのようにして克服されるべきであるというのだが、それは客観的偶然というシュルレアリスムの根本的思想とも、どこかしら結びつきそうではないか。世界＝言語の外には、もうひとまわり大きい世界の無意識がひろがっている、と。

だが、思想はひとまず措こう。この旅の主たる訪問先であったシュルレアリスム系の詩にかぎって言えば、奇妙なねじれがあり、真に面白い詩、豊かな詩、インパクトあふれる詩、それはシュルレアリスムの洗礼を受けながらも、そこから逸脱していって、別の何かと結びついた場合に多く生まれていることを確認した。ツァラの『近似的人間』しかり、シャールの『眠りの神の手帖』しかり、セゼールの『帰郷ノート』しかり、パスの『太陽の石』しかり、である。また左川ちかや吉岡実の場合もその圏域に入るだろう。逆に、シュルレアリスムの草創期から全盛期にかけての、シュルレアリスムの典型とされるような詩は、いまの時点から読むと、意外につまらない。冒険的実験的ではあるけれど、その分人工的かつ表層的で、あるはずの実存的裏づけが見えにくくなっている感じがするのである。

シュルレアリスムは、同時代もしくは後続の多くの詩人たちにとって、ハブ空港のようなものだったのではないか。あるいはトランジットの場。彼らはそこから発し、あるいはそこに経由地としてしばしとどまり、しかるのちそこを潜り抜けて、それぞれの目的地に向かう。あのパウル・ツェランでさえ、初期にはシュルレアリスム——とりわけエリュアール——の影響を受けている。

いや、極東アジアの島国に住む私自身がそうなのだ。今度の旅で、私の詩作がずいぶんとシュルレアリスム系の詩人たちの恩恵にあずかってきたことを、いまさらのように確認することができた。エリュアール、ブルトン、デスノス、シャール、アルトー、ミショー、パス、ゲラシム・ルカ。彼らから受けた影響のほうが、私の場合、同時代の日本の詩人たちから受けた影響よりも大きかったかもしれない。旅の各所で、おこがましくも自作詩を引用することになったが、シュルレアリスムを訪ねることが、そのまま、ある意味で私の詩作の歴史を振り返ることにもなろうとは、意外といえば意外な旅の副産物であり、私はいま、不思議な感慨に打たれている。

それだけではない。二〇一一年に刊行した私の長篇詩作品『ヌードな日』——例のゲラシム・ルカの章句「現代世界に詩人の居場所はない」をエピグラフにした詩集——が二〇二〇年に英訳されたが、それをアイオワ大学の国際創作プログラムで知り合った欧州スロベニアの詩人に送ると、「すごくシュルレアリスティックですね」という感想をもらった。私としては、シュルレアリスム的であることを少しも意識しないで書いたのに、である。冒頭のページはこんなふうだ――

ヌードな日、

知らない肉のゆくえを追え、
でなければ追われるハメになるだろうから、

削ぎ落とされたのだ、

さわさわとほどけてゆく縫合の地べた、
肉の溶解の跡が、
めざめている、
追え、

パレードだ、第1の肉がやってくる、それはたんなる蛸のようだ、あるいは蛸を外側にもつ何かだ、何やらたわごとを噴射してすすむが、遠ざかると露呈だ、ヒトの露呈にちがいない、すると複数になり、その腹から腹へと、頭だけの胎児が流転してゆくのがみえる、

流転してゆくのがみえる、

以下、「第101の肉」まで、延々と見慣れない肉のパレードがつづくのだが、それは私の詩作において、いかに深く長くシュルレアリスム的なものが浸透しているかということの証でもあろう。こう言ってよければ、いつからかシュルレアリスムは、私自身の「無意識」のようなものになったのである。

それはたとえば「痙攣」という言葉についても言える。私は詩作にしばしばこの言葉を使ってきたが、その源泉には、幼少の頃よく熱性痙攣に襲われたという個人的記憶のほかに、『ナジャ』末尾の、「美とは痙攣的だろう、さもなくば存在しないだろう」という有名なフレーズからの「無意識」的引喩――レミニセンス?――という面もあると思う。

たしかブルトンは、パリ・リヨン駅から発車しようとしている蒸気機関車の独特の振動を、「美とは痙攣的だろう」の例として挙げていたのではなかったか。それこそあまり美しいとはいえないあんなぎくしゃくした機械の動きを、どうしてまたシュルレアリスム的な美の例に挙げたのか、初読のときは訝しくさえ思ったほどだが、いつからか了解するようになった。私なりに解釈すれば、つまり痙攣とは出発しない出発なのだ。私が傾倒したランボーは、生まれ故郷シャルルヴィルからパリへ、パリからロンドンへ、ロンドンからアフリカへ、いや場所の移動だけではない、詩作から沈黙へ、沈黙から砂漠の資本主義者へ、いつも決然と出発してしまう恐るべき詩人であったが、そのランボーにエネルギーを吸い尽くされないためには、このブルトン的痙攣がヒントになるように思われた。出発しそうでしないそのぎりぎりの瞬間を、際限なく伸ばし、あるいは微分して、そこでのエネルギーの蓄積をはかること。

それはともかく、では、シュルレアリスムを経由する、あるいは潜る、あるいはそれが浸透するとは、より具体的にはどういうことか。それなら、シュルレアリスムについて専門的もしくは俯瞰的に語る資格がない私でも、いや私だからこそ、詩人の経験的事実として述べることができそうな気がする。そう、多少の自負とともに。

これはオクタビオ・パスも述べていることだが、シュルレアリスムに学ぶとは、ひっきょう、客体を主体化すれば主体は客体化するという、きわめて意味深いパラドックスを経験するということではないだろうか。まず、客体の主体化とは、自動記述であれ、客観的偶然であれ、イメージの創出であれ、それらを通して、世界を主体の夢や狂気や欲望が作用し干渉する場として世界以上のものにするということであり、そのプロセスを果たすにつれて、今度は主体の客体化が始まる。つまり主体は、その限界、その閉じられた個我としての主体らしさを失って、客体すなわち他者になってゆくのである。かのシュルレアリストならざる西脇順三郎も言う

主体と客体の区別は人間の妄想だ
犬にとっては犬がいちぢくを食おうが
いちぢくが犬を食おうが
どちらでも同じことだろう
最大なシュルレアリストだ

（「生物の夏」）

人間の場合は、ここに言語の問題がクロスする。シュルレアリスムに学ぶとは、言葉の自由について、身をもって学ぶということでもある。脱稿が近いいまになって、訂正の必要を感じていることがひとつある。自動記述をめぐる章でブルトンの意外に素朴な言語観についてふれ、「自動記述とはあくまでも『思考の書き取

り』である。つまり主は『思考』すなわちシニフィエであって、『書き取り』すなわちシニフィアンすなわち言葉の働きそれ自体に身を委ねることは従なのだ」と書いたが、旅の途次で私は、後年になってブルトンが、自動記述は記述者を「シニフィアンの誕生へと一挙に立ち戻らせる」(「吃水部におけるシュルレアリスム」)と述べていることを知った。シェニウー＝ジャンドロンなどの専門家に言わせれば、ブルトンのこの「シニフィアン」は、構造言語学的なタームとしてのシニフィアンとはニュアンスを異にするらしいが、それでもブルトンから「シニフィアン」という言葉が出たという事実は、私には新鮮な驚きであった。

そして私のような詩の実作者には、自動記述などと限定しなくとも、「シニフィアンの誕生」ということの意味が経験的によくわかるのである。じっさい、私において詩が始まるのは、どこからか、たぶん半ば透明にみえかくれする他者からの、ひとかたまりの文字や音韻やリズムの訪れがあり、意味以前のそれらが呪文のように旋回して、いわく言いがたい情動やイメージを浮上させるときである。こうして私は、「川萎えを記し／川萎えに呑まれるまでは／わたれるのか／歩いて」とか、「独歩住居跡のほうへ／住居跡／独歩のほうへ」とか、「街の、衣の、いちまい、下の、虹は、蛇だ／街の、衣の、いちまい、(meta) の、蛇は、虹だ」とか、「ああ、誰かさん、私を皮膚せよ、扉せよ、骨せよ、／私は大胆してやろう、彗星してやろう、」とか、「骨のカントー、／肉のカントー、／いまにも疾駆する姿勢で、／あわれ、馬でもない牛でもない、」とかと書いたのだ。

言語は社会の約束事としての冷めたラングであるが、その下には、言葉の自由が、言葉のいわばプラズマ状態が潜在している。「プラズマ」を辞書で引くと、「超高温下で、原子の原子核と電子が分離し、激しく動き回っているガス状態」とある。それは夢と呼ぼうと、無意識と呼ぼうと、狂気と呼ぼうと、要するにシュルレアリスム的な何かである。ブルトンは、「言語はシュルレアリスム的に使用するように出来ている」と断言してはばからなかったが、それは全くその通りなのだ。一度はプラズマを潜らなければ、私たちは冷めたラングに支配されたままであり、いや、支配されていることにすら気づかない。

あるいは、吉岡実にならって、ひとつの卵を想像してみてもいい。球体への嗜好をもつこの詩人にとって卵とは、個体と液体、硬く無機質な外皮と柔らかい生命の塊である内部という両面性が、危うい均衡のうちに実現されているオブジェであった。しかし卵の特性はそれだけではない。ここからは吉岡実を離れるが、卵とは、さまざまな分化に向かう力線にあふれている、その潜勢的なあふれそのもののことである。言葉の卵。いずれ何にでもなりうるが、いまはしかし安住すべき拠点もなく、あらかじめ定められた目的もなく、そうした状態のまま、いつまでもかたちをなしていない力でありつづけること。それが自由ということだ。というのも、一方で今日、私たちの生は、その内面も含めてくまなく管理され、監視され、等質化され、苛烈な経済原則へと方向づけられている。そのような時代状況下では、一度は卵という未決定的な力のうごめきになにごとかを託すというのも、考えられうるひとつの有効な抵抗のアクションであるように思われるのだ。シュルレアリスムは、今日なお、私にとってひとつの無視し得ぬ卵、なつかしい未知の卵でありつづけている。

書誌

フランス語文献

Guillaume APPOLLINAIRE, *Œuvres poétiques*, « Bibliothèque de la Pléiade », Gallimard, 1956.

Antonin ARTAUD, *Œuvres complètes* 1~26, Gallimard, 1957~1998.

André BRETON, *Œuvres complètes* 1~4, « Bibliothèque de la Pléiade », Gallimard, 1988~2003.

René CHAR, *Œuvres complètes*, « Bibliothèque de la Pléiade », Gallimard, 1998.

Paul ELUARD, *Œuvres complètes* 1~2, « Bibliothèque de la Pléiade », Gallimard, 1968.

Jurien GRACQ, *Œuvres complètes* 1~2, « Bibliothèque de la Pléiade », Gallimard, 1995.

LAUTREAMONT, *Œuvres complètes*, « Bibliothèque de la Pléiade », Gallimard, 2009.

Henri MICHAUX, *Œuvres complètes*, « Bibliothèque de la Pléiade », Gallimard, 1998.

Francis PONGE, *Œuvres complètes* 1~2, « Bibliothèque de la Pléiade », Gallimard, 1999.

Jacques PREVERT, *Œuvres complètes* 1~2, « Bibliothèque de la Pléiade », Gallimard, 1993.

Arthur RIMBAUD, *Œuvres complètes*, « Bibliothèque de la Pléiade », Gallimard, 2009.
Tristan TZARA, *Œuvres complètes* 1~6, Flammarion, 1975~1991.

*

Jean-Louis BEDOUIN, *La Poésie Surréaliste*, Éditions Seghers, 1964.
Anthologie de la poésie française du XXe siècle, « Poésie/Gallimard », Gallimard, 2000.

*

Gérard DUROZOI, *Histoire du mouvement surréaliste*, Hazan, 1997.

邦語文献（著者五十音順）

朝吹亮二『アンドレ・ブルトンの詩的世界』（慶應義塾大学出版会、二〇一五）
朝吹亮二『現代詩文庫102・朝吹亮二詩集』（思潮社、一九九二）
阿部良雄『ポンジュ　人・語・物』（筑摩書房、一九七四）
天沢退二郎『現代詩文庫11・天沢退二郎詩集』（思潮社、一九六八）
天沢退二郎「現代詩とエテロトピー構造」、『紙の鏡』（山梨シルクセンター、一九六七）所収
ルイ・アラゴン『パリの農夫』（佐藤朔訳、思潮社、一九八八）
アントナン・アルトー『アルトー全集1』（粟津則雄・清水徹他訳、現代思潮社、一九七一）
アントナン・アルトー＋ジャック・リヴィエール『思考の腐蝕について』（飯島耕一訳、思潮社、一九七五）
安藤元雄・入沢康夫・渋沢孝輔編『フランス名詩選』（岩波文庫、一九九八）
飯島耕一『シュルレアリスムの彼方へ』（イザラ書房、一九七〇）
飯島耕一『シュルレアリスムという伝説』（みすず書房、一九九二）
飯島耕一『現代詩が若かった頃』（みすず書房、一九九四）
飯島耕一『現代詩文庫10・飯島耕一詩集』（思潮社、一九六八）

飯島耕一『飯島耕一　詩と散文1～5』（全五巻、みすず書房、二〇〇〇～二〇〇一）
巖谷國士「シュルレアリスムのために」、『ユリイカ6月臨時増刊・総特集シュルレアリスム』（青土社、一九七六）所収
ジャック・ヴァシェ／原智広訳著『戦時の手紙　ジャック・ヴァシェ大全』（河出書房新社、二〇一九）
ポール・ヴェーヌ『詩におけるルネ・シャール』（西永良成訳、法政大学出版局、一九九九）
宇野邦一『アルトー　思考と身体』（白水社、一九九七）
ポール・エリュアール『エリュアール詩集』（安東次男訳、思潮社、一九六九）
大岡信『大岡信全詩集』（思潮社、二〇〇二）
大岡信『言葉の出現』（晶文社、一九七一）
小高正行『ロベール・デスノス――ラジオの詩人』（水声社、二〇一五）
柏倉康夫『思い出しておくれ、幸せだった日々を　評伝ジャック・プレヴェール』（左右社、二〇一一）
マルクス・ガブリエル『なぜ世界は存在しないのか』（清水一浩訳、講談社選書メチエ、二〇一八）
ジュリアン・グラック『シルトの岸辺』（安藤元雄訳、ちくま文庫、二〇〇三）
ジュリアン・グラック「シュルレアリスムと現代文学」（中島昭和訳）、『ユリイカ臨時増刊・総特集シュルレアリスム』（青土社、一九七六）所収
小林秀雄「ランボオI」「ランボオII」、『新訂小林秀雄全集2』（新潮社、一九七八）所収
齊藤哲也『ヴィクトール・ブローネル　燐光するイメージ』（水声社、二〇〇九）
左川ちか『左川ちか全集』（書肆侃侃房、二〇二二）
ジャクリーヌ・シェニウー＝ジャンドロン『シュルレアリスム』（星埜守之・鈴木雅雄訳、人文書院、一九九七）
ルネ・シャール／野村喜和夫訳著『ルネ・シャール詩集　評伝を添えて』（河出書房新社、二〇一九）
鈴木雅雄『ゲラシム・ルカ　ノン＝オイディプスの戦略』（水声社、二〇〇九）
鈴木雅雄「解放と変形――シュルレアリスム研究の現在」、『シュルレアリスムの射程　言語・無意識・複数性』（せり

か書房、一九九八）所収
エメ・セゼール『帰郷ノート・植民地主義論』（砂野幸稔訳、平凡社、一九九七）
ジョルジュ・セバッグ『崇高点』（鈴木雅雄訳、水声社、二〇一六）
瀧口修造『瀧口修造の詩的実験 1927 ～ 1937』（思潮社、一九六七）
瀧口修造『瀧口修造コレクション1～13』（みすず書房、一九九一～一九九八）
谷川俊太郎『定義』（思潮社、一九七五）
塚原史・後藤美和子編訳『ダダ・シュルレアリスム新訳詩集』（思潮社、二〇一六）
塚原史「宮澤賢治とアンドレ・ブルトン――心象スケッチと自動記述」、『反逆する美学――アヴァンギャルド芸術論』（論創社、二〇〇八）所収
塚原史『ダダ・シュルレアリスムの時代』（ちくま学芸文庫、二〇〇三）
塚原史『シュルレアリスムを読む』（白水社、一九九八）
ジャック・デリダ『エクリチュールと差異』（合田正人・谷口博史訳、法政大学出版局、二〇一三）
ジル・ドゥルーズ『意味の論理学』（岡田弘・宇波彰訳、法政大学出版局、一九八七）
ジル・ドゥルーズ＋フェリックス・ガタリ『アンチ・オイディプス』（市倉宏祐訳、河出書房新社、一九八六）
ジル・ドゥルーズ＋フェリックス・ガタリ『千のプラトー』（宇野邦一他訳、河出書房新社、一九九四）
永井敦子『クロード・カーアン　鏡のなかのあなた』（水声社、二〇一〇）
新倉俊一『評伝　西脇順三郎』（慶應義塾大学出版会、二〇〇四）
新倉俊一『詩人たちの世紀　西脇順三郎とエズラ・パウンド』（みすず書房、二〇〇三）
西脇順三郎『西脇順三郎全集Ⅰ～Ⅺ』（筑摩書房、一九七一～一九八三）
ジェラール・ド・ネルヴァル「オーレリア」（佐藤正彰訳）、『ネルヴァル全集Ⅲ』（筑摩書房、一九七六）所収
野村喜和夫＋杉中昌樹『パラタクシス詩学』（水声社、二〇一一）
野村喜和夫『幸福な物質』（思潮社、二〇〇二）

野村喜和夫「イーハトーブ心象スケッチ学」、『イーハトーブ学会会報』所収
野村喜和夫『オルフェウス的主題』（水声社、二〇〇九）
野村喜和夫『花冠日乗』（白水社、二〇二〇）
野村喜和夫『風の配分』（水声社、一九九九）
野村喜和夫『スペクタクル』思潮社、二〇〇六）
野村喜和夫＋北川健次『渦巻カフェあるいは地獄の一時間』（思潮社、二〇一三）
野村喜和夫『危機を生きる言葉』（思潮社、二〇一九）
野村喜和夫『久美泥日誌』（書肆山田、二〇一五）
野村喜和夫『現代詩文庫141・野村喜和夫詩集』（思潮社、一九九六）
野村喜和夫『ヌードな日』（思潮社、二〇一一）
オクタビオ・パス『弓と竪琴』（牛島信明訳、国書刊行会、一九八〇）
オクタビオ・パス『泥の子供たち』（竹村文彦訳、水声社、一九九四）
オクタビオ・パス『太陽の石』（阿波弓夫・伊藤昌輝・三好勝＝監訳、文化科学高等研究院出版局、二〇一四）
オクタビオ・パス『三極の星　アンドレ・ブルトンとシュルレアリスム』（青土社、一九九八）
ジョルジュ・バタイユ『ジョルジュ・バタイユ著作集』（山本功他訳、二見書房、一九七一）
ジョルジュ・バタイユ『内的体験』（出口裕弘訳、現代思潮社、一九七〇）
グレアム・ハーマン『四方対象――オブジェクト志向存在論入門』（岡嶋隆佑監訳、人文書院、二〇一六）
福田拓也『エリュアールの自動記述』（水声社、二〇一八）
ミシェル・フーコー『言葉と物』（渡辺一民・佐々木明訳、新潮社、一九七四）
モーリス・ブランショ「賭ける明日」（田中淳一訳）、『ユリイカ6月臨時増刊・総特集シュルレアリスム』（青土社、一九七六）所収
アンドレ・ブルトン『シュルレアリスム宣言・溶ける魚』（巖谷國士訳、岩波文庫、一九九二）

アンドレ・ブルトン＋フィリップ・スーポー『磁場』（阿部良雄訳）、『アンドレ・ブルトン集成3』（人文書院、一九七〇）所収
アンドレ・ブルトン『アンドレ・ブルトン集成1〜7』（既刊六巻、巖谷國士他訳、人文書院、一九七〇〜一九七四）
アンドレ・ブルトン『ナジャ』（巖谷國士訳、岩波文庫、二〇〇三）
アンドレ・ブルトン『狂気の愛』（海老坂武訳、光文社古典新訳文庫、二〇〇八）
アンドレ・ブルトン『秘法十七番』（宮川淳訳、晶文社、一九六七）
アンドレ・ブルトン『シュルレアリスムと絵画』（瀧口修造・巖谷國士監訳、人文書院、一九九七）
アンドレ・ブルトン編『黒いユーモア選集』（山中散生・窪田般彌他訳、国文社、一九六八）
アンドレ・ブルトン編『性に関する探究』（野崎歓訳、白水社、一九九二）
アンドレ・ブルトン＋ポール・エリュアール編『シュルレアリスム簡約辞典』（江原順編訳、現代思潮社、一九七一）
アンリ・ベアール『アンドレ・ブルトン伝』（塚原史・谷昌親訳、思潮社、一九九七）
ヴァルター・ベンヤミン「シュルレアリスム」、『ベンヤミン・コレクションI　近代の意味』（浅井健二郎編訳・久保哲司訳、ちくま学芸文庫、一九九五）所収
シャルル・ボードレール『悪の華』（安藤元雄訳、集英社文庫、一九九一）
松浦寿輝「ブルトンの「内部」——声はどこから来るのか」、『謎・死・閾』（筑摩書房、一九九七）所収
松浦寿輝『詩生成　松浦寿輝詩集』（思潮社、一九八五）
松本完治著・編・訳『シュルレアリストのパリ・ガイド』エディション・イレーヌ、二〇一八）
松本卓也『創造と狂気の歴史』（講談社選書メチエ、二〇一九）
カンタン・メイヤスー『有限性の後で』（千葉雅也・大橋完太郎・星野太訳、人文書院、二〇一六）
吉岡実『吉岡実全詩集』（筑摩書房、一九九六）
ジャック・ラカン『エクリ1〜3』（全三巻、佐々木孝次他訳、弘文堂、一九七二〜一九八一）
アルチュール・ランボー『ランボー全作品集』（粟津則雄訳、思潮社、一九六五）

あとがき

バタフライ・エフェクトという現象があります。ウィキペディアによれば、「力学系の状態にわずかな変化を与えると、そのわずかな変化がなかった場合とは、その後の系の状態が大きく異なってしまうという現象」ですが、広く比喩的に、ほんのかすかな蝶の羽ばたきがはるか遠隔の地に大きな竜巻を引き起こすようになる予測不可能な出来事の連鎖をも言うようです。

じっさい、一年前までは、シュルレアリスムについて、まさかこんな厚みのある本を書くことになろうとは、夢にも思っていませんでした。私は一介の詩人にすぎず、その道の専門家でもなんでもないわけですから。ところが、去年の夏、『パラタクシス詩学』(杉中昌樹との共著)という、詩と詩論の協働のような本を水声社から出すことになって、担当編集者の廣瀬覚さんと打ち合わせをしたのですが、その折に、仏文科出身の廣瀬さんの卒論がシュルレアリスムだったことを知り、「実はわが私塾の講座でも、『磁場』発表から百年目の一昨年、シュルレアリスムを取り上げました」と口を滑らせました。そう、ほんのかすかな蝶の羽ばたきのように。すると廣瀬さんから、それならその講座をもとに、いっそシュルレアリスムについて何か書いてみませんかと促されました。向こう見ずにも、そうか、それは面白いかもしれないと思って、試みにパソコンに向かい始めたら、思いのほか溢れるように文章が繰り出され、一年足らずで原稿用紙換算七百枚近くもの量にのぼったのです。これではまるでライフワークではないか、いや、まさにライフワークなのでしょう。もともと詩以外のものを書くのが苦手な私が、短期間のうちにこれほどの量の散文を書くことができたのも、長年にわたるシュルレアリスムとのつき合いという蓄積があったからでしょうし、また対象に対する並々ならぬパッションがあったからでしょう。

本書は、もとより専門的な研究書ではありません。題名が予想させるように、概説書もしくはガイドブックという趣はいくぶんか帯びていますが、それ以上に、結局のところ、現代日本の一詩人がフランス由来のシュルレアリスムをどう理解し、受容したのか、変容させたのか、その報告の書ということになるでしょうか。私が旅したのは、シュルレアリスムという広大な領土のごく一部にすぎません。それでも、少なくとも詩人の仕事に関するかぎり、その主要なラインは踏査できたのではないかと自負しています。多少ともシュルレアリスムについて知る人を主たる読者に想定して書きましたが（したがって初歩的な事項の説明や人物紹介的な情報は省いてしまった場合もあります）、もちろん、シュルレアリスムに接するのは初めてという人にも、あるいは逆に専門的な研究者や愛好家の方々にも、要するに、シュルレアリスムとの距離はどうあれ、詩あるいは詩的なるものに関心のある人々すべてにぜひ読んでほしいと思います。と書くとなんだか自負の上塗りみたいですが、そういうことではなく、私の報告を通じて、誕生以来百年を迎えようとしているシュルレアリスムが、いまなおいかに宝の山であるか、なつかしい未知であるか、おわかりいただけるものと確信しているからです。

ただ、かなりのスピードをもって書いたため、記憶による引用などもあり、もしかしたら正確さに欠ける箇所が生じたかもしれません。お許しいただければと思います。

なお、引用詩は本書を構成する重要な部分ですが、せっかくの機会ですから、できるかぎり拙訳にしようと努めました。もちろんそれを徹底させることは、私の能力からしてとても無理で、結果的には、拙訳と既訳の入り混じった奇妙に混淆的なものになってしまいました。訳者名が記されていない場合は拙訳です。既訳を用いている場合は、それを超えるような拙訳はとりあえずむずかしいと判断したからと考えてください。

＊

謝辞を以下の人々に。門外漢の私に、翻訳や著作を通してたくさんの示唆や情報を与えてくださった専門家の方々、とりわけ巖谷國士さんと塚原史さんと鈴木雅雄さんに。詩人でもあり研究者でもある朝吹亮二さんと福田拓也さんに。作家の松浦寿輝さんに。いまは亡き先達の詩人飯島耕一さんや大岡信さんに。同じく先達の詩人安藤元雄さんや天沢退二郎さんに。そして水声社の方々――いつもあたたかく仕事を見守ってくださる社主の鈴木宏さんに、「シュルレアリスムの25時」シリーズに精魂を込めて取り組まれた神社美江さんに、そして今回、旅の手筈から帰還まで、つねにサポートしていただき、励ましやアドバイスを惜しまれなかった廣瀬覚さんに。

二〇二二年七月一日
東京世田谷にて
野村喜和夫

著者について――

野村喜和夫（のむらきわお）　詩人。一九五一年、埼玉県に生まれる。戦後生まれの世代を代表する詩人のひとりとして、現代詩の先端を走りつづける。詩集に『川萎え』『反復彷徨』『特性のない陽のもとに』（歴程新鋭賞）『現代詩文庫・野村喜和夫詩集』『風の配分』（高見順賞）『ニューインスピレーション』（現代詩花椿賞）『街の衣のいちまい下の虹は蛇だ』『スペクタクル』『ヌードな日』（藤村記念歴程賞）『デジャヴュ街道』『薄明のサウダージ』（現代詩人賞）『花冠日乗』、小説に『骨なしオデュッセイア』『まぜまぜ』、評論に『現代詩作マニュアル』『移動と律動と眩暈と』『萩原朔太郎』（鮎川信夫賞）『哲学の骨、詩の肉』など。英訳選詩集『Spectacle & Pigsty』で 2012 Best Translated Book Award in Poetry (USA) を受賞するなど、海外での評価も高い。フランス文学関係の著作には、『ランボー・横断する詩学』『ランボー「地獄の季節」詩人になりたいあなたへ』『オルフェウス的主題』『ルネ・シャール詩集　評伝を添えて』などがある。

シュルレアリスムへの旅

二〇二二年九月二〇日第一版第一刷印刷　二〇二二年九月三〇日第一版第一刷発行

著者――野村喜和夫
装幀者――宗利淳一
発行者――鈴木宏
発行所――株式会社水声社
東京都文京区小石川二―七―五　郵便番号一一二―〇〇〇二
電話〇三―三八一八―六〇四〇　FAX〇三―三八一八―二四三七
［編集部］横浜市港北区新吉田東一―七七―一七　郵便番号二二三―〇〇五八
電話〇四五―七一七―五三五六　FAX〇四五―七一七―五三五七
郵便振替〇〇一八〇―四―六五四一〇〇
URL : http://www.suiseisha.net

印刷・製本――ディグ

ISBN978-4-8010-0670-6

水声文庫

美術、市場、地域通貨をめぐって　白川昌生　二八〇〇円
戦後文学の旗手 中村真一郎　鈴木貞美　二五〇〇円
シュルレアリスム美術を語るために　鈴木雅雄・林道郎　二八〇〇円
サイボーグ・エシックス　高橋透　二〇〇〇円
(不)可視の監獄　多木陽介　四〇〇〇円
マンハッタン極私的案内　武隈喜一　三二〇〇円
黒いロシア白いロシア　武隈喜一　三五〇〇円
魔術的リアリズム　寺尾隆吉　二五〇〇円
桜三月散歩道　長谷邦夫　三五〇〇円
マンガ編集者狂笑録　長谷邦夫　二八〇〇円
マンガ家夢十夜　長谷邦夫　二五〇〇円
未完の小島信夫　中村邦生・千石英世　二五〇〇円
ブラック・ノート抄　中村邦生　二五〇〇円
幽明譚　中村邦生　二八〇〇円
転落譚　中村邦生　二八〇〇円
オルフェウス的主題　野村喜和夫　二八〇〇円
シュルレアリスムへの旅　野村喜和夫　三〇〇〇円
パラタクシス詩学　野村喜和夫＋杉中昌樹　三〇〇〇円
越境する小説文体　橋本陽介　三五〇〇円
ナラトロジー入門　橋本陽介　二八〇〇円
カズオ・イシグロ　平井杏子　二五〇〇円
カズオ・イシグロの世界　平井杏子＋小池昌代＋阿部公彦＋中川僚子＋遠藤不比人他　二〇〇〇円
カズオ・イシグロ『わたしを離さないで』を読む　田尻芳樹＋三村尚央＝編　三〇〇〇円
カズオ・イシグロと日本　田尻芳樹＋秦邦生＝編　三〇〇〇円
「日本」の起源　福田拓也　二五〇〇円
〈もの派〉の起源　本阿弥清　三二〇〇円
絵画との契約　山田正亮再考　松浦寿夫＋林道郎他　二五〇〇円
現代女性作家の方法　松本和也　二八〇〇円
現代女性作家論　松本和也　二八〇〇円
川上弘美を読む　松本和也　二八〇〇円
太宰治『人間失格』を読み直す　松本和也　二五〇〇円
ジョイスとめぐるオペラ劇場　宮田恭子　四〇〇〇円
福永武彦の詩学　山田兼士　二五〇〇円
魂のたそがれ　湯沢英彦　三二〇〇円
金井美恵子の想像的世界　芳川泰久　二八〇〇円
歓待　芳川泰久　二二〇〇円
宮川淳とともに　吉田喜重＋小林康夫＋西澤栄美子　一五〇〇円

［価格税別］